融媒体影视系列教材

剧本创作方法论

Methodology of Screenwriting

苏竞元 著

上海交通大学出版社
SHANGHAI JIAO TONG UNIVERSITY PRESS

内容提要

本书是高校影视专业基础课程"剧本写作"的教材,同时亦可作为戏剧、广告、汉语言文学等其他相关专业的课程配套教材。本教材以点及面,从剧本创作的主题、结构、情节、人物、对白、类型等多个核心概念展开论述。本书有别于面向普通大众和影视爱好者的国外编剧速成教程,是一本扎根于中国本土文化和实践语境,既有剧作理论的系统介绍,又有写作实操应用指导的全新剧本创作教程。

图书在版编目(CIP)数据

剧本创作方法论/ 苏竞元著. —上海:上海交通
大学出版社,2023.10(2025.7 重印)
ISBN 978 - 7 - 313 - 29274 - 2

Ⅰ.①剧… Ⅱ.①苏… Ⅲ.①剧本-创作方法-高等
学校-教材 Ⅳ.①I053 - 62

中国国家版本馆 CIP 数据核字(2023)第 150986 号

剧本创作方法论
JUBEN CHUANGZUO FANGFALUN

著　　者:苏竞元
出版发行:上海交通大学出版社　　　　　　地　　址:上海市番禺路 951 号
邮政编码:200030　　　　　　　　　　　　电　　话:021 - 64071208
印　　制:上海新华印刷有限公司　　　　　经　　销:全国新华书店
开　　本:710 mm×1000 mm　1/16　　　　印　　张:16
字　　数:213 千字
版　　次:2023 年 10 月第 1 版　　　　　　印　　次:2025 年 7 月第 2 次印刷
书　　号:ISBN 978 - 7 - 313 - 29274 - 2
定　　价:68.00 元

前 言

PREFACE

　　剧本创作是影视作品创作最重要的环节之一。剧本的质量很大程度上决定了作品最终的成败。因此,学会如何创作剧本对于影视专业学生显得尤为重要。然而,《剧本写作》是一门实践性十分强的艺术创作课程。若没有专业性教材的指导和引领,容易产生教学缺乏系统性、学生缺乏创作理论支撑、教学效率低、学习成果无法客观评判等问题。

　　本教材将从理论的角度出发,全面地梳理剧本写作的基本原理,从主题、结构、情节、人物、对白、类型、写作技巧、写作训练等多个核心概念展开,以点及面,引导学生从宏观的视角深入理解和把握剧本写作的本质。教材的撰写基于多年的教学经验和创作实践,涵盖了各种核心概念和技巧,旨在为影视专业学生提供全面、系统的剧本写作指导。这本教材适用于剧本写作初学者和已有一定经验的专业人士,无论是长片创作还是短片创作,都能够找到有益的指导。它不仅是关于剧本创作的方法论,也是一份关于影像作品创作的指南。此外,随着影像和网络技术的快速发展,本教材也将结合当下的媒介融合的新时代背景,引导学生在创作过程中找到适合自己的剧本创作路径,并将其转化为影像作品。无论是在传统的电影和电视行业中,还是在新兴的网络平台上,学生都能够有所受益。

　　目前市面上的剧本写作教材,通常都是面向广大普通读者的市场类读物,应用性较强,但缺乏系统性和理论性;而国内另一类剧本写作教材,以编剧访谈、剧作分析,或以剧作理论的某一个专门领域研究展开,具有一定局限性。因此,编写一本系统、全面又具有实践指导意义的剧本写作教材,对于影视专业的教学有其必要性。

并且,那些外国作者编著的经典编剧教程大多已出版数十年,书中所举的例子也以国外影片为主,与现在电影市场和电影艺术的发展状况有所脱节。相比之下,本教材大量引用中国电影史上的经典作品和近期比较有代表性的优秀国产影片作为分析案例,让学生能够扎根本土文化背景和当下语境,更好地进行剧本创作。

在当今社会,掌握"讲故事"的技能变得越来越重要。这是因为随着信息的爆炸式增长和信息获取方式的多样化,人们的关注时间变得越来越短暂,需要更好的方式吸引和保持听众的兴趣。一个好的故事,可以更好地传递信息和表达观点,促进沟通和交流。本教材涉及的各种剧本写作技巧和理论,不仅可以应用到影视创作中,也可以应用到小说、戏剧,甚至是广告和营销等领域。因此,不论你是影视专业的学生还是从事其他创作领域的人员,本教材都能为你提供一些帮助和启发。

当然,教材并不是万能的,它不能保证每个读者都能成为优秀的编剧,因为创作需要的不仅仅是技巧,还有灵感、想象力和情感等因素。而这些因素,很大程度上都是不能靠教材来获得的。教材只是为学生提供一种方法和思路,帮助他们在学习和创作中更好地理解和应用剧本写作的基本原理和技巧。知识可以传授,但经验无法复制,创作很多时候是不可教的。因此,最重要的是自我学习,在跌跌撞撞中一再地学习。

最后,我要感谢所有为本教材撰写提供支持和帮助的人,特别是我的学生们,正是有了你们在课堂上的反馈和建议,才有这本教材的诞生。

目　录
CONTENTS

第一章　故事 ………………………………………………… 1

第一节　什么是故事 …………………………………… 3

1. 故事是人生的一面镜子 ………………………… 3

2. 绝对的真实并不存在 …………………………… 6

3. 主题是一种价值判断 …………………………… 9

4. 写自己想写和观众想看的故事 ……………… 16

第二节　故事从何而来 ……………………………… 19

1. 拥有一个素材冰箱 …………………………… 19

2. 第一反应靠不住 ……………………………… 22

3. 想象力是可以训练的 ………………………… 24

第二章　结构 ………………………………………………… 27

第一节　结构的意义 ………………………………… 29

1. 结构是故事的骨架 …………………………… 29

2. 故事的四种模式 ……………………………… 33

第二节　结构的组成 ………………………………… 35

1. 迈开第一步：故事的开场 …………………… 35

2. 故事真正开始的地方：戏核点 ……………… 39

3. 第二幕是故事的主体 ………………………… 41

4. 高潮：终极一战 ···················· 43

5. 结局是目的地，但不是终点 ··········· 46

第三节 结构与节奏 ···················· 50

1. 节奏：快慢 ························ 50

2. 节奏：长短轻重 ···················· 52

第三章 情节 ···························· 53

第一节 情节的基本特征 ················ 55

1. 何谓情节 ························ 55

2. 情节主线与情节支线 ················ 57

3. 隐形的人物内心线 ·················· 59

4. 矛盾冲突 ························ 62

第二节 情节手段 ······················ 71

1. 悬念：女主角最终会和谁结婚 ········· 71

2. 意外是与观众的心理战 ·············· 74

3. 误会和巧合：慎用剧作神器 ·········· 77

第四章 人物 ···························· 81

第一节 人物的塑造方法 ················ 83

1. 人物与情节孰轻孰重 ················ 83

2. 人物的困境 ······················ 84

3. 人物的需求、欲望和动机 ············· 89

4. 人物性格 ························ 93

5. 人物的意志力：主动与被动 ·········· 99

6. 人物的普遍性和特殊性 ·············· 101

7. 人物前史：能够作用于现在的过去 ····· 105

8. 主人公的认同感 ···················· 111

9. 人物的成长：破茧成蝶 ……………………………… 115

10. 人物的出场：第一印象很重要 …………………… 120

第二节　人物关系 ……………………………………… 124

1. 主人公与配角 ………………………………………… 124

2. 对手不等于是坏人 …………………………………… 130

第五章　语言 …………………………………………… 135

第一节　画面语言 ……………………………………… 137

1. 动作不是打架 ………………………………………… 137

2. 人物肖像 ……………………………………………… 140

第二节　对白与旁白 …………………………………… 142

1. 对白不是说话 ………………………………………… 142

2. 台词写作的误区 ……………………………………… 153

3. 旁白与视角 …………………………………………… 160

第六章　剧本写作常用元素与技巧 …………………… 167

第一节　剧作元素 ……………………………………… 169

1. 场景 …………………………………………………… 169

2. 细节 …………………………………………………… 177

3. 道具和意象 …………………………………………… 179

第二节　剧本写作技巧 ………………………………… 182

1. 常用技巧：侧写、伏笔、对比、留白 ……………… 182

2. 剧作中的蒙太奇手法 ………………………………… 185

第三节　剧作中的道德与情感 ………………………… 187

1. 理智与情感 …………………………………………… 187

2. 剧本的道德伦理观 …………………………………… 190

3. "两难"是一道关于人生的辩论题 ……………………… 192

第七章　剧本的定位 …………………………………………… 195

第一节　悲剧与喜剧 ……………………………………… 197

1. 悲剧：性格决定命运 ………………………………… 197

2. 喜剧：无实质伤害的困境 …………………………… 199

第二节　剧作的类型与样式 ……………………………… 209

1. 类型片写作 …………………………………………… 209

2. 高概念电影 …………………………………………… 213

3. 剧本小说大不同 ……………………………………… 214

4. 关于文学改编 ………………………………………… 218

5. 短片和长片的剧作区别 ……………………………… 222

第八章　编剧的养成 …………………………………………… 225

第一节　编剧的创作意识 ………………………………… 227

1. 编剧与导演的关系 …………………………………… 227

2. 剧本与市场的关系 …………………………………… 228

3. 剧本与当下社会 ……………………………………… 231

第二节　写作训练 ………………………………………… 233

1. 剧本是格式限定的写作 ……………………………… 233

2. 编剧的创作习惯 ……………………………………… 236

3. 写作的能力训练 ……………………………………… 239

参考片目 ………………………………………………………… 243

第一章
故　事

什么是故事

1. 故事是人生的一面镜子

先问一个问题：我们可以拒绝故事吗？答案往往是否定的。我们可以不看小说、电影和电视剧，甚至可以不听歌，但避免不了故事。我们夜里做的噩梦、白天上班走神时发的白日梦、老师上课讨论的案例、律师在法庭上的举证、学生宿舍里的卧谈会、晚饭时关于邻居家的闲聊，这些其实都可能是故事。实际上，故事就像空气一样无处不在，包围着我们的人生，我们每个人都是"传奇"。

那么，故事到底是什么？就剧作意义而言，故事就是人物遭遇困境，然后试图摆脱困境的历程。人生充满了各种复杂的情境，在故事里我们可以进行没有风险的人生练习。小时候玩过家家，就是通过故事中的角色扮演，模仿家庭生活。长大后，我们通过电影和小说了解更广阔的世界，并在故事中经历喜怒哀乐，体验恋爱的欣喜和挫败，经历职场的奋斗与艰辛，也从中明白生命的珍贵与短暂。故事是虚拟的，但我们在故事中的感受是真实的。我们不需要真正经历亲人的离世，就可以通过故事体验那种痛苦的感受，并学会珍惜亲情。我们希望正义可以战胜邪恶，但无须面对现实风险并付出代价，因为故事中的英雄会代替我们完成这一壮举。透过故事,我们审视自己,如果我们遇到和故事中的人物同样的状况,我们的选择会和他们一样,还是不一样呢?为什么?

故事是虚拟的,但是它在大脑中产生的影响是真实的。我们在看故事时,无论是捧腹大笑还是热泪盈眶,都表明了故事对我们产生了影响。比如我们看了一部恐怖片,在回家后关灯睡觉时,可能总是不放心地趴下看看床底是否藏着人。这种恐惧可能会持续数小时,导致整夜难以入眠。在影响心理感知的领域中,故事的影响力并不因为它是虚构的而逊于现实生活中发生的事件,有时甚至更为强大。

故事赋予人生意义。世界的过去、现在和未来,以及每一个个体存在的意义,很大程度上都是由故事带来的。如果一个人活了一辈子,却没有什么值得被讲述的故事,那他很快就会被世人遗忘,就像他从未存在过一样。

李安导演曾说:"艺术,尤其是讲故事的艺术,有着不同于理性的接近无限的方式:它可以将无限转化为一个包含着开始、过程以及结局的故事;与此同时,它还允许我们通过影像和隐喻等手段,来窥探那些令我们恐惧却又不断吸引着我们的非理性与未知。这样一来,讲故事就为全体人类提供了一些慰藉,填补了理性不能给予我们的精神所需。"[①]相对于客观数字和抽象理论,人们更容易接受通过故事传达的信息和主题。故事的画面感、结构化、情感体验及蕴含的想象空间,能够令受众形成更为深刻的感官印象和记忆。就像成语典故一样,我们通过一个故事学会一个道理,当我们使用"刻舟求剑",总会想起那个古人在船上刻划记号的画面,这个画面加深了我们对"刻舟求剑"这个成语的认知和理解。在古代,文化普及率很低,许多不识字的底层老百姓是通过看戏学习为人处世的,知道不该做陈世美,也明白什么是忠孝节义、礼义廉耻。戏就是故事。学龄前儿童通过听睡前故事或者看动画片来了解这个世界;领导讲励志故

---

① 让-克里斯托弗·卡斯泰利.少年 Pi 的奇幻漂流:一部电影的诞生[M].北京:北京联合出版公司,2014:9.

事来鼓励下属努力工作,老板用心灵鸡汤给员工洗脑;警察通过讲述案件故事进行普法教育;政治家通过讲故事来争取选民……现今讲故事的需求不仅仅存在于文学和影视行业,社会的各行各业都需要讲故事。会讲故事已经变成一种重要的生存技能,把复杂的生活体验、文化经验或研究理论转化为一个真实、生动且可信的故事,从而传递想要传递的信息,影响想要影响的人。

　　故事能够提供娱乐,让观众暂时逃离现实,成为另一个人,去体验那些未曾或永远无法经历的人生。杨德昌的代表作《一一》中有句经典台词:电影发明后,人类的生命至少延长了三倍。电影的主要功能之一是为观众造梦。在《诺丁山》中,电影明星爱上了小书店的老板;在《罗马假日》中,公主与记者度过了一日浪漫的时光,向观众展示了"跨越鸿沟"的完美爱情。华语功夫片中的黄飞鸿和叶问,漫威电影中的各种英雄,都在告诉观众总有英雄会来拯救世界。励志电影则像是给观众注入一针强心剂,告诉观众只要你足够努力,就一定能够取得成功,哪怕你身体残疾、智力不健全,你也能成为体育明星、战争英雄和外交使者,就像阿甘一样完成"不可能完成的任务",或者像哪吒一样坚信"我命由我不由天",与命运抗争。

　　故事可以逼迫我们离开舒适区,进入未知领域,用沉浸又安全的方式去经历冒险,去体验各种情感,并回顾和反思自己的生活。当我们从故事回到现实,会用新的眼光看待这个世界。例如,灾难片中的恐惧令我们珍惜当下的美好,绝望让我们警醒和居安思危,最终才能安然度过"后天"和"2012"。[①]

　　写故事可以帮助我们发现自己内心隐秘的欲望,宣泄压抑的情绪,疗愈内心的创伤。我们写的故事可能并非关于自己的生活,而是描述了遥远的年代或异国他乡,但我们仍然会惊讶于人物所说的对白,其实那是我们在现实生活中想说而不敢言的话,而人物所做的动作则是我们想去实

---

① 《后天》,编剧:罗兰·艾默里奇、杰弗利·纳赫马诺夫;《2012》,编剧:罗兰·艾默里奇、哈拉德·克卢瑟.

践却一直不敢付诸行动的。因为无论故事发生在多么遥远的地方,我们依然会用自己独特的情感和理解去描述它,所以这个故事依然是关于我们自己的。我们仿佛跟随着人物一起经历故事中的一切,同时又是旁观者,看到的是一个默默隐藏在内心深处的真实自我。略萨在《给青年小说家的信》中说:"真诚或者虚伪在文学领域不是道德问题,而是美学问题。"①因此,创作故事,我们首先要真诚地面对自己。

故事不但可以改变个人,还可以改变世界。韩国电影《熔炉》讲述的是真实发生在一所聋哑人学校的令人震惊的虐童案。影片的上映在韩国产生了很大的舆论影响,并最终推动韩国国会通过了被称为"熔炉法案"的《性侵害防治修正案》。中国电影《我不是药神》的巨大影响力,也令政府积极进行政策调整,降低进口药品关税、优化药品审批流程,鼓励新药创制,从而更好地回应民众的医疗需求。故事对个体和社会都会起到形塑作用,时间也许是漫长的,但水滴石穿,终有一天可以得到结果。

故事是关于人生的比喻,它未必能解决我们心中的所有困惑,但就像一面镜子,它映射的是这个世界和我们自己的另外一种可能。世界是模糊而又多元的,是深邃而又磅礴的,在那些无法被逻辑完全解释的缝隙里,隐藏着许多难以用理论语言表述的秘密,这便是故事存在的意义。

故事是我们人生不可或缺的精神养分。故事帮我们看清这个世界,也帮我们看清自己。

2. 绝对的真实并不存在

真实与虚构的边界从来不是清晰的。真实故事有时精彩得像是小说,电影《落叶归根》讲述的是一位民工千里背尸送好友返乡的故事,情节听上去十分离奇,却是由真实发生的社会新闻事件改编而来;而虚构的故

---

① 马里奥·巴尔加斯·略萨.给青年小说家的信[M].上海:上海文艺出版社,2017:43.

事却可能被误以为真实发生过。电影《站台》讲的是 20 世纪 80 年代末一群山西县城青年在社会变革浪潮中的成长故事,虽然故事是虚构的,但电影中的每一个角色仿佛就是生活在我们周围的熟悉面孔,真实到不容置疑。同样,有些电影情节天马行空,观众依然会被感动,因为它的情感是真实的。卓别林的《摩登时代》表现了工业时代底层劳动者不可避免被异化的悲惨命运,电影运用了十分夸张的喜剧手段和漫画式的人物塑造方法,但对于今日的观众而言,主人公"打工人的辛酸"却十分真实,仍旧能够引起强烈共鸣。

科幻电影重新定义了世界运行的规则,但只要它的科学逻辑是严谨的,观众仍然会认为它是真实的。灾难片《后天》讲述的是由于温室效应,北极冰川融化,地球发生了巨大的气候灾难,重新进入冰河世纪。影片中所描述的惊人场景并未在现实生活中出现,但全球变暖所造成的种种问题、环境保护和经济发展之间的不可协调矛盾却一直存在。若人类不能正视这些问题,这部电影的情节必将在不远的未来成为现实。

故事可以离现实很远,但应该离真实很近。故事和其他艺术门类一样,情感真实胜过一切。没有人会要求一首钢琴曲创作源自真实事件,只要它的旋律足够动人,听者定会为之感动。所以编剧也无须执着于故事是否曾经在现实中发生过。因为判断一个故事是否"真实",往往取决于我们的生活经验,但每个人的生活经验都是极其有限的,即便是现实生活中发生的故事,如果它超越了你的认知范围,或者因为它太过极端而缺乏普遍性,你也可能认为它是虚假的。从这个角度而言,现实发生的事情不一定就是真实的。所以故事的设定再"匪夷所思"都没关系,只要人物的行动和反应符合真实人性的逻辑,故事便是可信的。

故事与现实的距离远近不一,但并不存在绝对意义上的真实。现实本身是琐碎的、分散的,需要我们将其有机地联系起来,才能形成故事意义上的真实。"真实"需要提炼和总结,以适用于更广泛的感受范围。现实生活中的各种离奇新闻可能会吸引大众的眼球,但大多数无法被改编成电影,因为它们只是带有某种极端元素的客观事实,不具备洞察真实的结构基础。只有那些具备"戏剧结构""人物成长"和"主题表达"等元素的现实事件才有被改编的价值。因此,"真实"是作者创造出来的,而对观众而言,真实本质上是一种主观感受。

现实主义是故事创作的一大主流,也是每一位编剧在学习和创作中无法回避的领域。现实主义和自然主义的区别在于,现实主义并非直接照搬现实,而是更具想象力和创造力地再现现实。电影《可可西里》改编自青海巡山队员追捕藏羚羊盗猎者的真实故事,其中主人公日泰的原型是索南达杰和扎巴多杰两位巡山队核心人物的合体,而影片的讲述者——伪装成记者的警察尕玉,他的原型其实是拍摄巡山队纪录片《平衡》的导演彭辉。影片对现实素材的改造,是为了更好地表现出艺术的"真实"。现实只是素材,真实才是编剧所求。伊朗电影导演阿巴斯说:"对生活的精确模仿,就算这样的事是可能的,也不可能是艺术。某种程度的控制是必需的,不然导演便无异于房间角落的监控摄像头,或固定在横冲直撞的牛角上盲拍的摄影机。必须对现实进行选择,这样做,本质的真实会显露。"[1]如何处理现实是创作的头等大事,每个创作者的方法各异,但不能生搬硬套现实是很明确的准则。现实主义需要更丰富、有选择地呈现现实,从而达到真实。

明确故事的类型与风格,设定故事与现实的距离,这是编剧与观众之间的"约定"。《星际穿越》的开场不同于一般科幻电影,它采用了"亲历者"的采访回忆来交代影片的故事背景设定:地球陷入了生存危机,人类需要到遥远星系寻找适合人类居住的星球。由于有了"亲历者"的讲述,观众增加了对故事真实性的认同感,从而接受故事的前提设定。虽然这些"亲历者"实际上也是创作者虚构的人物。但有时候巧妙地打破这种约定,可能会发现更高层面的"真实"。比如贾樟柯导演的现实主义作品《三

---

① 阿巴斯·基阿鲁斯达米.樱桃的滋味:阿巴斯谈电影[M].北京:中信出版集团,2022:25.

峡好人》中突然出现 UFO 的超现实主义魔幻场景,并不会让故事脱离现实,而是让观众更深刻地感受到现实中那些神秘未知的存在。

现实生活往往是碎片化、单调、重复、乏味、浅薄的,所以艺术有了存在的必要。故事通过虚构,揭示了生活背后的真相,是一种高于生活的精神层面的真实,与它在现实生活中是否真实发生过无关。出于理性,观众知道故事是虚假的,而这种虚假所包含的真实却十分可贵,正是这种真真假假的交织体验形成了故事的美感。对观众而言,银幕上的真实比现实中的真实更重要。观众看故事,并非期待现实生活的复刻,而是期待对人生可能性的一种想象。所以,我们想看"傻子"阿甘不停奔跑的人生传奇,想看程蝶衣风华绝代却人戏不分,想看富贵少爷一家跌宕起伏的历史命运。他们的人生与我们相距万里,却如此动人,因为我们在这些角色的命运里看到了一种被高度浓缩的真实。

我们一直在追求真实,但从来也不可能得到绝对的真实。因为它并不存在。艺术真实是一种逼真的幻象,是一种主观的感受。在艺术世界里,真与假的关系并非对立而是统一的。我们通过艺术的假定性创造,来达到某种意义上的更高程度的真实。所谓"虚构",即通过专业的"构"的技法,使"虚"成真。亚里士多德在《诗学》中提道:"一桩不可能发生而可能成为可信的事,比一桩可能发生而不可能成为可信的事更为可取。"[1]故事好比是对真实的一种想象,它和梦一样,当做梦的时候我们以为梦是真的,当我们看一个故事的时候,也认为故事是真的。虽然梦会醒,故事会结束,但我们依然选择相信。

3. 主题是一种价值判断

电影需要主题吗? 主题即意义,否则观众大老远打了车来到影院、买

---

[1] 亚理斯多德.诗学[M].上海:上海人民出版社,2006:86.

了票,在里面坐了两个小时,意义何在?

剧本的主题是编剧思想的提炼和呈现。缺乏明确的主题,编剧将沦为故事的观察者和记录员。好的主题不会凭空而来,需要编剧不断积累生活的体验和思考。如果把故事比喻成一锅食材丰富的煲汤,主题就是编剧通过高超手艺精心提炼而成的鲜味。

一个足够有趣的故事是否可以不用具备主题? 如果只是个段子,或许可以。但如果想让故事更具影响力,那么即便是段子,它依然有主题上的要求。编剧可以通过塑造富有魅力的人物,设计跌宕起伏的情节来吸引观众,但这仅仅停留在剧作技巧层面,真正高级的剧本应该从思想上征服观众。对剧本主题的思考,是基于编剧对人性的研究,因为人性是艺术永恒的主题。优秀的编剧都是研究人性的高手,他们的思想可以跨越时间和地域,对人性进行本质的探讨。他们和伟大的小说家、艺术家及科学家一样,从各自不同的角度,用不同的方式,对这个世界进行最深刻的解读和剖析。伯格曼、塔尔科夫斯基、费里尼等电影大师的作品对人性进行了深刻的洞察和精妙的呈现,把电影这门艺术提升到了可以和文学、哲学等媲美的地位。

主题不仅仅是提出一个问题,并且需要作者对这个问题有明确的态度,才是完整的主题,确切地说是主题思想。顾仲彝在《编剧自我修养》中提道:"主题思想是一个可分可合的概念。分开来说,主题是剧作者在剧本中所提出的主要问题或基本问题;思想就是作者在表现主题时所持的态度、看法、主张、意向等。解决作品中提出的问题,也就是这部作品的思想。作品的主题思想是作家的主观和题材的客观的统一。"①

自由、欲望、励志、爱情这些并不是主题。主人公对爱情的态度、面对爱情困境的处理方式,以及为了爱情所付出的代价,这些才是爱情片的主题。例如,《罗密欧与朱丽叶》中的男女主人公为了冲破家族世仇的阻碍,

---

① 顾仲彝.编剧的自我修养[M].武汉:华中科技大学出版社,2016:6.

以结束生命的方式获得了爱情的永恒。而《牡丹亭》中的杜丽娘则一往情深，为爱而亡，并为了爱而还魂。爱情不是主题，"爱情可以超越死亡"才是主题。如果将这种情感转化为亲情，则成为电影《星际穿越》中的主题：亲情可以跨越浩瀚的时空。在该电影中，漂流在太空中的宇航员库珀十分后悔没有留在地球上陪伴女儿成长，他在黑洞奇点的五维空间中向三维空间的女儿发送黑洞数据，帮助面临末日危机的人类完成文明大迁徙，并最终得以跨越浩瀚时空与女儿相见。这一切都源于强大的亲情力量。

编剧不仅应该对故事的主题有自己的态度，还应该有独到的见解。故事的主题若只停留在常识层面，如"恶有恶报，善有善报"，观众容易形成认同，但难以获得智性上的满足。电影《十二怒汉》讲述了一个陪审团讨论贫民窟少年杀父案的法庭故事。影片中的主角8号陪审员提出了合理的疑点，一步步推翻了其他11位陪审团成员一致认可的"有罪"意见，最终使陪审团其他成员改变初见，判定少年无罪释放。没有证据表明少年杀了人，但也无法证明少年没有杀人，电影遵循合理怀疑、疑罪从无的原则，令一个几无悬念的铁案翻盘，彰显了程序正义高于一切的主题，令人十分震撼。

主题不是知识，也不是真理，而是编剧的一家之言。编剧通过故事来论证自己的观点，自圆其说。电影《美国丽人》中的主人公莱斯特试图通过辞职、吸食大麻、追求未成年少女的方式来解决中年危机，重寻人生新的方向，但最终的结果却是妻子出轨、父女产生隔阂、梦幻爱情破灭，自己被邻居枪杀。电影《白日梦想家》的主人公沃特为了杂志的最后一期封面踏上了寻找照片之旅，历尽千辛万苦终于明白生活的真谛，并大胆向心仪的女生表白。这两部电影的主要情节都是讲述中年男人的一次生活大冒险，但主题却截然相反。在前一个故事中，冒险是一场偏离人生轨道、无法折返的悲剧；而在后一个故事中，冒险是反思人生、探寻生命意义的成长旅程。这两个故事的主题，谁对？谁错？

故事情节讲述的是人生是什么，而故事主题则讲述的是人生为什么是这样的。与艺术电影相比较,商业电影的主题相对具有普遍性,容易引起观众共鸣。《功夫熊猫》中的"你认为与众不同,就会与众不同"和《哪吒之魔童降世》中的"我命由我不由天",实际上都讲述了"相信自己,就能创造奇迹"的主题。虽然这是非常简单的人生道理,但在现实生活中有多少人能真正做到呢?因此,我们需要不时地通过观看这样的电影来提醒自己"相信自己"。主题不必深刻,也不用担心老调重弹,因为虽然旋律相同,演奏者和听众却不同,感受也会不同。我们在不同的故事中与同样的道理相遇,而这些反复出现的道理正是人类千百年来思考的问题。因此,我们必须时常通过故事来正视它,反思自我,激励自我,完成心灵的成长。

情节设计和人物塑造服务于主题。人物的戏剧行动是为了验证主题,而验证的方式通常是让人物先陷入主题的反题,然后再走向真正的主题。比如,主题是"只有团结协作,才能克服生活中的困难",情节就可以先写反题"三个和尚没水喝",后写"他们精诚合作",最后终于喝上了水,从而证明了主题。再比如,主题是"真爱需要真诚",可以写主人公刚开始为了得到爱情而撒谎(反题),最后才明白只有真诚才能赢得爱情。

传达主题需要建立在人物和情节的基础上。如果人物塑造失败,情节编排不合理,即便主题设定再高明,也无法生效,只能变成没有说服力的抽象概念。剧本的人物和情节是可见的,而主题是隐性的。主题这个结论无法直接呈现,它需要一个过程才能显现,即人物和情节相结合,最终形成一种合力,完成主题的表达。

编剧要避免主题先行。有趣的人物形象或吸引人的情节足以成为故事的"发动机",而主题是在写作过程中逐渐寻找的。写作过程也是对人物或情节为什么可以打动作者自己的一个追问。好的故事素材天然蕴含着值得表达的主题。编剧在面对素材时,潜意识已经对故事的主题有了模糊的直觉感知。随着创作的深入,主题将逐渐清晰地浮现在面前。主题并非编剧制造出来的,它一直就存在,只待编剧寻找。对编剧而言,寻找主题的过程充满强大且神秘的吸引力,但也容易因缺乏指引而迷失方向,走冤枉路。

如果真的找不到故事的主题,那么可以从整个戏的高潮部分着手进行分析:当主人公在压力最大的时候,他做出了什么样的抉择和行动,以及最终导致的结果是什么。对于高潮及结局的处理,在某种意义上来说便是编剧对这个故事的态度,也就是主题。

当然,有些编剧习惯在动笔之前就先思考清楚剧本的主题,这犹如手握指南针,无论路途多么艰险曲折,最后总能找到终点。人物和情节都是为了表达主题而存在,有了方向就不会走冤枉路,有了正确的路线,往前的每一步都更接近终点。确定主题可以帮助编剧反推人物设定和情节设计的路线,评估什么样的人物和情节更有利于主题的表达。但如果主题先行,有时也很容易落入僵化图解抽象概念的陷阱。

写作方法无对错,因人而异,只要找到适合自己的,便是最好的。

有些电影会通过角色的台词直接表达主题,但是好的主题台词能成为金句,不好的台词则容易变成说教。这样的主题台词通常会出现在故事的高潮或结尾处。例如,《阿甘正传》中,阿甘的母亲在临终前对他说:"人生就像一盒巧克力,你永远不知道会尝到哪种滋味。"这句话实际上是阿甘传奇人生的写照,也是创作者想要传达给观众的主题:只要你相信,奇迹每天都在发生。在《海上钢琴师》中,天才钢琴家1900一生都未曾离开过邮轮。当他走下舷梯,准备踏上陆地时,却在中途转身折返。他说:"我停下来,不是因为所见,是因为所不见。"那个没有尽头的陆地世界对他来说太大了,那些太多的选择,像是无从弹奏的乐章。邮轮才是他的精神家园,他在这个有限的天地里找到了真正的自由。

主题台词也可能出现在电影的开始阶段,向观众暗示人物的命运,但此时主角却不自知。例如,《霸王别姬》中的程蝶衣年少时唱昆曲《思凡》中的词,"我本是女娇娥,又不是男儿郎",却将其一直唱错成"我本是男儿郎,又不是女娇娥"。尽管此时程蝶衣的故事还没有正式开始,但这句唱词已经预示了他雌雄不分、人戏不分、可悲可叹的一生。

《星际穿越》中因飞船燃料不足,宇航员只能在两个星球中选择其一作为目的地,而其中一个星球是艾德蒙斯的所在地。宇航员库柏和布兰德二人意见产生了分歧,于是有了以下的对话。

库　珀:好吧,如果我们要投票,有件事情你需要知道。布兰德,他有权知道。

布兰德:那跟这件事情没关系。

罗米里:什么意思?

库珀(对着罗米里):她和艾德蒙斯是恋人。

罗米里:真的吗?

布兰德:是的。所以我想跟随我的内心。也许我们已经太习惯依靠理论来解决问题太久了。

库　珀:你是个科学家,布兰德。

布兰德:听我说。爱不是人类发明出来的东西。它一直存在着,很强大,它是有意义的。

库　珀:爱是有意义的,没错。社会功用,人际往来,生儿育女……

布兰德:爱一个死去的人,这有什么社会功用?

库　珀:没有。

布兰德:也许,这意味着更多,我们不能理解的。也许它是某种证据,比如来自更高维度文明,是我们目前无法感知的。我风尘仆仆地穿越宇宙去寻找一个消失了十年的人。我知道他可能已经死了。爱是一种我们可以穿越时空维度感知的存在。也许我们应该相信它,尽管我们还不能真正理解它。好吧,库珀……没错,能见到艾德蒙斯的机会再小,我也不会放弃。这不意味着我错了。[①]

---

① 摘自电影《星际穿越》的片段。

《星际穿越》剧照

　　布兰德对爱的理解,其实就是《星际穿越》的主题。只是此时的主人公库珀还不能理解和认同,所以他理性地选择去另一个星球。而当库珀陷入黑洞的奇点,他才终于领悟布兰德关于爱的理解,并付诸行动论证了影片的主题。

　　故事的主题可以在开场暗示,也可在高潮或结尾处明示。但其实在故事的中段,矛盾冲突逐步展开和增强,人物面临困境,做出挣扎和选择。无须主题台词说教,观众亦可自行体会主题的深意,并跟随人物实现成长,最终确认主题。编剧所要传达的主题和观众所感受到的主题不一定会完全一致。当故事作为一个独立文本脱离编剧之后,它的主题不再为作者所控,每位观众都会对故事的主题产生不同的解读。我们可以把主题理解为发生在创作者与观众之间,没有统一标准答案的一种思想交流。

　　故事是观众追随作者开启的一段寻找真相并最终抵达真相终点的冒

险旅程。这个真相就是编剧所提供的主题。主题并不能帮助我们解决人生的实际问题,但它能让我们更加了解世界、了解人类、了解自我。虽然好的主题要能让观众有所收获,但编剧最重要的责任是为观众提供一个精彩的故事。观众只需好好地感受故事即可,而没有义务去费尽脑筋总结主题。主题从来就不是最终的目的和唯一的价值。故事才是永远第一位的。

4. 写自己想写和观众想看的故事

对于职业编剧而言,写故事是一种专业技能和谋生的工具。但对于大多数创作者而言,写故事更重要的是自我表达。我们总是期望每一次创作相较于自己以往的作品或他人的作品有新的突破。只有突破前人或旧我,才能真正体现自我创作的价值,这是编剧写作很重要的动力之一。

在信息爆炸的网络时代,任何一个可见的有价值的新信息被传播的速度都是迅猛的。在获取信息的渠道面前,每个创作者都是平等的。我们只有学会挖掘隐藏在海量信息中的宝藏,才可能领先一步。

读者和观众对于新鲜故事总是充满饥饿感。新鲜的故事就像新鲜的鱼一样,七分材料,三分功夫。只要食材足够新鲜,哪怕烹饪水平一般,也可以做出相对可口的食物。这就迫使每个有创新意愿的故事写作者不能仅仅依赖二手信息和间接素材,还需要亲历现场进行田野调查和体验,获取他人无法取得的第一手资料。

不是每个人都能随时捕到新鲜的"鱼",这需要持之以恒的努力,也需要一定的运气。太阳底下无新鲜事,编剧们拥有的故事题材不够新鲜,这是常态。所以面对常见的故事素材,以不同的方式去处理它,才是关键。好编剧总能找到一种新的方式,让旧的故事披上新衣,焕发新的光彩。奥斯卡最佳原创剧本《莎翁情史》用戏中戏的结构,将一个非常陈旧的"富家千金穷小子"的爱情故事变成了一部荡气回肠的英伦戏剧传奇。编剧不用刻意追求全新,完全新的故事可能并不真的存在,并且"全新"有时候意味着过分超前和缺乏共鸣。

故事的艺术价值不仅体现在内容和形式,更重要的是立场和观点。能够在无数次被呈现和阐述的故事里,找到原创的思想和价值观,也是考验编剧创新能力的重要指标。比如日本电影《罗生门》用不同的角度描述同一故事,呈现了一个全新的主题:话语是具有相对性的,事实的真相并不一定存在。

职业编剧靠写故事为生,自然要对市场有一定的研究和了解:最近什么样的题材、类型、风格的影片比较受市场欢迎,而又有哪些影片已经被淘汰,哪些是市场空白可以去填补。影视作品的生产周期比较长,剧本的写作是整个影视工业生产环节的前端,所以等作品真正可以上映,可能是一两年,甚至三五年之后,如何保证故事在未来的市场依然有效,这需要编剧对市场的判断具有前瞻性。当然,编剧过于贴近市场也并非好事,作品靠蹭市场热度会流于平庸。有市场意识,同时又能坚持自我,才是编剧的最佳状态。

许多编剧初学者常常会疑惑,是不是应该写自己的故事。例如,侯孝贤的《童年往事》、马俪文的《我们俩》、王朔与姜文的《阳光灿烂的日子》等电影都来源于创作者自身的生活体验。这些作品往往带有鲜明的个人印记,以及无法复制的生动和真实的情感。但是,首先,从素材储备的角度来看,无论人生阅历有多丰富,面对漫长的职业生涯和各种委托创作,仅仅写自己的故事是远远不够的。其次,除非经历具有无可替代的独特性,否则"写自己的故事"并不是一种优势。与其关注写什么,不如更加注重怎么写,尤其是书写的角度、情感和观点。换句话说,哪怕你写的故事和你的生活经历有千里之遥,只要能够在故事中注入属于你个人的特质,那么这个故事就成了属于你自己的故事。

世界是客观存在的,但每个人的观察方法和切入点都不一样。你需要提供的就是这个"不一样",这是你的故事真正价值所在。写作需要对自己进行深度挖掘,用故事来表达内心。写自己了解的故事不如写自己内心感兴趣的故事。感兴趣表示你有热情和好奇心去了解,并对其充满想象,它已经是你生命中的一部分,毫无疑问,它就是属于你自己的故事。内在驱动胜过一切。正是因为我们对世界充满疑问,才需要通过故事去寻找答案。编剧应该和笔下的人物一样,走出自己的世界,踏上故事的未知旅程。

再优秀的编剧也不可能擅长编写所有的故事,术业有专攻。有些编剧熟悉军事题材,有些则专攻爱情片。你可以选择一个熟悉的题材或类型进行深耕和精进,把自己变成这个领域的高手,最终成长为具有强烈个人风格的编剧,在市场上无可替代。

艺术电影追求美学风格和个人表达,商业电影则为大众提供娱乐。兼顾二者,写出雅俗共赏的故事,是大多数编剧的理想。有些电影只写一个表层故事,就事论事,简单直接;有些电影则在表层故事之下,还包含了社会议题和人生思考。一般来说,表层故事精彩就足以支撑一个商业电影。若是表层故事之外还有些值得观众思索和讨论的话题,这个电影的层次就会更加丰富。好编剧不但要超越同行,更要拓宽艺术表达的边界,不断超越自己。

无论何种类型的电影,最终目的都是与观众交流。电影是一种生产成本颇高的艺术和工业结合的产品,很难只为了自娱自乐而创作。因此,创作一个与观众有共鸣的故事非常重要。那么,什么样的故事才能与观众产生共鸣呢?首先,故事本身要与观众的经历有关。例如,《我不是药神》之所以引起观众强烈共鸣,与观众看病难、治病贵的切身感受有很大关系。其次,故事能够唤起观众强烈的情感体验。例如,《星际穿越》虽是科幻电影,但影片中穿越浩瀚时空的伟大父爱,这种普遍的情感感动了无数观众。

那么,我们应该写什么样的故事呢?如果这个故事不是我们想写的,那么即使尽力创作,也很难写好。如果连我们自己都对它不感兴趣,又怎么能期待观众会对它感兴趣呢?因此,答案就是:写自己想写、观众想看的故事。

故事从何而来

1. 拥有一个素材冰箱

写作素材库之于编剧,犹如厨师的冰箱一样,里面装满了制作大餐需要准备的各种食材,是万万不可缺的百宝箱。冰箱空空,就忙着空锅热油,后果可想而知。积攒素材是写剧本的首要程序,不可打无准备之仗。

素材不必拘泥于某一种特定形式。是枝裕和导演的电影《小偷家族》的创作灵感来源于一则关于家人隐瞒老人去世诈骗养老金的日本社会新闻。素材可能是一则新闻、一首歌、一张摄影作品,也可能是餐馆里隔壁桌客人一段有意思的对话,甚至可能是你刚刚做的一个梦。经典科幻电影《终结者》就是来自导演詹姆斯·卡梅隆病中做的一场噩梦。凡是可以触动你进行创作的一切事物,都可视为素材。

素材储备的多少直接影响故事的质量。冰箱越大,存货越多,可选择的余地就越大。素材量的基数决定了可用素材的质量,量变才会引发质变。《南方周末》记者叶伟民曾说,针对一个选题,至少要有不少于 30 万字的资料收集和阅读。同样一个剧本项目,只读过十本书的编剧和读过一百本书的编剧,写出来的剧本一定是有区别的。电影《刺客聂隐娘》的原著唐人传奇《聂隐娘》只有短短一千多字,为了更准确地了解大唐藩镇割据的历史时代背景、政治结构与社会风俗，编剧朱天文和导演侯孝贤花大量的时间和精力研究《资治通鉴》《旧唐书》《新唐书》等典籍，使得电影最终呈现出浓郁的东方美学意蕴和晚唐历史质感。

积攒素材贵在日积月累的坚持。如果我们有写作计划，可以有针对性地收集与构思相关的素材。如果暂时没有具体的写作计划，也可以留意那些我们认为可用的素材，为将来可能的故事做好准备。赢在起跑线上，总比在最后时刻临时抱佛脚要好。

一道菜的好坏取决于食材的质量，即使烹饪手艺再高超，如果食材不够好也无济于事。同理，储备的写作素材不可能全都是好的。选择素材往往是瞬间的直觉判断。今天你可能觉得一个素材很有用或有趣，但过了一周后可能就觉得乏味、形同鸡肋了。将素材晾一晾，沉淀一下，发酵一下，过一段时间再来看，可以更加清晰和理性地判断素材的价值。如果依然对它心动不已，那么毫无疑问，对我们而言，它就是好素材。

素材可分为直接素材和间接素材。直接素材可能来自你本人以及亲朋好友的生活，这种素材作为第一手资料，往往具有一定的独特性和原创性；而间接素材主要来自各种外部媒体的信息资料。直接素材是编剧十分宝贵的财富，比如我们记忆中一些独特的体验、记忆犹新的画面、人生的重要时刻。很多编剧新手认为自己的生活过于平淡，缺乏戏剧性，没有足够的素材来支撑自己的写作。这确实是一个现实存在的客观问题，但其实在日常生活中，编剧高手依然可以挖掘出金子般的故事素材，这取决于他们观察世界的角度和方法。同样的人和事，在不同人的眼中所呈现的都是不一样的，关键在于我们是否能找到独属于你自己的表现方式。日本电影大师小津安二郎终生未娶，一辈子只和母亲生活，父亲也不与其同住，但他却拍摄了许多关于婚姻、关于父亲的经典家庭电影。对于旁人的非议，他的回应是："虽然我被议论说'连婚姻生活都不了解，居然能描绘中年人的生活和婚姻的倦息等'，但是，如果没体验过就无法表现的话，那我岂不是也得去做小偷、杀人、通奸才能表现那些事?"[1]

作为职业编剧,哪怕人生经验和阅历再丰富,也很难仅仅依赖直接素材去进行无穷尽的各类故事创作。因此,如何获取、加工、运用间接素材,是编剧的一门重要功课。新闻是间接素材中最常见的一种,许多电影的故事原型都来自新闻事件。日本电影《魔幻时刻》的创作灵感来自编剧导演三谷幸喜看过的一则社会新闻:很久以前有一个黑帮要与敌对帮派谈判,但组员不够,他们就以拍电影为名,把前来试镜的演员当成组员带了过去,结果伪装被前来应聘的演员拆穿了,计划宣告失败。《落叶归根》《可可西里》《亲爱的》等优秀国产电影也都改编自真实发生的新闻事件。

除了文字、图片、影音资料的收集,实地采风是编剧获取间接素材不可或缺的工作步骤。李安导演为了写《推手》的剧本,不但随朋友赴波士顿拜访太极拳师傅,请教相关问题,甚至为了亲身体验一番,还跑到家附近的一所社区大学报名学太极拳,一边学拳,一边把《推手》的剧本写了出来。[2] 比如,如果我们要写一名外科医生,通过采风,我们可以了解外科医生的工作和生活的基本作息安排:几点要巡视病房,每天要做几台手术,中午能休息多长时间,他有哪些职业习惯,哪些常挂在嘴边的专业术语。当然,这些只是附着在人物身上的表层信息。对于编剧来说,通过采风去了解和感知人物的内心世界才是更为关键的。这位医生的欲望是什么?他的苦恼又是什么?他爱着谁,又恨着谁?领导对他的排挤,他会继续忍受吗?曾经手术失误导致病人死亡,是否令他对自己深爱的职业产生了动摇?站在医生的位置,用他的视角去看他周围的一切。站在手术台上,感受他的日常,感受他的眼神和呼吸,把自己变成他,这就是采风的意义。

采风活动要有一定的自主性,被动的安排和体验可能会导致素材被刻意剪裁。同时,素材收集之后还需要进行整理和研究。好比一个厨师

① 小津安二郎.豆腐匠的哲学[M].北京:新星出版社,2016:19.
② 张靓蓓.十年一觉电影梦:李安传[M].北京:人民文学出版社,2007:36.

腌制食物,除了找到食材和配料,还需要进行食材筛选、特定的工艺制作流程,以及足够时间的发酵。采风的意义在于可以让编剧广泛地接触世界,认识他人,走出书房,离开电脑屏幕,真实地生活。在采风中最重要的不是所见所闻,而是在这个过程中所产生的属于自己的独特思想和感受。

素材的搜集和整理,其实也是故事成形的过程。编剧可以同时为不同故事建立素材库,直到其中一个故事的素材库,已经比较充实,充满生命力,足以支撑写作计划,便可先从这个故事入手,开始安排写作计划,而其他素材库则继续"养"着,至待时机成熟。好的素材犹如埋在沙海中的金子,千淘万漉虽辛苦,吹尽狂沙始到金。

2. 第一反应靠不住

好编剧与差编剧的区别在于,前者能通过强大的自我筛选机制在瞬间得出一个有价值的艺术判断,而后者的创作直觉可能更多源于常识、惯性思维,甚至是偏见。

直觉产生于经验,但直觉一定准确吗？现在我们站在平整的街道上,直觉会告诉你:地球是平的。然而,了解地理常识的我们,一定知道其实地球是圆的。可见建立在有限经验上的直觉并不一定准确。而常识就很可靠吗？其实常识也随着时代的发展而不断变化,今天的常识未必就是明天的常识,科学的发展就是一个不断推翻常识的过程。我们对社会和生活的认知也是如此。

基于直觉和常识,我们常常无须认真思考,便可流畅地写出那些常见的人物设定、情节套路和细节。当有人要翻越天台的栏杆跳楼时,一定会有另一个角色及时出现劝阻;当女生被歹徒胁迫时,歹徒一定会说"你喊啊,你喊破喉咙也没人听得见";陪好友去面试的那个人,一定会考上,而专程去面试的主角则会落榜。写出这些看似"正确"的设计,对于编剧而言,自然是毫不费力的,甚至他可能还会为自己的职业素养沾沾自喜。但这些设计对于观众而言,却味同嚼蜡。因为它们已经被过度使用而失效了,人物还没开口,观众便知道他会说什么做什么,观众感受到的是编剧的"渎职"和无能。因为那些概念化、符号化的设计应该是观众的第一反应,而不应是编剧创作的第一反应。

所谓第一反应,就是面对某个情境,如同无须经过思考膝跳反射一般,本能做出的应对。第一反应是长期受外部影响而进行的自动思考,不一定能反映本心和自我思考。我们在讲一个故事的时候,常常第一反应就是从头讲起。按时间线来展示故事,容易建立事件的因果关系,也比较符合我们的叙事习惯。但其实处理故事的时间线索有许多的不同办法,我们可以倒叙,可以不同时空平行交织,甚至可以让时间变成一个闭环的圆。电影《暴雨将至》讲述了发生在巴尔干半岛,由于复杂的文化、宗教和民族问题所造成的三段互相交错的悲剧故事。电影的终点亦是电影的起点,时间宿命般地神奇轮回,永无尽头。同一个故事,不同的时间处理方式,给观众带来的感受存在天壤之别。当然,这里所谓的第一反应,是指"不好的第一反应"。写剧本不是做理论研究,艺术直觉是创作的原动力。编剧不是一定要排斥第一反应,而是要学会辨别"第一反应"是否靠得住。

当一部电影出现了某个十分受观众喜欢的新鲜桥段时,那么这个桥段便很快会被其他的电影复制和借鉴,直到它又变成了观众新的第一反应。所以,编剧在创作过程中必须不断追求新鲜和变化,以免因为直觉陷入套路之中。编剧要给观众看的应该是第二、第三,甚至第四、第五反应。抛弃第一反应的惯性思维与创作惰性,认清直觉和常识可能是创作的隐形障碍,逼迫自己去寻找新的反应,这才是好编剧的职业素养。专业摄影师常常喜欢说,如果取景的时候摄影师的姿势很舒服,那么得到的照片通常会很一般,因为他选择了最平常的构图。同理,一个故事写得太过容易,作者就该审慎反思,是否有问题了。熟能生巧,在创作中未必是好事。写作有时是一种痛苦煎熬的历程,只有克服这些艰难,最终得到一个好故事,才能体会真正的创作快感。

有些电影在视听上运用现代手法,但其精神内核却十分陈旧,甚至充满了偏见。例如认为东北人说话一定要用搞笑的乡村爱情腔,天津人一定要说快板,台湾人说话一定要嗲嗲的。这些偏见源自创作者的直觉,逐渐演变成了某种无意识的歧视。这种创作思维模式一旦确立,就可能成为一种"制度",并被用来评判故事。但故事永远不可能,也不应该制度化和标准化。

3. 想象力是可以训练的

想象力是创作者跨越已知经验,想象"未曾谋面"的全新事物的能力。它源自现实世界的某种匮乏,也是对现实世界的一种反抗。如果生活可以满足内心的一切需求,人们便失去建构另一个世界的动力。想象力的迷人之处在于看似不可捉摸,有如天助的神秘性。但这种神秘的能力并非凭空而来,而是基于创作者的记忆储存。零碎的记忆片段元素看似互不相关,在想象力的作用下,以各种意想不到的方式进行联结和碰撞,从而产生新的想法。

我们常常有这样的经验,在平日里咬断笔头也想不出一个有意思的故事,而在睡梦中却经常收获精彩绝伦、奇妙无比的故事(当然,我们不能依赖于通过做梦来进行创作)。有些神经学家认为,这是因为在睡眠中我们的大脑神经元处于放松状态,并形成与平日习惯和经验不同的新联结,从而在脑海中编织全新的故事。梦中的那些灵感,其实是我们日常积累在潜意识记忆中的素材重组浮现。因此,平日的素材储备越多,思维碰撞越激烈,联结方式越新奇,想象成果的数量和质量就越高。与催化剂相比,素材的储备更为重要。如果想要提升想象力,就要想方设法增加故事创作的记忆储备,否则巧妇难为无米之炊。我们已知的习惯和经验,恰恰可能是阻碍我们发挥想象力的顽固绊脚石。这也是为什么我们常常发现儿童有时比成年人更有想象力的原因。因为儿童缺乏经验,可以没有羁绊地通过想象来进行表达。因此,保持不断地怀疑和反思,打破惯性思维,对于培养想象力大有裨益。

在创作中要敢于大胆假设。当一个新奇的念头出现的时候,不要让理性逻辑先跳出来压制自己:这个想法太离谱了。比如我们写一场戏:一名中学老师到学生家里去家访,刚一进门,学生的家长突然掏出一把枪对着他。学生家长为什么会有枪?为什么他还要拿枪对着来家访的老师?这个场景太违反生活常理了。但对编剧来说,这并不重要。刚才那个场景如果让观众产生无限的好奇心,那么故事已经成功了一半。接下来,编剧需要依靠想象力把这个场景合理化,这就是编剧的工作。也许很难,但并非办不到。比如,那个学生家长是一名警察,而那个老师长得很像他一直苦苦追缉的危险逃犯。而这位老师之所以长得很像逃犯,是因为他就是那位逃犯的双胞胎兄弟。于是一个有戏剧张力的场景和有力的人物关系便建构起来了。剧作没有标准答案,每个人都可以运用自己的想象力为这个场景设计出各式各样的合理化逻辑。

好的想象力不是毫无逻辑地拼贴,而是一种发现。想象力可以发现事物与事物之间所隐藏的联系,这种联系能够被呈现是令人惊叹,同时又令人信服的。所以我们要学会假设。例如,如果一个孤单的小男孩最好的朋友是一个红色气球,他们之间会发生什么?法国的经典电影短片《红气球》讲的就是这样的一个故事。

把想象力当成一种可训练的技艺。通过不断练习,在大脑中建立有效的神经连接和反馈回路,让那些看似奇思妙想的点子成为一种可复制的日常生产力。把想象力训练变成一种习惯,习惯无须刻意坚持,所以我们每个人在日常生活中其实都在创作。优秀创作者的艺术直觉,是建立在无数次个人经验与对故事敏锐感知基础上所产生的想象力。当一般人还在进行逻辑思考的时候,好编剧已在电光石火之间,发现了创作故事的绝妙方式。

想象力其实是每个人天生便拥有的能力。老师看了交上来的作文沉默不语,你会想象老师是失望了还是被打动了;同事在走廊窃窃私语,你会想象他们是不是在议论自己;暗恋的男生在打球的时候,总是朝球场边你所在的方向频频看来,你会想象他也许也喜欢自己;望着世界地图上太平洋里几个芝麻大小的海岛,你会想象那里是否生活着可以在空中飞行的鲸鱼。世界如此之宽广,人生如此复杂,每个人都可以通过想象力构建自己对这个世界的认知,抵达想去的未知彼岸。

第二章
结　构

结构的意义

1. 结构是故事的骨架

　　如果我们将故事的构建比喻为建造一座大厦,那么结构便扮演着大梁、柱子、承重墙,以及各种管道的角色。当大厦落成后,这些部件就会隐蔽在各种内外装饰之中,不太容易被人注意到,但它们的重要性却是不可忽视的。这是因为故事的生命和价值需要强有力的结构支撑。

　　罗伯特·麦基认为:"结构是对人物生活故事中一系列事件的选择,这种选择将事件组合成一个具有战略意义的序列。"[①]序列意味着对时间进行顺序安排。处理故事时间最常见的方法,主要有顺叙和倒叙两种。顺叙,即按事情发生的物理时间的先后来展开故事;而一般我们所指的倒叙,是指把故事结尾作为开场先呈现给观众,然后故事主体依然是以顺叙的方式展开。倒叙的好处是可以增加悬念:为什么主人公此刻会处于这样的境地? 他是如何一点点走到这一步的? 倒叙还有另一个好处,即减轻创作负担。比如编剧要写两人关系的建立,可以先呈现两人关系"已确立"的结果,然后再用倒叙的手法去呈现他们如何走到这一步的。结果的

---

① 罗伯特·麦基.故事:材质·结构·风格和银幕剧作的原理[M].天津:天津人民出版社,2014:30.

呈现对观众来说是个理所当然的"既成事实",那么对倒叙回溯部分的推导逻辑,就相对不容易产生疑问。值得一提的是,李沧东导演的《薄荷糖》用了一种真正字面意义上的倒叙结构,依次讲述了一个中年男人在1999年、1994年、1987年等七个人生片段,以时间倒流的方式,探寻主人公无助人生的不幸根源。除了顺叙和倒叙,还有诸如《贫民窟的百万富翁》的时空交错式、《暴雨将至》的时间闭环式、《信条》的时间回文结构等各种各样的叙事时间结构。

故事开场是选择充分地铺垫,让观众先熟识人物,还是选择尽快进入戏剧核心冲突,哪种更能抓住观众?故事的高潮结束之后,是留给观众一定的时间进行情感缓冲,还是速战速决,防止故事烂尾?这些都由结构的安排所决定,也是结构要完成的任务。故事由情节组合而成,而如何组合即为结构,所以上述看似是情节问题,实质是结构问题。形式服务于内容,编剧要为故事的各个元素安排最佳的位置和发生顺序。同一情节以不同的结构方式呈现,会有完全不同的效果。无论采用何种结构,最终目的还是故事本身,脱离内容的精巧结构,充其量也只是奇技淫巧。

故事其实是编剧建构的一个自成一体、多层级的虚拟世界。这个世界可以被分解、细化成各种不同大小的单元,比如将故事分成几幕,每一幕里有几个段落,每个段落里有几场戏,每一场戏里又有几个节拍,而每个节拍又包含了几个镜头。我们再如玩乐高一般,将这些单元以最适合它们的方式,拼接成我们想要的故事。而对观众而言,他们也更喜欢被赋予了形状的结构化的故事,因为凌乱无章的信息通过结构更容易被解读和接受。好的故事是拥有独一无二生长方式的有机体,它的结构是具有弹性的,可以根据需求进行伸缩延展和变形。

故事结构是组织安排情节手段的方法,不同类型的故事有不同的结构。目前关于故事的结构,各种剧作理论书籍最常提到的就是"三幕剧"和"英雄之旅"。三幕剧的结构主要是将故事划分为开端、中间和结尾三个组成部分。以电影《饮食男女》为例,这部电影的剧本采用的就是典型的"三幕剧"结构,第一幕铺陈了大厨老朱每周为女儿们准备丰盛饭菜却无法沟通感情的困境;第二幕展示了三个女儿各自面对爱情、工作、家庭等问题并逐渐疏远父亲;第三幕描绘了老朱重新找到爱情并与女儿们达成和解。

"英雄之旅"是编剧专家克里斯托弗·沃格勒将心理学家荣格的理论和美国学者约瑟夫·坎贝尔的研究相结合后应用到故事创作中的产物。约瑟夫·坎贝尔在《千面英雄》的神话研究中认为"故事只有一个,虽然形式不断变化"。[①]"英雄之旅"故事的开场,主人公处于日常生活状态,直到有一天因为某个催化剂事件,他的生活平衡被彻底打破,不得不踏上"英雄之旅",以此找回生活的平衡。在冒险旅途中,主人公将遭遇强劲的对手,面临诸多的困难,但在导师和盟友的帮助下,他最终克服了内心的欲望和恐惧,战胜了对手,通过了终极考验,实现了人生的成长。这种故事结构可以被视为"三幕剧"细化后的结果,一直以来都在各种叙事体裁中被广泛使用,同时也是当前电影市场最为普遍的主流结构。乔治·卢卡斯最著名的《星球大战》系列的电影剧本创作的直接参考就是"英雄之旅"的结构。沃格勒将"英雄之旅"分为 12 个阶段。[②] 接下来,我们同样以《饮食男女》为例,分析主人公大厨老朱的"英雄之旅"。

(1)正常世界:厨师老朱与三个女儿的日常生活。

(2)冒险召唤:二女儿家倩提出搬出这个家,引发家庭矛盾。

(3)拒斥召唤:老朱没有直接回应,而是跑去饭店救急。

(4)导师:同事温叔开导老朱坦然面对女儿们的成长。

(5)越过第一道边界:老朱偶遇锦荣的女儿珊珊一人挤公交车。

(6)考验、伙伴和敌人:老朱决定替锦荣照顾珊珊。三个女儿各自生活的进展。

① 约瑟夫·坎贝尔.千面英雄[M].杭州:浙江人民出版社,2016:1.
② 克里斯托弗·沃格勒.作家之旅:源自神话的写作要义[M].北京:电子工业出版社,2011:7~8.

（7）接近最深的洞穴：老温住院。

（8）磨难：家倩被骗钱，家宁宣布怀孕和搬出家。

（9）报酬：老温死了，家倩开始理解父亲老朱的心境。

（10）返回的路：老朱决定退休。

（11）复活：老朱举办家宴，宣布与锦荣的关系，震惊全场。

（12）携万能药回归：老朱与锦荣生活在一起，锦荣怀了老朱的小孩，老朱恢复味觉。

虽然"英雄之旅"的公式化和机械化颇受争议，但使故事变得俗套和乏味的是陈旧的创意内容和不够鲜活的细节，而不是"英雄之旅"。我们可以看到不计其数以"英雄之旅"为故事结构的电影获得市场和口碑双赢。事实证明，"英雄之旅"仍然是目前故事市场被运用最广、接受度最高的结构模型，它所具有的普世性深层结构值得故事创作者深入了解和研究。

但"英雄之旅"无法包治百病，并不是每一个故事都适合"英雄之旅"，如果拿它当万能公式生搬硬套，最后只能削足适履，把故事带往一个错误的方向。比如，侦探推理片主要是以剥洋葱式的结构来推进故事，让观众跟随侦探进行猜谜游戏，一点一点地接近真相，最终完成对法律和正义的维护，故事也就圆满了，剧中的推理者本身并不一定需要经历所谓的"英雄之旅"的成长。当然，与侧重破解诡计的本格派推理不同，如果是硬汉派或者社会派的侦探推理故事，侦探在追查真相的过程中，会深度参与到其他人物的生活中去，在解决他人问题的同时，也改变了自己，这其实也是某种意义上的"英雄之旅"。

许多编剧试图超越以上所述的结构，进行创新。例如《罗拉快跑》写的是一个女孩罗拉必须在 20 分钟内筹到 10 万马克，才能拯救男友曼尼的故事。电影通过段落式的结构，展现罗拉三次不同遭遇的奔跑而导致的三种不同结果，表达了人生充满偶然性的主题。电影的戏剧核非常简单，若选取其中任何一个段落都不足以支撑起一部电影，而恰恰是同一个故事的三个不同版本组合成一个互为镜像的关联结构，才充分凸显了影片的主旨。同样《真爱至上》则是以十个相对独立又互有关联的爱情故事，谱写了一首动人的英伦圣诞协奏曲。以上两部片子看似进行了结构创新，但细想片中的每一个小故事，又何尝不是"三幕剧"和"英雄之旅"呢？

2. 故事的四种模式

电影故事的模式大体可分为以下四种：一人一事、一人多事、多人一事、多人多事。"一人"指的是故事有一位绝对的主人公，"一事"指的是故事有一条清晰的情节主线。清代戏曲理论家李渔在《闲情偶寄》中提出"立主脑"，若无主线、情节分散，则如"断线之珠，无梁之屋"[①]。"一人一事"，是电影中最常用的故事模式。比如《秋菊打官司》就集中写农村妇女秋菊这个人物和她不断到处去为被村主任踢伤了的丈夫讨说法这一件事。"一人多事"则是通过描写一个人物生活中的几件重要的事情，来刻画和塑造人物的形象和特质。例如《梅兰芳》截取了梅兰芳人生中的三个片段：死别、生离和聚散。[②] "多人一事"，即群戏，一般是由多个戏份相对平均的角色共同围绕一件事情所展开的戏剧行动，例如《七武士》《八美图》。"多人多事"同样是群戏，不同的是每个角色在故事中虽互有牵连，但他们拥有相对独立的"情节线"，例如《真爱至上》《有顶天酒店》。以上四种模式中，"一人一事"和"多人一事"都可以用"三幕剧"的方式来结构；而"一人一事"和"一人多事"适用于"英雄之旅"，因为"英雄之旅"比较强调"英雄"作为绝对的单一主人公。当然以上原则并非绝对。

关于"三幕剧"和"英雄之旅"，常见两种迷思：第一，经典结构是公式，套用公式就能写出好故事；第二，经典结构是套路，套用经典结构，故事容易流入俗套。前一个迷思是不明白结构只是一个工具，它可以帮你更高

---

① 李渔.闲情偶寄[M].上海：上海三联书店，2014：24.
② 陈凯歌.梅飞色舞[M].南京：凤凰出版社，2008：139.

效地组织故事,但无法让你的故事变得更好;后一个迷思则是轻视结构的功能和价值,把故事的骨架和血肉混为一谈。没有骨架,无以成形,而真正决定故事的是填充在骨架之中的那些血肉。那么我们到底是先选择一个结构来处理内容,还是根据内容来选择结构?结构是工具和手段,但不是目的,工具会帮助我们,同时也会让我们对其产生依赖,从而限制我们。故事的最终目的还是创造艺术形象,只有对故事素材中的人和事有深刻的理解和掌握,才能为之找到合适的表达途径,结构的方式也随之应运而生。结构是用来帮助讲故事的工具,但不会影响故事本身的独特性和讲述的风格。所以,我们应该依照内容来决定结构,而不是用结构来框定人物和情节。当然,对于那些追求"形式即内容"的艺术电影来说,电影的结构本身就是其意义所在,这里不做过多阐述。

本章的以下小节中,我们将以"三幕剧"结合"英雄之旅"的结构模型展开详细的论述。

结构的组成

1. 迈开第一步：故事的开场

在电影中，故事开场一般指前十分钟左右的情节。开场不仅仅是如何展开故事讲述的问题，更决定了观众是否愿意进入编剧建构的虚构世界，所以开场的重要性毋庸置疑，应该精心设计。

开场需要先交代故事发生的时空。如果是观众熟知的时空背景，无须刻意交代，观众在展开的剧情中可自动获取信息。但时空背景若是观众陌生的，或者是一个虚构的时空设定，则可用字幕或旁白的方式来直接说明，达到事半功倍的效果。例如谍战电影《风声》的开场字幕如下：国民党副总裁汪精卫私自与日本媾和，在南京成立新的"国民政府"。汪精卫在各沦陷区成立剿匪司令部，大肆迫害抗日分子。自此，中国抗战进入内忧外患时期。[①] 开场的背景信息要充分交代，足够为观众理解即将发生的故事提供必要的支持，同时又要精炼，不要过于冗长和琐碎，沉迷于一些看似有趣实际无效的细节。

电影与观众建立关系，就像在大街上与陌生人搭讪一样不易。如果

---

① 摘自电影《风声》的片段。

开口前几句话,没有引起对方兴趣或者打动对方,可能马上会被拒于千里之外,失去进一步交流的机会。所以故事的开场要设法引起观众充分的好奇或者共鸣。好奇,需要故事充满悬念,一个平铺直叙,一览无余的开场,只能传递给观众信息却无法勾起他们观影的欲望,适当地在开场设计可以吸引观众的诱饵十分必要。共鸣则是建立观众与人物的情感联结,可以通过人物的性格、内心需求及外在欲望的展示,令观众对人物产生兴趣或者认同。

我们讲故事总是习惯遵循物理时间的流动规律,从前有座山,山里有座庙,庙里有个老和尚……但其实我们也可以从小和尚下山游历红尘之后,回到山上推开寺庙大门的那一刻开始讲起。再比如传记片,未必需要从主人公出生写到生命终结,而是选取他人生中最值得被书写的几个片段或者经历来展开,也许一开场他已在弥留之际,也许一开场他正陷入人生的重大困境。故事并非一个完整的连续的时间流动,而是由许多时间切片拼接而成。拉约什·埃格里说:"务必使你的故事从中间开始,无论如何不要让它从开始时开始。"[1]开场的时间点必须是一个特殊的时间点,即人物此时正在或者即将经历某个戏剧性的事件。

综上,故事开场有各种各样的方式,比较常见的有以下四种。

第一种是描述主人公在开始故事冒险旅程之前的日常生活,对故事的背景、主人公的基本信息进行充分展示。《楚门的世界》的开场介绍了主人公楚门平凡的一天:出门和邻居打招呼、开车上班、外出办理保险业务、修理草坪、与好友喝酒聊天。影片透过片头的采访讲述、偷窥机位视角的暴露,以及从天而降的摄影棚灯具等细节,透露出隐藏在日常生活背后的一个惊人事实——楚门不知道自己其实一直生活在一个真人秀节目中。与此同时,电影的开场还让我们了解到楚门想要离开这个小岛,去往外面世界的内心愿望。观众通过这个开场,对楚门任人摆布的命运产生

---

① 拉约什·埃格里.编剧的艺术[M].北京:北京联合出版公司,2013:155.

同情,同时也看到他想要改变现状的内心需求,观众希望他能够识破这个巨大的谎言,摆脱现状,找到属于自己的真实生活,所以对他接下来的命运走向产生了好奇和期待。这无疑是一个非常成功的开场。

第二种电影开场是主人公一出场就处于一个高强度对抗的动作情节之中。矛盾冲突的激烈性和动作场面的吸引力,可以令观众迅速集中注意力,并对剧情产生本能的关注。《让子弹飞》的开场是劫匪张麻子伏击即将走马上任的马邦德一行,并决定取代马邦德以新县长的身份奔赴鹅城。吃着火锅唱着歌,马拉火车狂奔,精准的子弹狙击,车厢脱轨凌空而起,以及审讯活口,这些充满刺激的、快节奏的动作场面能够快速将观众带入一个脱离日常、极具戏剧性的情境之中。观众此时早已无法冷静思考仔细揣摩个中逻辑和细节,便被这感染力十足的场面和叙事节奏裹挟着往前走,共赴一场故事的盛宴。

这种高强度的开场方式也可以让主人公的对手先出场。例如《蝙蝠侠:黑暗骑士》的开场也是一段抢劫戏,但出场的人物不是主角,而是剧中的大反派小丑。小丑用一种近似癫狂的方式完成了抢劫银行的目标,与此同时又令人震惊地把自己的同伙一个个杀掉。一个极致邪恶的形象迅速在观众心中刻下了烙印。《碟中谍2》的开场是反派肖恩用易容术假扮主人公伊森,获取医学博士的信任,在航班上通过制造飞机事故,抢走他随身携带的新型病毒资料。这场戏包括了"易容术""飞机高度骤降""乘客集体昏迷""高空跳伞"等诸多元素,即便是最冷漠的观众也很难抵挡这种肾上腺素飙升的本能刺激。大反派的先出场,展示了主人公对手超乎寻常的黑暗力量,让观众提前感知主人公即将面临的巨大困境和非常挑战,并对双方必将发生的激烈对抗产生强烈期待。当然,这种以动作性场面作为开场的方式,只适合某些特定的题材和类型,如果主人公或者故事本身并不存在这种高强度剧情的可能性,选择这种方式开场就会显得刻意和生硬。

以上所述的两种开场方式,前者的优势在于进入真正戏核之前,让观众通过充足的信息对人物产生兴趣或者认同;后者则是通过外部的动作性事件,先抓住观众的注意力和好奇心。这两种开场方式都需要把握一个度。前一种不能巨细靡遗地陷入琐碎的日常,要抓重点,点到为止;后一种动作性事件的强度不能超过后续的高潮情节的强度,否则会给人虎头蛇尾的感觉。另外,这个动作性事件一定要与主人公有直接或者间接的关系,不能是为了吸引观众而虚晃一枪的噱头。

还有一种介于这两者之间的开场方式:某人来到某地。如《断背山》的开场是恩尼斯和杰克来到农场寻找牧羊人的工作;《大地惊雷》是 14 岁的女孩玛蒂·罗斯到陌生小镇处理被谋杀的父亲的后事。这种开场方式可以让情节迅速展开,同时又带有一定动作性,也有利于更加从容地交代人物基本信息,更好地引导观众尽早进入故事的情境。

第三种方式是以一段与故事主体情节拉开一定时空距离的独立故事段落为序幕,作为电影的开场。这个序幕段落与故事的主题、情节和人物息息相关,并且或明或暗地影响主人公的命运进程。比如,《无间道》的开场描述了古惑仔刘建明和警队学员陈永仁在命运中交错的少年时代。刘建明受黑社会老大的指派,进入警察队伍担任卧底,而陈永仁则接受警方的指令,到黑社会当古惑仔卧底。这段序幕虽未涉及故事主体情节,但却是极为重要的故事背景信息。另外,电影《再见列宁》的开场序幕描述了主人公东德少年阿历克斯童年遭遇父亲叛逃西方的家庭变故,大受伤害的母亲从此成为一名坚定的社会主义拥护者。而电影的主体情节则发生在十年后,母亲陷入昏迷,错过了东西德统一的历史时刻。为了避免刺激母亲苏醒后的病情,阿历克斯努力营造了一个已经消失了的民主德国世界,让母亲在其中安心生活。

第四种方式是倒叙式的开场。这种开场方式往往选择耐人寻味的故事结尾或者扣人心弦的故事高潮段落,令观众产生好奇与观影期待。《末代皇帝》的开场是 1950 年中国政府从苏联引渡伪满战俘,作为战俘成员之一的末代皇帝溥仪在车站的厕所,试图以割腕的方式结束自己的生命,然后电影再回到溥仪的幼年时期,从其被选为皇帝继承人开始,娓娓道来他跌宕起伏的传奇人生。这种开场方式,有时也会引入一个现在时空的讲述者视角来展开。例如《本杰明巴顿奇事》的开场,是以临终前的老年黛西通过本杰明巴顿的日记本,向他们的女儿讲述亲生父亲"返老还童"的一生。

当然,剧作无定式。故事的开场并无标准的方式和答案,只有好坏,并无对错。

2. 故事真正开始的地方: 戏核点

如果按三幕剧来结构一个电影剧本,第一幕除故事开场之外,最重要的任务是"进戏"。所谓进戏,即抵达故事真正开始的地方,有些剧作书把进戏的位置称为"情节点一",而本书把它称为"戏核点",即进入整个电影最核心的戏剧冲突。《火星救援》的戏核点是一位滞留火星的宇航员通过种植作物维持生命,等待地球的救援。这个戏核故事背景是火星,人物有份相对特殊的职业(宇航员),以及他面临着一个不可能完成的任务,即在火星上靠种植维持生存直到被救援。这个创意在三个维度都是超越日常经验的,特别是主人公所面临的冲突和必须完成的任务,具有情节跌宕起伏的发展空间,有很强的商业性。而艺术电影的戏核点设计相对更注重背景和人物之间形成的张力,对于冲突的设计更倾向心理层面而非外在层面。以《小武》为例,它讲述的是 20 世纪 90 年代山西县城的一个小偷。单独看背景和角色本身并无特别之处,但是这个县城正处于一个纷扰喧嚣的剧变时代,而这个小偷却是一个保守恋旧的边缘人,他与这个时代形成了一种张力,面临着亲情、友情、爱情等一系列关系的考验,试图寻找到一个自我安放的位置。

在开场和戏核之间,往往会先出现一个催化剂事件,令人物身上发生一系列连锁反应,并最终导致戏核的出现。催化剂事件出现在紧邻开场结束后的位置,一般在电影十分钟左右出现。《绿皮书》的催化剂是托尼因为工作的俱乐部重新装修停业,不得不找一份短期工作来养家。为了赚钱,托尼与人打赌吃下 26 个汉堡,赢得 50 块钱,但这并非长久之计,而黑帮的拉拢也被他拒绝了,连手表都拿去当铺当掉,最后才不得不接受黑人钢琴家唐的雇佣。《诺丁山》的催化剂事件是书店老板威廉与好莱坞女星安娜在路口转角相撞,他将咖啡撒了安娜一身,从而创造了两人可以独处一室,互生好感并最终相爱的契机。

主人公的恋人或对手通常会在催化剂事件或者戏核点位置出场。催化剂事件可以令双方建立关系,例如爱情片中恋人第一次相遇;而戏核点则将两人关系变得密不可分,如恋人确认彼此相爱或者主人公和对手正式交锋,达成戏剧的对立和统一。除此之外,故事中的其他主要配角也需要在第一幕介绍给观众。在英雄旅程中,配角可能是主角的助手或者导师,配角最重要的功能是服务于主角的塑造。

电影的第一幕通常会展现人物所面临的内心问题,但在进入戏核点之前,主人公仍有机会选择保持现状或逃避问题。例如,《绿皮书》中的托尼有明显的种族歧视立场,甚至连黑人维修工喝过的水杯都要扔掉,他不会接受黑人的雇佣,除非万不得已。然而,当他决定接受唐的雇佣时,他就必须正视自己对种族问题的立场。在这段长达八周的巡回演出中,他和唐不得不朝夕相处,这将是一次关于他自己和他的立场的深刻反省。《卢旺达饭店》中的主人公保罗则面临着不关心政治而只在乎饭店管理的问题。催化剂事件是邻居深夜被胡图族武装带走,保罗表示只能照顾自己小家的安危,对其他人的遭遇无能为力。但当胡图族发起针对图西族的种族大屠杀时,他不得不面临真正的抉择。人物的内心问题实际上也反映他的内在需求,如果他无法解决这个问题,他就无法成为更好的人,也无法获得更好的人生。因此,第一幕需要充分且明确地点出这个问题,因为这是人物进入第二幕继续前行的最重要内在动机。

戏核点是电影从第一幕转向第二幕的拐点,主人公主动或被动地做出抉择。戏核点前后的故事存在明显的边界,在这个情节点之前是主人公"旧的人生",在这之后则是通往"新的人生"之路。"熟悉的生命范围被突破,旧有的概念、理想和情感模式不再适用,超越阈限的时刻即将到来"。① 戏核点具有明确的转折性,将"日常"变成"反常",从而产生真正的"戏剧化"。这一情节点的设定,应该具备一定的意外效果,既对观众而言,也对故事主人公,因为他也没想到有一天会开始这段冒险的旅程。谁曾想到有种族歧视的托尼会和黑人钢琴家踏上巡演之路? 只求安稳生活的保罗会冒着巨大的风险把图西族人带回饭店避难?

戏核点具有强大的力量,能够彻底打破主人公生活的平衡并制造巨大的阻碍。在《绿皮书》中,带着自己的黑人雇主,在种族歧视严重的美国南部进行长达八周的巡演,这个戏核点无疑给托尼制造了很多麻烦和考验。在《诺丁山》中,一个小书店老板爱上一位好莱坞巨星,两者之间存在的巨大社会阶层鸿沟是如此难以逾越,威廉在戏核点假扮记者去见安娜,勇敢地跨出了爱情征途的第一步。

3. 第二幕是故事的主体

第二幕是电影故事结构的主体部分,一般而言会占到全片二分之一的篇幅比例。

如果把故事比喻成一篇论文,那么故事的第二幕就是作者论证观点的主要过程。第二幕应该合理有序地安排各种论据,来证明故事的主题。论据越充分,论证越合理,论点便越令人信服。

以《绿皮书》这部电影为例,它的主题是:只有深入彼此的生活,才能超越阶层和种族的偏见和歧视。为了表达这个主题,首先,需要设置一对彼此互有成见的人物角色,托尼是一个有严重种族歧视的底层白人,而唐

---

① 约瑟夫·坎贝尔.千面英雄[M].杭州:浙江人民出版社,2016:43.

则是一个生活优渥的黑人钢琴家。其次,需要合理地让两人在故事中建立牢不可分的人物关系,即托尼需要赚钱养家,而唐需要一个能够解决麻烦的白人司机带他到南部巡演。接着,两人需要在旅行过程中深入彼此的生活,托尼被唐高超的琴技所震撼,同时也看到他虽身处上流社会却一路受到各种种族歧视的辛酸,而唐也发现托尼这个看似粗鲁的底层白人,其实是一个可靠、善良、有正义感且顾家的好男人。

第二幕的故事线不能是平铺坦荡的直线,而应该是起起落落、不断升级的曲线。主人公总是进一步,退两步,看似接近目标,却被打回原点,掉进了坑里,又在坑里意外找到宝藏,但接着发现宝藏是假的……总之,对主人公来说,这是一段冒险的旅程,充满了各种危机,也蕴藏了无数的机会。

《星际穿越》的第二幕讲述宇航员库珀接受 NASA 任务,开始寻找适合人类迁徙的宜居星球的星际航程。在这一幕中,库珀遭遇了各种各样的阻碍:巨浪的袭击、队员牺牲、飞船燃料耗尽、拯救第一批探险者却遭其暗害、飞船补给仓被炸毁、坠入黑洞。每一次遇到看似不可克服的困难,主人公总能想方设法克服,每一次似乎看到希望,却又马上遭遇更大的困难,这就是剧本第二幕的叙事逻辑。库珀逃过巨浪的袭击,发现时间已经过去了 23 年;以为找到了适合人类生存的星球,但发现一切的数据都是第一批探险者为了获得救援所伪造的;成功拯救了飞船和女科学家,自己却再也无法回到地球。

第二幕其实是主人公完成成长的量变过程,但还未发生真正意义上的质变。在第二幕中,主人公离开了日常的安全区,朝未知的旅程前进,他将经历各种困难和挫折,同时也在不断地成长和发现自我。主人公的根本问题或者内在需求,需要到第三幕的高潮部分才能得到彻底解决。所以,虽然随着第二幕故事的逐渐展开,人物在以观众肉眼可见的程度发生渐进式的变化,但"旧的人生"依然会在第二幕深刻地影响着主人公的言行。《绿皮书》中的托尼和唐两人在影片的第二幕朝夕相处,对彼此的了解越来越深入，唐从看不惯托尼的粗鄙到欣赏他的率真，托尼从不屑于唐的骄傲到目睹他的脆弱。但两人也仍然坚持各自的偏见立场，不断发生冲突。

此外，第二幕必须充分展示故事的戏核点概念，满足观众对故事类型的预期。如果是西部片，必须要有精彩的枪战对决；如果是恐怖片，一定要听到观众的惊声尖叫；如果是喜剧片，则得让观众乐不可支。

第二幕的目的是让主人公和观众相信事情正朝着正确的解决方向发展，但实际上却朝着错误的方向前进，这就是所谓的"走弯路"。第二幕遗留的问题必须在第三幕的高潮部分才能得到彻底解决。因此，就像剧情中的第二个转折点一样，第二幕的终点也是故事的重要转折点。在这个拐点时，人物的状态甚至可能比刚开始出场时还要糟糕，观众此时会认为主人公根本不可能解决剧情中遇到的问题。

然而，这个拐点实际上是引导主人公在第三幕中"曲折前进"，找到通向"最后正途"的起点，以解决真正的问题。总之，第二幕中人物的前进方向是正确的，他们隐约知道问题所在，但与解决问题的真正路径却是错位的。人物在第二幕中的遭遇为第三幕的高潮部分铺设了基础，没有第二幕的所有经历，主人公也就无法在第三幕中解决他们的根本问题。

4. 高潮：终极一战

第二幕的拐点是主人公经历了量变但未实现质变的阶段，他必须在第三幕完成新的阶段性任务。在这个拐点上，主人公可能会遭遇重大失败，被迫去争取最后的胜利，因为此时他的动机已经由被动变为主动，他已不再是进入戏核点时的他。第三幕是第二幕情节的延续，但又是相对独立的篇章。我们可以把它理解为游戏中主人公与大 Boss 面对面的最后一关。第三幕是起承转合中的"转"和"合"，要与第二幕的方向背道而驰，做出一个巨大的转折。这一幕的情节整体强度明显区别于第二幕，经过第二幕中的各种考验的主人公将面临决定命运的终极一战。

第三幕中最重要的是高潮和结局。

高潮不是故事中的一个时间点，而是一个段落。故事的高潮一定要发生在主人公身上，并由他自己采取行动去解决，而不能放在其他次要人物身上，因为高潮是整个故事结构中最能表现主人公是什么样的一个人的环节。

拉约什·埃格里在《编剧的艺术》中说："发展就像进化，而高潮就像革命。"[①]情节高潮是整个故事戏剧动作和矛盾冲突最激烈的场次。《泰坦尼克号》的情节高潮是巨轮开始沉没，主人公杰克和露丝面临生死危机的考验；《这个杀手不太冷》的情节高潮是杀手里昂与率特警队突袭的恶警斯坦斯菲尔德的激烈枪战；《无间道》的情节高潮则是陈永仁与刘建明的天台对决。在情节高潮段落，对手总是看上去无比强大，而主人公的胜算很小。意外发生的冰海沉没、以寡敌众的惨烈、无法证明的身份，情节高潮是主人公在外部情节线面临的最大考验，也需要他拿出最大的力量来与之抗争，因为这是他最后的机会，只有行动才可能达成所愿。

故事除了情节高潮，还存在情感高潮。所谓情感高潮就是主人公内心面临最重要抉择的时刻。情感高潮依据不同类型的故事出现在不同的位置。有些电影的情节高潮和情感高潮是合二为一在同一个段落。例如《诺丁山》的高潮是威廉赶到媒体见面会向安娜告白，《这个杀手不太冷》中，里昂和马蒂尔达在混乱枪战中对彼此说出"我爱你"，动作与情感是合二为一的。《杀人回忆》也同样是二合一，情感高潮是警察穷尽一切追凶，等来的却是DNA与疑犯不吻合的检验报告，两位警察在火车隧道中面临理智与情感的抉择。

情感高潮也可能出现在情节高潮之前或之后。故事的主线和副线交错并行，主线是情节行动线，副线是情感关系线。如果主人公通过情感关

---

① 拉约什·埃格里.编剧的艺术[M].北京：北京联合出版公司，2013：56.

系线发生顿悟,然后下决心去面对最后的考验,那么情感高潮就发生在情节高潮之前。例如,《无间道》中陈永仁和心理医生李医生互相告白,使陈永仁坚定要做回警察的决心,而刘建明的女友听到有关他真实身份的录音,则促使他下定决心洗清自己的黑社会身份。如果主人公在主线中经历了与对手的"艰难一战",终于明白自己在副线中的内心需求是什么,那么情感高潮将会发生在情节高潮之后。

情感高潮并不同于情节高潮,它更多的是通过对话语言进行呈现。例如,《泰坦尼克号》中漂浮在冰海中的杰克与露丝那段感人至深的临终告别。《辛德勒的名单》的情节高潮是辛德勒从奥斯维辛营救回数百名妇女和儿童,而情感高潮是他在战争即将结束之时,面对犹太幸存者和纳粹看守士兵的那番震撼人心的演讲。

不少剧作书常常提到"顿悟时刻",其实是主人公在情感高潮戏中做出的内心抉择,破除固有思维,解开心结的时刻。顿悟是量变到质变的过程。高潮戏之前人物所经历的一切内心历程,如果没有充分合理的量变,"顿悟时刻"就会显得突兀和生硬。

如果主人公在第三幕中已经开始知道真正的前进方向,那么高潮部分将会完成真正的"蜕变",一个全新的主人公将诞生。高潮事件的解决方式一定与故事主题相关,而主题也需要通过高潮戏得以揭示。人生和故事旅程一样,都是艰难寻找自我的漫长之旅,我们终其一生可能也无法找到真正的方向和答案。顿悟是艺术对生活的一种加工和提炼。主人公内心的抉择是令观众意外的自我超越。作为人生的比喻,故事给予了观众心灵莫大的启示和抚慰。

高潮戏不一定要热闹,惯性创作思维认为高潮戏需要比武决斗、表白求婚、生离死别、揭露真相等元素。然而,《色,戒》中王佳芝在首饰店里说的那一句"快跑",《海上钢琴师》中1900走下舷梯,但又平静地返身上船,《爱》中乔治突然用枕头按住妻子安娜的脸,都是经典的高潮戏。评判高潮场面的好坏,更多是基于它在故事中的戏剧张力和情感张力,而不是场面本身。

经历高潮后,主人公有可能成功,也有可能失败。如果主人公在高潮之前一路成功,那么在高潮部分,他可能会遭遇惨败;如果主人公在高潮之前一路挫败,那么在高潮部分,他就可能大获成功。总之,高潮必须是第二幕结点的一次反转。

高潮的结果决定了结局的走向。高潮只能解决戏剧的核心问题,但不能解决全部问题。核心问题解决之后,主人公可能仍然需要处理剩余危机的困境,或者需要为高潮之后的故事打扫战场,检查敌我伤亡情况,安葬需要安葬的,告别需要告别的,团聚需要团聚的。这正是结局需要承担的戏剧功能。

观众期待电影中的高潮场面,因为它可以给予观众最大的感官刺激和情感体验。许多电影预告片中的镜头往往来自高潮场面,因为它们具有最强的视觉效果和情感浓度,是整部影片的精华所在。观众对故事的满意程度很大程度上取决于高潮是否令观众满足。一个缺乏高潮的故事说明其结构安排失衡,戏剧张力不足,人物考验不够有力。情节发展线不仅要曲折,还要逐渐升级,从前面的几个小高潮逐渐升级成一个奇峰,而这个奇峰的顶点便是高潮。观众可以接受电影前半部分的平淡,但无法接受缺少高潮情节,即便前半部分精彩纷呈也不行。

5. 结局是目的地,但不是终点

很多时候,故事的结局并不是在最后才写的,而是在创作伊始就已经确定好的。作者先设定目的地,然后开始逆向行驶。正因为有了明确的终点,才知道风该往哪个方向吹,故事该朝着哪个方向发展,才不会走错路。即便情节发展曲折复杂,也总会峰回路转,在终点汇合。

高潮之后的结局需要交代主人公的最终归宿。《辛德勒的名单》的主人公辛德勒的结局是作为英雄被他所营救的犹太人及其后代永久缅怀;

《末代皇帝》则以溥仪成了新中国的一名普通公民,购票进入故宫参观作为影片的结尾。如果剧本存在情节副线,结局同时也要整合各个情节副线的支线,对次要角色的归宿进行交代说明。

不同题材、类型和风格的电影都有各自常用的结局模式。大部分商业电影会选择大团圆结局,以满足绝大多数观众的情感期待;在一些特定类型的电影比如悬疑、推理等类型片中,则以揭秘式结局将故事的真相告诉观众;而艺术电影则相对偏向于选择开放式结局,让观众产生新的思考。

电影选择以开放式结局结束,虽然没有为观众提供明确的答案,但会通过留白或暗示来创造未完成的悬念,激发观众的兴趣和想象空间。例如,《杀人回忆》的结局是朴探员时隔多年再次回到当年连环杀人案的凶案现场,从一个小女孩口中得知,有一个男人曾经也到这里来看过,朴探员问她那人长相,女孩说普普通通。电影的结尾表明,真凶虽未伏法,但这些当事人却从未被忘记。这部电影的故事原型是"京畿道华城连环杀人案",而真凶在 2019 年终于因为 DNA 检测技术被找到。电影的结局与现实产生了超越时空的回响。

当然还有一些特例。比如电影《阿飞正传》的结尾:梁朝伟扮演了一个从未在片中出现过的角色,在小阁楼上梳了三分钟的头发。这种完全跳脱故事规则的处理方式如今被奉为影史经典片段,并且得到各种解读。而这么安排结局的实际情况是,导演王家卫的无奈之举。因为当时正片已经拍摄完毕,而故事中并没有梁朝伟的角色。但是《阿飞正传》与投资方签订的电影拍摄合同上,白纸黑字地写着梁朝伟会出演。

故事的结局常常将主人公带回第一幕的日常生活,但此时主人公已不再是开场时的那个人,观众将以新的目光重新审视这个故事世界。此时的人物已没有明确的内心需求或外在的欲望目标。如果是正向的结局,主人公可能同时达成外在欲望目标和内心需求,也可能没有达到外在的欲望目标,但内心需求已获得满足,在精神上得到成长。例如,在《这个杀手不太冷》的结尾，里昂死了，女孩带着他的盆栽回到学校，虽然她无法与自己心爱的人一起生活，但这份爱将陪伴着她勇敢面对未来的生活。《阳光小美女》中，小女孩奥莉芙因在选美比赛中跳爷爷为她排练的脱衣舞而"收获"了全场嘘声，矛盾重重的家人却选择站上舞台跟着奥莉芙"群魔乱舞"，放下彼此之间的种种矛盾，重新走到了一起。而在《罗马假日》的结尾，公主安妮与记者乔在记者会最后一次相见，两人重归各自的身份，但正如电影中所说的，"24 小时不可能是一片空白"，罗马假日的爱情将成为永恒的回忆。

如果是负向的结局，主人公无论是否达成外在欲望目标，他的内心需求都将得到揭示，但无法得到满足。电影《战争之王》的结尾中，身陷囹圄的军火商人尤里最终道出政治集团才是军火交易的主导者和战争责任者的真相，但众叛亲离的他并没有选择救赎，而是自己继续进行着军火交易。

在好的故事里，主人公总是面临一个很大的困境，无论对剧中人还是观众，这都是难解之题。编剧提出这个问题，便需要提前做好结局解题的准备。充满智慧的解题方式会令观众折服；但解题并非一定要真正解决人物外在的困境，也许困境依然存在，但人物的精神已经成长，这同样也可以令观众共情。结局可以是问题完全没有解决或问题完全解决。结局也可以是人物付出巨大代价，解决了大部分问题，但仍然留下遗憾，或人物付出巨大代价，只解决了小部分问题，但未来的希望可见。总之，科学研究的功能是解释这个世界的现象和实际应用，而文学艺术创作则在于表现人类生活的矛盾性和复杂性，提出问题才是它的根本价值，而不是解决问题。

《少年派的奇幻漂流》的结尾突然出现了故事的另一个版本，究竟哪个版本才是真相？这取决于我们相信什么，取决于我们如何看待人与神的关系、人与世界的关系，以及人与人的关系。这就是好的结局带给我们的启示。结局不仅指结果，还强调格局。故事的结局是作者立场的总结和陈述。结局是对故事的总结，站在反思和回顾的高度，帮助观众看清故事和人物的真相，同时也帮助作者表达观点和立场。只要作者站得比观众高、看得比观众远、研究得比观众深入，无论最终结局采用哪种方式，观众都能获得智性或情感上的满足。

　　如果说高潮是狂风巨浪，那么结局就是回澜生姿。结局在整个故事结构中的占比不宜过大。高潮之后故事的核心问题获得解决，观众的情绪也已得到释放，结局不应再起激烈的戏剧冲突，否则会令节奏显得拖沓。

　　好结局，余味悠长，使观众久久不愿离席。

结构与节奏

1. 节奏：快慢

节奏是一种具有一定规律、长短不一的组合进程。讨论剧作的节奏可以从宏观和微观两个层面展开。从宏观角度而言，剧本的节奏本质上是由故事的结构决定的，因为节奏是对结构所安排的情节组合进程的一种连续性感受。

以三幕式电影结构的节奏为例，电影的第二幕长度占整个故事将近一半的体量，而第一幕和第三幕则各占四分之一左右，这是一个相对比较合理的结构比例。其中，故事开场的催化剂事件应该在十分钟左右的位置发生，否则会让观众无法快速投入；而从故事的高潮结束到故事的结局最好不要超过十分钟，以免显得冗余和拖沓。

从微观角度来看，剧本的节奏取决于单位场次的长度、空间呈现、对白量，甚至是场面调度。一般主流电影的场次会在一百场以上，如果一部电影只有五十场戏，那么可以想象每一场戏的平均长度会随之变长，节奏变慢。情节的密度也会影响电影的节奏。情节太满，节奏过快，观众会来不及消化；情节太少，信息量太少，观众会觉得节奏过慢。

如果一部电影的情节从头至尾都发生在单一空间，那么观众很容易产生视觉疲劳，从而觉得影片的节奏缓慢。所以一般电影都会为不同情节设计不同的发生场景,作为视觉节奏上的调节。但如果电影的剧情本身设定只能发生在单一空间,则需要通过增加情节的信息量,使观众的注意力完全集中在情节本身的发展上,而忽略空间环境因素。电影《这个男人来自地球》的故事几乎从头至尾都发生在一个屋子里,整个剧情围绕着男主人公充满悬念的惊天身世展开,观众非但不会觉得节奏缓慢,反而会因为扑面而来的海量信息应接不暇,而跟不上节奏。

人物的对白量也会影响影片的节奏。因为电影的信息有一大半是通过对白交代说明,所以观众很大一部分的注意力会放在消化对白的信息上。对白量少的电影,如果单靠画面来交代信息,需要观众花更长的时间去解读,从而令影片节奏变慢。但对于有些连对白都没有的默片,观众却觉得节奏并不慢,比如卓别林和巴斯特·基顿的电影,这一切都应归功于影片中人物丰富的动作表演,以及摄影机巧妙的调度。从导演的角度来看,场面调度和剪辑也是影响剧作节奏的很重要的因素,在此不做展开。

节奏的快慢是一种主观心理感受。首先,节奏快慢主要是基于主观的心理时间,它与我们的情绪相关。如果我们全情投入地处于某个情境当中,或者处于愉悦、兴奋的正向情绪时刻,我们会觉得时间过得很快,节奏也相对就会变快;反之,如果我们处于负向情绪时刻,比如孤独、悲伤、不安的时候,时间就会变得很慢,节奏也就随之变慢。其次,我们对节奏的感受还与单位时间内获得的信息量有关。艺术电影的节奏相对较慢,是因为它更侧重于表达感受,而非叙事,所以重点不在于单位时间内的信息,而在于单位时间内的感受。例如侯孝贤导演的电影,一个固定的长镜头拍摄一些人坐在村口的榕树下聊天,大远景看不清人,甚至也听不清他们说什么。对于一部分观众来说,这样的镜头,节奏可能会慢到难以忍受,因为它提供的有效信息非常少;而对另一部分观众而言,这样的镜头节奏却一点都不慢,因为他们看到的是自己的童年,是流逝的时光,他们甚至希望时间再慢一点,镜头再长一点。这其实也是很多带有文学性的电影的共同特性,它们试图将文学中的"思考"和"抒情"带入故事中,削弱了叙事本身,这对只是习惯"听故事"获得娱乐的观众而言,无疑是一种考验。而一部动作类型的商业电影,它的枪战、追逐、打斗、爆炸等场面,在整个故事中需要占据一定的比例,以符合观众的观影期待。即便这些场面客观上所包含的信息有限,但通过激烈的冲突和视觉奇观,仍然可以吸引观众的注意力,令观众觉得影片的节奏很快。

与小说相比,电影和戏剧的节奏一般会更快,这是由于时间体量和结构差异所决定的。小说可以缓慢、从容地铺排事物从头至尾的发展与变化,但电影和戏剧则需要在相对集中的时间内展示人物面对的危机,以及他们的行动和结果。

2. 节奏:长短轻重

节奏不仅有快、慢,还有长短轻重。节奏并非要一味地求快,应该慢的就慢,有冲突,也要有抒情。当情节高潮结束时,观众需要喘口气,缓一缓;需要详细描写的部分应该娓娓道来,而需要省略的部分则可以一笔带过;需要轻描的部分应该蜻蜓点水,而需要强调的部分则应该浓墨重彩。

我们以"二战"电影《帝国的毁灭》为例。片中,戈培尔夫人面对战争的失败,决定毒杀自己的六个孩子。这一段落采用的是详写的手法。整整七分多钟,完整地呈现了她逐一让每一个孩子服用安眠药,等待他们失去意识后,又喂孩子们毒药的全过程。按常理,这个情节可以不必如此烦琐冗长地去描绘,完全可以用蒙太奇的手法省略过程,只呈现结果,观众同样能够准确地理解这个剧情信息。但恰恰是作者运用这种令人窒息的白描手法,才让观众清晰地感受到一个纳粹党人人格的扭曲和内心的疯狂。略写很多时候适用于故事的背景介绍。比如,用字幕、旁白、独白,以及非连续性的蒙太奇镜头组合来展开,用相对短的故事时间来概括相对较长的物理时间所产生的信息。所谓节奏的轻重,指的是情节的强度。动作电影也不可能从头打到尾,文戏的必要铺垫,才能让高潮时的武戏变得更精彩。

故事正是在这种快、慢、长、短、轻、重的不断切换中,形成了自己独有的节奏。每个编剧都要为自己的剧本找到合适的节奏。

第三章

情 节

情节的基本特征

1.何谓情节

结构是安排故事情节的方法,而情节才是故事的具体内容。情节是具有因果关系的事件序列。如果叙事没有因果关系,那么只是一系列不相干事件的堆砌,不能称之为"情节"。

什么是因果关系呢?一件事情发生后,引发了一个结果,而这个结果又会作用于另一件事情上,如此反复直到故事的结尾。这便是故事的情节链,它像脊椎一样支撑起整个故事。故事主题的表达正是基于这一环扣一环的因果关系,就好比论文需要合理的论据和论证过程,以证明其观点。

情节由人物做出的戏剧动作、动作所产生的结果,以及后续的反应组合而成。一个故事包括统领全局的大情节和支线情节,以及阶段性的小情节。比如《星际穿越》包含灾难、冒险、救援、牺牲、误会、解谜、骨肉重逢等不同的情节元素。许多剧作研究将人物的戏剧行动依据不同的标准和类型,归纳出不同的情节模式。最为著名的是法国戏剧家乔治·普罗依据上千部戏剧作品总结出的 36 种剧情模式。然而,情节的设计千变万化,且不断发展创新,很难找到一种囊括所有情节分类的方法。

　　构建情节的因果关系必须是合理的。这些因果关系可以建立在理性逻辑上，也可以建立在情感和道德逻辑上。例如，地震时以最快的速度逃生是个人的理性逻辑，而跑回屋里救亲人则是情感逻辑。当医生选择先救病人时，则是道德逻辑。不同的角色可以采用不同的逻辑。丢了五百块钱的富人可能毫不在意，但丢了五块钱的穷人却会报警或者要求查看监控录像。人物的行动必须符合他们的设定，这样情节才会合理。相反，如果一个富人丢了五块钱，要求报警查看监控，而一个穷人丢了五百块钱却没有反应，观众会觉得这种情节不合理。因此，我们需要为这些"不合理"的行动提供解释，寻找特殊原因。例如，这五块钱上面可能有关乎富人生死存亡的重要电话号码，而穷人丢的那五百块钱其实是他内心排斥的不义之财。

　　因果关系中的"因"既包括客观的外部因素，也包括人物内部的主观因素。外部因素的设计应当合理，而内部因素的设计需要符合情感逻辑。仅仅满足情节合理是无法满足观众的需求，编剧应该尽力创造既合乎情理，又超出观众预期的新的因果关系。既陌生又合乎情理的因果关系，作为大情节的核心，其实是一个高概念的基础。而既陌生又合乎情理的因果关系小情节，能牢牢抓住观众的注意力，使他们乐于跟随故事的跌宕起伏。

　　值得一提的是，当故事面临重要拐点时，人物的行动总是超越日常的因果关系。与现实中的人们不同，人物会义无反顾地进入一段冒险旅程，勇敢直面强大的对手和真实的自己。在电影《星际穿越》中，库珀利用摩斯密码这样原始的方式，成功地向女儿墨菲传递了信息，跨越浩瀚的时空与女儿取得了联系。爱是没有规律的，是反常理的，但也因此才有了穿越时空的伟大力量，这正是编剧找到的新的因果关系。

　　普通观众在讨论电影时常常将"情节"等同于"故事"，这种误用恰恰说明了情节在故事中极其特殊的重要性。观众通过情节中的因果关系探究这个世界背后的逻辑，从而获得一种理解的满足感。如果电影中发生了很多事情,却让观众觉得"没什么情节",那可能是因为没有呈现出故事中各个事件之间的因果关系。

2. 情节主线与情节支线

一部电影通常持续 90—120 分钟,因此不宜包含过多的情节线。每一个情节线都会引出一个问题,需要进行发展、铺垫、高潮和转折,因此需要相应的时间来展开。如果采用多个情节线,可能会导致主次不分、主题不清等问题的产生,因此对编剧的创作水平提出更高要求。此外,不同情节线的类型和风格可能会发生美学上的冲突,因此需要特别注意。

如果一部采用"一人一事"结构的电影的主线过于单薄,可以通过安排情节支线来增加故事的复杂度。情节支线与情节主线相对独立,但又有交集。如果情节主线是以动作性的事件为主,那么情节支线可能是情感线。情感线可以对主人公达成欲望目标产生阻碍或促进作用,而主人公为追求欲望目标所采取的行动也会影响人物情感关系的变化。

电影《七武士》的情节主线是农民雇佣七位武士保护遭山贼侵扰的村庄,而其中年轻武士胜四郎和农民女儿志乃的爱情是故事的情感支线。两人的私情被志乃的父亲阻拦,未能得成正果。这条支线是对主线情节——农民和武士这两个阶层彼此无法跨越的鸿沟——的映射。

另一部电影《卧虎藏龙》的主情节线围绕李慕白寻找被盗的青冥剑展开,而两条支线分别是李慕白与俞秀莲、玉娇龙和罗小虎的情感线,前者克制内敛,后者热烈奔放。电影的结尾,李慕白中了碧眼狐狸的毒针,临终前对俞秀莲道出真情,而玉娇龙并没有选择和罗小虎回新疆,而是纵身跳崖以解脱。这两组不同的情感关系形成了鲜明的对比。如果情节主线是以主人公的情感关系为主,那么它的情节支线则常常以另一组次要人物的情感关系作为主线的对照。这种设置在爱情片中比较常见,在此不做展开。

情节支线最终的目的是为情节主线服务,与主线形成呼应,从而丰富故事的层次,强化主题的表达。因此,情节支线不宜过早展开。最好等情节主线已经进入戏核点之后再开始铺陈,否则观众会分不清情节的主次关系。但如果情节支线过晚出现,比如情节主线已经发展到第三幕的高潮部分,突然展开一条情节支线,不仅会干扰高潮情节的呈现,而且还会让观众的观影焦点发生转移。

只要结构安排合理,情节支线还可起到调节故事节奏的作用,通过中断或延宕情节主线的发展,从而制造故事的悬念。当情节支线和情节主线交汇在一起时,故事整体的戏剧张力会大大增强。

《贫民窟的百万富翁》是典型的"一人多事"电影,影片中每一条情节线反映的是主人公贾马尔人生的一个切面:贫困的童年、母亲死于宗教冲突、从孤儿院逃出、与初恋走散、在泰姬陵当导游、回到孟买寻找初恋等。电影的主线是贾马尔参加知识竞猜的电视直播节目,而正是这每一个切面解释了贫民窟长大的贾马尔为何可以答出那些五花八门的题目,并最终赢得大奖。《活着》也是"一人多事"型的电影,编剧芦苇说:"《活着》没有一个中心事件,所以一定要有一个强大的内在力量把它们贯穿起来,这个力量就是福贵的爱心与对家庭的责任感,这是本片的贯穿精神,一切叙述顺从这个总的指向。所谓中心情节、主线情节,不过是个手段而已,这个故事不适合主线情节表达,我们就不用这个方法。换句话来说,中国绘画多采用散点透视的方法,它同样可以表达非常丰富的层次,是浑然整体的感觉,它不是遵照透视法则的。其实《活着》也是一种散点透视的结构。"①

而"多人多事"电影一般拥有比较繁复的结构。李渔说:"头绪繁多,传奇之大病也。"②这种电影容易存在以下弊病:第一,各个情节线没有很好的联结,视角不断切换,会造成叙事混乱,最后变成一盘散沙;第二,由

---

① 芦苇,王天兵.电影编剧的秘密[M].上海:上海交通大学出版社,2013:85.
② 李渔.闲情偶寄[M].上海:上海三联书店,2014:34.

于人物变多,平均戏份减少,人物塑造容易变得扁平,没有突出的主角。看似公平,其实对所有人物都是不公平的;第三,各个故事的主题不统一,各说各话,自相矛盾。因此,"多人多事"电影需要一个黏合点,将多人和多事黏合在一起,并形成共振合力。

以《通天塔》为例,该影片由四个平行故事组成。第一个故事是一对中年夫妻为解决婚姻危机到摩洛哥旅行,但妻子遭到枪击;第二个故事是一对放羊的兄弟试枪时误伤了美国游客,父亲带着他们躲避警察追捕,最终哥哥被击毙,弟弟自首;第三个故事是保姆带着主人家的孩子回墨西哥老家参加婚礼,回程却被美国警察怀疑绑架小孩而遭追捕;第四个故事是日本聋哑少女因母亲自杀与父亲产生了隔阂,通过勾引异性的方式来宣泄内心的痛苦。这四个故事以人物为黏合点,第一个故事的枪击犯是第二个故事中的放羊兄弟,第三个故事的墨西哥保姆的主人家就是第一个故事的白人夫妇,而第四个故事聋哑少女的日本父亲正是第一个故事中那把枪的原始主人。同样是"多人多事"的电影,《有顶天酒店》则以空间为黏合点,整个电影发生在一家东京高级酒店,酒店经理、服务生、国会议员、动物学家、著名艺人等各色人物带着自己的故事登场。再如电影《时时刻刻》,描写了三个不同时代的女人的内心抗争故事,它的黏合点是弗吉尼亚·伍尔夫的小说《达洛卫夫人》。

3. 隐形的人物内心线

情节是通过人物的行动展开的。随着行动的发展和变化,人物的内心也会随之改变。因此,在情节线的基础上,还存在一条与之相呼应的人物内心线。情节线和内心线是故事的两个方面,它们相互作用,情节的发展会推动人物内心的变化,人物内心的变化又推动情节的发展。只有将两者拧成一股绳,故事才能发挥最大的力量。

外部情节线是可见的,而人物内心线是隐性的。然而,隐性并不表示不重要,相反,外部情节线的真正功能就是服务于人物内心的发展。一部仅依靠特效、动作场面或一些噱头热闹而缺乏内在深度的电影,虽然可以吸引观众,但很难真正感染他们。一个人物的成长,往往被误解为人物达成某种外在的成就。从剧作意义上来说,人物真正的成长指的是内心的成长。只有通过展现人物碰到困境时内心如何挣扎、抉择和改变,观众才能产生精神共鸣并感同身受。

现实生活中,人的内心状态变化是杂乱、跳跃、缓慢、隐秘不可察觉的,就像外部客观世界的繁杂、琐碎和无序一样。故事对现实生活进行筛选和提炼,使之成为一个清晰可感的结构体。同样,我们也不能照搬现实生活中真实的内心状态变化,而是需要在漫长、潜移默化的精神变化中寻找一种连贯的、集中的、可知可感的内心逻辑。

短片《信号》的外部情节线讲述了上班族杰森意外邂逅隔壁办公楼上班的女生史黛西的爱情故事。影片开场展示了杰森日复一日、毫无生气的打工人生活,直到他遇到了史黛西。通过字卡交流,杰森的世界从此变得明亮起来,整个人的状态也随之一新。他产生了与史黛西见面的想法,但在犹豫片刻后,史黛西却突然消失了。杰森回到了开场时的消极状态。但是,史黛西最终又出现了,原来她只是升职,办公室往上搬了一层楼而已。杰森终于鼓起勇气向史黛西提出"线下"见面的建议。通过这一系列事件,杰森经历了从孤独怯弱、尝试表达、内心纠结、懊悔失落到真正突破自我的过程。我们可以看出,编剧设计的人物内心线非常清晰。

在构思故事时,如果我们先设计好所有的情节,再将人物置于情节之中,让其做出戏剧反应,很可能会掉入创作陷阱:故事的外部情节线本身很精彩,但人物在这个戏剧情境下产生的内心动作,并不符合人物整体发展脉络和主题表达所需。以《信号》为例,如果编剧让杰森在产生与史黛西见面的想法后毫不犹豫,立即行动,那么剧情将快速推进至终点,但这会让人物的内心状态发生不合情理的跳跃,既不符合杰森的人物性格,也无法帮助他真正成长。因此,短片中的"史黛西不见了"这一转折情节设计对于故事主题和人物都是不可或缺的。正是因为"只有真正失去过,才能明白什么是最珍贵的",杰森才会勇敢地表达自己的情感。因此,故事的外部情节设计与人物内心线的设计应同时进行,不能顾此失彼。

人物内心线的发展和外部情节线的发展一样,也需要经历起承转合的过程。其中有两个重要的点:一个是潜伏在故事核心之下的人物内心核心矛盾;另一个是人物在第三幕高潮中做出的抉择,这两个点构成了故事的主题。以电影《釜山行》为例,主人公石宇一开始只在乎自己的利益,对家人不闻不问。然而,在经历一系列袭击后,即将变成僵尸之际,他却最终选择跳下列车,自我了断,以保住女儿的生命。石宇内心的变化,构成了这部电影的主题:伟大的亲情可以战胜一切恐惧,甚至超越死亡。

人物内心线的发展和外部情节线的发展一样,它不能是一条直线,而应该是起伏不定、升级不断的大波浪曲线。内心的矛盾越激烈,对人物的考验就越大,最终他的成长就越有意义。举个例子,当故事主人公捡到一个钱包,发现里面有五百块现金时,他觉得应该还给失主。但当他发现钱包里除了少量现金,还有一个价值不菲的钻石戒指时,他开始动摇了,因为这笔意外的横财可能会改变他穷困的命运。于是主人公将戒指占为己有,但之后他发现戒指的主人因为丢了钱包和戒指,无法凑齐医疗费而只能选择放弃重病的治疗。此时主人公陷入了要不要还戒指的纠结。最终在主人公决定要把戒指还给失主的时候,失主不但报警了,而且警察可能已经发现了和主人公有关的线索。这时的主人公是要把戒指扔掉,还是偷偷还给失主,或者直接向警察自首呢?观众随着这个主人公内心跌宕起伏的变化,也会相应产生不同的情感反应,例如开心、同情、恐惧、纠结等。

人物内心线的变化是由矛盾冲突引发的正面或负面情感和情绪,同时也会反作用于人物的戏剧动作。例如,愤怒可能引发报复,失望可能导致告别,沮丧可能选择放弃,压力可能促使宣泄,而兴奋可能让人变得勇敢等。人物内心线的设计是不断了解和挖掘人物的过程,而人物的复杂

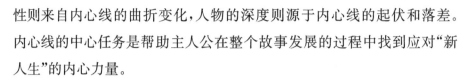

性则来自内心线的曲折变化，人物的深度则源于内心线的起伏和落差。内心线的中心任务是帮助主人公在整个故事发展的过程中找到应对"新人生"的内心力量。

吸引观众的是外部情节，而真正打动观众的是人物的内心线。

4. 矛盾冲突

矛盾是指人物的欲望受到阻碍，而冲突是指人物为满足欲望与阻碍之间的对抗。矛盾冲突构成了情节，是情节的基本特征。常见的矛盾冲突类型包括个体与个体、个体与社会体制、个体与物质世界和个体内心冲突。前三种冲突是外在冲突，直接体现在情节设计上。例如，在警匪片中，警察与匪徒之间存在个体与个体的冲突；而在电影《我不是药神》中，主人公与社会医疗体制之间存在矛盾冲突；在灾难片中，则是个体与大自然的冲突。

一部电影可能以其中一种冲突为主线来构建故事，但同时也存在其他类型的冲突。例如，灾难片除了个体与大自然的冲突之外，还可以包括对灾难持有不同观点的科学家之间的个体冲突，或者正义科学家与政府官僚主义体制之间的冲突。在影视剧中，警察、医生和律师成为主人公的频率要远远大于其他职业，这是因为这三个职业本身天然蕴含着强大的矛盾冲突可能性，它们事关生死、正义，充满危机和挑战。

电影以个体内心冲突为情节主线展开，是将主人公的思想情感矛盾冲突直接外化的表现。例如，《野草莓》《乡愁》《去年在马里昂巴德》等艺术电影都属于这种类型。

人物是情节的载体，矛盾冲突要作用到人物身上，而人物的行动都基于矛盾冲突。没有矛盾冲突，就构不成情节，情节推进和发展，则依赖矛盾冲突这个发动机。

矛盾冲突贯穿整个故事发展，包括核心冲突、支线冲突及局部冲突。

故事的主线情节围绕核心冲突展开。核心冲突的设计是编剧工作的头等大事，因为它体现了编剧的想象力和观察力，同时也反映了编剧对这个世界提出的问题。好的问题可以引发观众的共鸣，例如各种情感关系的演绎，或者社会议题，或者探讨人生真相。好的戏核应该具有辨识度和新鲜度，能够用简洁的语言概括出来。例如，《少年派的奇幻漂流》的戏核是一位少年和一只老虎的海上漂流记；《七武士》的戏核是七个武士受农民雇佣保护面临山贼侵犯的村庄；《肖申克的救赎》的戏核是一个银行家计划了十几年的一场越狱；《美丽人生》的戏核是一位犹太父亲为保护自己的孩子，将残酷的纳粹集中营生活变为了一场游戏。这些电影的戏核都极具戏剧矛盾张力，戏核立住了，故事也就成功了一半。

矛盾冲突的强度取决于人物的欲望强度。例如，当一个小学生丢了作业本时，如果他是一个不爱学习的淘气孩子，这个事情对他来说可能完全无所谓，就很难构成矛盾冲突；但如果他是一个特别上进的好学生，那么他找回作业本的欲望就会特别强，整个事件的矛盾冲突就会变得更加强烈。

核心冲突的强度越小，人物和情节就会显得平淡；而核心冲突的强度越大，则人物和情节就会更加有张力。局部冲突遍布在故事的每个组织单元，每一个段落和每一场戏都应该有矛盾冲突。局部冲突是为核心冲突服务的，它有助于更好地阐明主题。当核心冲突和支线冲突交织在一起时，主人公将面临最大的危机，这是故事的高潮所在。

矛盾冲突的具体表现形式主要包括动作冲突和语言冲突。除了外在形态，更关键的是让观众清晰地看到冲突各方的不同立场、态度以及意志力的对抗。

我们以《摔跤吧！爸爸》中的一场父女摔跤戏的动作冲突为例。女儿用从国家体育学院学到的专业技巧来教授爸爸的乡下学生，而爸爸则认为这是对自己能力的否定。于是他亲自下场与女儿一比高下，以证明自己的方法才是对的。两人对抗十分激烈，势均力敌，直至父亲用尽最后一丝力气,依然被女儿死死压制在地。这一场动作冲突的背后,一个是为了维护自己作为教练尊严的父亲,一个是为了证明自己已经可以独当一面的女儿。动作冲突可以是激烈的身体对抗,也可以是很小的细节动作。例如,一个父亲在教训处于青春叛逆期的孩子时,孩子厌烦不已,戴上耳机屏蔽父亲的呵斥。这个小动作也可以体现矛盾冲突。

《社交网络》的开场是脸书的创始人马克·扎克伯格与女友的一段充满冲突的对话。

马　克:我这么坦率地和你说,是觉得你应该稍微支持我一下。如果我加入了这些俱乐部,我就会带你参加各种活动和聚会,你就能见到一些平时见不到的人。

艾瑞卡:你要为我这么做?

马　克:我们是男女朋友啊。

艾瑞卡:那好吧,我也想直截了当地告诉你,现在已经不是了。

马　克:什么意思?

艾瑞卡:我们不再是男女朋友了,我很抱歉。

马　克:你在开玩笑吗?

艾瑞卡:不是,这不是玩笑。

马　克:你要跟我分手?

艾瑞卡:你要把我介绍给我平时没有机会见到的人? 这对我来说有什么意义?

马　克:你冷静点。

艾瑞卡:这是什么意思?

马　克:就是——艾瑞卡,我们可以坐在这里喝东西,是因为你曾经跟那个看门的小子睡过。

艾瑞卡:看门的? 他叫博比,我没和他睡过觉。那个看门的是我的朋友,他是一个非常有品位的人。你来自长岛哪里? 温布尔登?

马　克：等一下,等一下!

艾瑞卡：我要回宿舍了。

马　克：你是认真的吗?

艾瑞卡：是的。

马　克：那我向你道歉,可以吗?

艾瑞卡：我要去学习了。

马　克：艾瑞卡。

艾瑞卡：怎么?

马　克：对不起,我说真的……

艾瑞卡：谢谢你这么认真地说抱歉,但是我要去学习了。

马　克：拜托,你不用非得去学习。我们谈谈吧。

艾瑞卡：不行。

马　克：为什么?

艾瑞卡：因为我太累了。跟你出来就像跟登山机约会一样。

马　克：我的意思就是你不用……现在……我没对你的外貌品头论
　　　　足——我只是说一个事实,说你上波士顿大学。如果你觉得
　　　　我很粗鲁,我道歉。

艾瑞卡：我得去学习了。

马　克：你不用学习。

艾瑞卡：你为什么一直说我不用去学习。

马　克：因为你上波士顿大学啊!……你想吃点东西吗?

艾瑞卡：我很遗憾你看不起我所受的教育。

马　克：我也很遗憾自己没有一艘划艇。我们扯平了。

艾瑞卡：我想我们还是做朋友吧。

马　克：我不需要朋友。

艾瑞卡：我那只是客套话,我没打算跟你做朋友。

马　克：编程课让我现在压力很大。如果我们点些吃的,我们也许……

《社交网络》剧照

艾瑞卡：听着，你将来也许是个成功的程序员。但是你会发现你这一
辈子都不会有女生喜欢你，是因为你是个呆子。我想让你知
道，说真心话，不是这样的。女生不喜欢你，是因为你是个
混蛋。①

在这段对话中，马克表现出不尊重他人的行为，同时也没有有效的沟
通技巧，完全固守自己的逻辑思维。艾瑞卡试图批评马克，让他认识到自
己存在的问题，但马克却觉得艾瑞卡的反应难以理解，他的道歉和解释都
显得很勉强。这段对话充分揭示了马克这个人物的严重性格缺陷，同时
也揭示了他渴望与人交流和证明自己的内心强烈需求，这也是他后来创
造脸书这一网络社交帝国的原动力。

但并非所有的对话都要如上述片段一样充满对抗性，才是戏剧冲突。
我们以《诺丁山》中安娜跑到书店向威廉表露心迹却遭拒绝这一段的对白
为例。

威廉：安娜，听我说……我是个过于理智的傻瓜，没有太多感情经历。
但是……我能对你的提议说不，就当没听到过吗？

---

① 摘自影片《社交网络》的片段。

安娜：当然，好的，当然，我……当然。那我走了，很高兴能见到你。

威廉：问题在于，和你在一起我真的……很危险。这本该是个理想的局面，除了你的火爆脾气之外，但我的心理承受能力，恐怕会受不了，如果我再一次被扔到一旁，我能想象到会有什么后果。这里有太多你的照片、你的电影。你一走，我肯定会完蛋，大概是这样吧。

安娜：这是真正否定的答复，不是吗？

威廉：我住在诺丁山，你住在比弗利山庄。世界上所有人都认识你，而我的名字连我妈妈都不记得。

安娜：好的。没关系，你的决定是对的。名气这东西不是真实的，你知道吗？而且别忘了，我是……我也只是一个女生，站在一个男生面前，请求他爱她。再见。①

在这一场戏中，威廉和安娜两人都表现得十分克制，但内心却暗潮汹涌。威廉的拒绝并非出自本心，而是在两人巨大的阶层鸿沟面前退缩了。而安娜嘴上说"你的决定是对的"，但又不甘心地强调自己其实只是一个希望得到爱的女人，就这么简单。安娜的坦诚和失望、威廉的违心和怯弱，通过这段看似平静其实同样充满了矛盾冲突的对话，展露无遗。

我们再以《一九四二》中李培基为河南大饥荒到重庆面见蒋介石求援这一场戏为例。李培基陪蒋介石吃早餐，没容其开口，蒋介石的机要秘书就走进来做简报，直到结尾蒋李两人才开始真正的对话。

蒋介石：培基，没有吃好吧？

李培基：吃好了，吃好了。

蒋介石：这次到重庆有事吗？

①　摘自电影《诺丁山》的片段。

《一九四二》海报

（编剧：刘震云）

李培基：没事，没事。

蒋介石：听说河南遭了旱灾，严重吗？

李培基：本省能够克服，能够克服。

蒋介石：培基，河南的担子很重，所以当初我派你去。（对秘书）告诉
　　　　陈主任，培基很累，代我好好照顾他。[①]

　　这场对话的文字表现是"顺畅"的，看起来并没有任何冲突。但事实
上，两人的冲突早在前半部分就已经发生了。蒋介石秘书的简报内容涉
及缅甸战场进展、汪伪周佛海投敌、甘地绝食、斯大林格勒战役、豫北会战
等国内外大事，每一件事听起来都比李培基要报告的事情更为重要，这让
他根本没有机会发言。李培基为了求援而准备好的未曾说出口的说辞，

① 摘自电影《一九四二》的片段。

在这些影响世界局势的大事面前被打了回来。蒋介石心知肚明河南饥荒的情况，但他用看似"无招"的方式让李培基知难而退。因此，本场对话的结尾，尽管二人对话很"和谐"，实际上是两人冲突结果的体现。

人物内心冲突在电影中通常通过角色的内心独白来呈现。《阳光普照》中，阿豪是一位温柔、善良、体贴的资优生，也是全家人的希望。然而，他却在毫无征兆的情况下跳楼自杀。他的家人这才意识到，阿豪一直承受着巨大的无形压力，而他们却一直毫无察觉。就像阿豪在补习班认识的女孩所说："他对人很好，有时候会觉得，他好像把所有的好都给别人，忘了留一点给自己。"看似完美的阿豪其实内心充满了矛盾冲突，我们通过阿豪的一段内心独白可窥一二。

这个世界，最公平的是太阳，不论维度高低，每个地方一整年中，白天与黑暗的时间都各占一半。前几天我们去了动物园，那天太阳

《阳光普照》海报

（编剧：张耀升　钟孟宏）

很大,晒得所有动物都受不了,它们都设法找一个阴影躲起来。我有一种说不清楚模糊的感觉,我也好希望跟这些动物一样,有一些阴影可以躲起来,但是我环顾四周,不只是这些动物有阴影可以躲,包括你、我弟,甚至是司马光都可以找到一个有阴影的角落,可是我没有,我没有水缸,没有暗处,只有阳光,二十四小时从不间断,明亮温暖,阳光普照。①

一个希望躲在阴影的人,却活在了阳光普照的世界。

---

① 摘自电影《阳光普照》的片段。

情节手段

1. 悬念：女主角最终会和谁结婚

悬念是一种情节手段，常常被误认为仅在特定类型的电影中使用，例如警匪片、惊悚片、悬疑片、恐怖片和推理片等。然而，从广义的角度来看，任何引人入胜的叙事都会使用悬念来吸引观众的好奇心并激发他们的兴趣，好的故事应该通过悬念手法让观众追随着往下看。即使是看似平淡的故事，也同样运用悬念技巧，例如在读简·奥斯汀的小说时，我们总会产生一个悬念：女主角最终会和谁结婚？

悬念，用文字拆解就是"使之悬，使之念"。前一个"之"是情节，后一个"之"是读者或者观众。那么，什么样的方法才能"使之悬"？如何才能营造出悬念呢？举个例子，在电影的开场一辆汽车悬挂在悬崖边上，车头上下晃动，车内有一个六岁的女孩和一个十五岁的少年。这个场面充满紧张感，必然会让观众产生悬念：这两个人之间的关系是什么，也许是兄妹，也许是绑匪和人质？他们为什么会出现在这里？他们会掉下去吗？如果他们能逃脱，会使用什么方法？这种情境之所以会产生悬念，一是因为它涉及生死，引起紧迫感；二是因为观众关心人物的命运，产生追问。如果将场景变成一对夫妻坐在停车场里聊天，就没有什么悬念可言。

紧张是指看到危机,但不确定会发生什么的心理反应,它会让观众高度集中注意力在故事中。印度电影《误杀瞒天记》讲述了女儿受到警察局长之子的欺凌,在情急之下将其误杀,父亲为了保护家人与恶警周旋的故事。父亲精心设计了一趟旅程作为不在场证明,但死者母亲是一位残暴的警察局长,她迅速将嫌疑锁定在父亲一家,并用各种手段逼迫父亲认罪。整部电影情节跌宕起伏,恶警的狠毒和狡猾令观众担心势单力薄的父亲无力招架,剧情充满紧张感。每次父亲机智化解危机之后,恶警又会找到新的方式来胁迫他,如此反复,令观众内心的那根弦一直绷着。

电影中的"倒计时"和"最后一分钟营救"是令观众产生紧张情绪的常用剧作手段。这两种手法本质上是一样的,都是为了给主人公完成某个重要任务加上一个明确和苛刻的时间限制,使观众担心主人公是否能在这个时间限制内完成任务。在古装戏中,我们经常会看到这样的"最后一分钟营救":在刑场上,监斩官将令牌掷地,传令官则快马加鞭地赶来,而刽子手已经举起了大刀。传令官在马上高喊"刀下留人",但看起来离刑场的距离仍然很遥远。接下来,刽子手挥动大刀,死刑犯闭上了眼睛,然而此时一支箭将刽子手手中的刀打飞,传令官及时赶到,救下了死刑犯。在爱情片中,我们也可以看到"最后一分钟营救"的情节:为了追回真爱,主人公拦住一辆出租车赶往机场,但车被堵在路上。此时,真爱正在过安检,焦急地等待主人公的出现。主人公一路狂奔赶到机场,但飞机已经起飞,主人公悔恨地转身离开,却发现真爱并没有登上飞机,就在那"灯火阑珊处"等待。

在带有惊险元素的悬疑片、动作片、灾难片等类型电影中,我们常常会看到"倒计时"的设计。例如,《碟中谍6》中的定时核炸弹可以毁灭整个地球,而在《1917》中,士兵需要在8个小时内穿越死亡阵地到达前线、传达军令。实际上,包括文艺片在内的大部分电影都可以在剧作上引入一个广义上的"倒计时",以增加戏剧张力,比如《绿皮书》中的"八周巡演"。

紧张不一定要与生死攸关,即使一个平凡的男生向学校里的女神表白,同样也能引起紧张的氛围。首先,因为表白对于男生来说是十分重要的,一旦失败可能会遭受巨大的心理打击;其次,男生和女神之间现实的差距,让结果充满了未知的悬念。如果是条件相当的男生向女生表白,对观众来说就不具有吸引力,毕竟结局是可以预见的。

好奇心不仅仅来自生死存亡的困扰,也可能源自平凡生活中的琐事。假设你是一名新员工,第一天上班时,你的直属上司对你的态度非常友好,给你留下了不错的印象。中午休息时,你非常兴奋地跟其他同事分享你对上司的好感。有些同事表示认同,有些则保持沉默,还有些人冷笑了几声。这时,你开始疑惑:我的上司到底是个什么样的人?这种由真相的未知性所产生的好奇心,是大多数悬疑推理电影的基本元素之一,例如《控方证人》《杀人回忆》和《风声》。

著名餐厅每天有排队的人并不稀奇,但是小饭馆即使没有名气、贵又难吃,每天仍然有人排队,这背后可能就有故事。也许小饭馆老板是某位领导的亲戚,也许小饭馆的老板娘美若天仙。当事实反常且与观众的认知不符,就会产生悬念。在电影《贫民窟的百万富翁》中,主人公是一个来自贫民窟没有受过教育的青年,他如何一路过关斩将,最终赢得电视知识竞猜节目高达两千万卢布的大奖?他是否作弊了?如果没有作弊,那他又是如何知道那些问题的正确答案的呢?这无疑会引起观众的好奇心。

无论是紧张,还是好奇,如果要让观众持续保持注意力,故事就需要设计具有不确定性的问题,包括关于对象、方法、原因,以及结果的不确定。推理片的悬念是:凶手是谁?他用什么样的方式把人杀了?动机是什么?他会不会被抓住,以及他会不会被判死刑?爱情片的悬念是:他真正爱的是谁?他们怎么克服爱情的障碍?他们最后能够在一起吗?当面对"死去"的朱丽叶时,罗密欧会做出何种决定?

编剧撰写故事,不仅需要懂得如何合理地交代信息,还需要掌握如何巧妙地隐藏信息。有时调整故事发展的时间顺序,也能让观众产生悬念。

例如,我们写一个 5 岁的小男孩在深夜的街头独自行走。如果我们先交代他出门是为了寻找被家人扔掉的小狗,那么观众最关心的就是他是否能找到小狗;但如果我们不提前交代这个前因,那么观众会首先产生一个疑问:为什么这么小的孩子晚上独自在街上行走,他在做什么? 他的家长呢?

编剧新手总是有抑制不住想把所有的信息一股脑儿地捧给观众看的本能,但一览无余的故事,总是令人乏味。越过山丘,是否还有人在等候,这才是悬念,山丘就是隐藏信息的屏障。越关键的信息,越应该慎重地择机交代。因为"藏",观众才会有探寻的欲望,才会主动参与到故事当中。

故事中不仅有戏剧性的"大悬念",每一幕、每一段落,甚至每一场戏都有各自的"小悬念",正是这些大小悬念吸引着观众不断跟随故事的脚步去寻找答案。故事的秘密和真相,是作者送给观众的珍贵礼物,必须沉着冷静地等待合适的时机呈现出故事的真相,这样才能收获观众的惊喜和感动。

2. 意外是与观众的心理战

意外,指的是情节发展方向或结果在观众意料之外。故事不仅需要冲突和悬念,而且需要反常。反常就是打破常规,换一个角度去看待世界,意外就是一种反常。

观众在观影过程中,会根据故事中设置的悬念,自行推测悬念背后的真相。这种想象和推理是基于观众的生活经验和观影经验。如果观众猜中了情节的发展,反而会感到失望,因为观众希望编剧能够创造比自己更高明、更有想象力的故事世界。因此,情节设计实际上是一场与观众的心理战。编剧需要尽可能地跑在观众的前面,寻找既合乎情理又能超越观众预期的情节方案。

在故事中,编剧和观众的角色是不对等的。编剧拥有绝对的信息优势和主导权,观众则处于被动接受和跟随者的地位。因此,编剧不仅需要引领观众进入故事世界,还需要在故事中帮助观众有所发现。这种发现源于编剧的独特视角,而不是凭空编造。因此,观众常常会被故事中的意外所震撼。

对于侦探推理片或悬疑片来说,故事结局通常是解开案件真相的谜底。这些谜底常常是观众想不到但又合乎情理的。观众的意外不仅来自谜底的出人意料,更在于情节推进的逻辑性超出了他们的预期。以改编自阿加莎·克里斯蒂同名小说的电影《控方证人》为例,电影围绕一起谋杀案的法庭审判展开。随着审讯的进行,情节不断反转:首先是被告沃尔的太太当庭推翻证词,然后出现一封信证实沃尔太太撒谎,导致沃尔被判无罪。然而律师发现这封信其实是沃尔太太故意放的,沃尔实际上出轨了,并因此在法庭上被沃尔太太刺杀。虽然情节反转不断,但每一个反转符合人物性格和动机。沃尔太太为了救沃尔而自毁,最终在沉重的背叛中完成复仇。值得注意的是,编剧不能只为了让观众感到意外而滥用情节反转,而是要在寻找情节反转的同时保证故事的合理性,否则,只会让观众感到困惑。

并非只有特定的类型片才对意外情节有要求,一般的电影在戏核点和高潮段落都会有令观众意外的转折。例如,在《罗马假日》中,公主偷偷外出玩耍,却在一个陌生男子的家中过夜。在高潮处,公主爱上了记者乔,但毅然舍弃了这份美好的爱情,回归王室,担负起对国家和子民的责任。《洞》是一部关于越狱的法国电影,男主人公克劳德犯了一级谋杀未遂罪,他发现同牢房的狱友试图越狱。他决定加入他们的越狱计划。就在越狱计划即将成功时,故事却出现了巨大的转折。克劳德的案件原告撤诉了,越狱对于他不再有任何意义。但如果选择不越狱而保持沉默,他也会因为之前参与挖洞而成为共犯。最终,他选择向狱方告发,背叛了牢友,保全了自己。但他并没有获得真正的自由,而只是被关进了另一个牢房。正因为情节的重大转折,人物生活失去了平衡(戏核点),同时他隐藏在内心深处的秘密与需求(高潮点),才可能得以真正呈现。

"意外"主要是指一种情节手段,但在剧作微观层面也同样可以设计"意外",比如人物的具体动作出人意料。法国电影《一袋弹子》中,面对纳粹来势汹汹的反犹运动,一对犹太夫妇为他们的两个儿子安排逃亡事宜。

父　亲:乔瑟夫,你是犹太人吗?

乔瑟夫:不是。

(父亲狠狠地甩了乔瑟夫一个耳光)

父　亲:你是犹太人吗?

乔瑟夫:不是。

(父亲又用力给了乔瑟夫一个耳光)

父　亲:绝对不可以用意第绪语回答问题。快说你是犹太人!我知道你是犹太人,快说实话,快告诉我实话。

(父亲又甩了乔瑟夫一个耳光)

父　亲:我知道你是犹太人。你是犹太人吗?

乔瑟夫:不是。

父　亲:你是犹太人。

乔瑟夫:我不是。

父　亲:我知道你是犹太人。

乔瑟夫:我不是犹太人。

(乔瑟夫痛哭,父亲上前拥抱他)

父　亲:抱歉,乔瑟夫。对不起。我宁可现在狠心掴你巴掌,总比不忍心教你却害你丧命来得好。你懂吗?乔瑟夫。

(乔瑟夫点头,父亲亲吻乔瑟夫的额头)①

───────────

① 摘自电影《一袋弹子》的片段。

《一袋弹子》剧照

父亲用打耳光的方式不断逼问儿子是否是犹太人,这个动作设计十分出乎观众的意料。父亲将自己化身为纳粹,用残暴方式拷问自己年幼的儿子,目的是让儿子提前演练在逃亡之路可能面临的危机,因为一旦承认自己的犹太人身份,就意味着死亡的来临。三个耳光,显然比千叮咛万嘱咐来得刻骨铭心,体现的是最伟大的父爱。

《一九四二》中被卖到妓院的地主家女儿星星被安排服侍客人,客人让星星为其洗脚,但星星却端着水盆一直站着,客人以为她不愿意伺候自己,星星连忙解释:"不是,爷,我愿意。是我吃得太饱,撑得蹲不下去。"星星这个令人意外的回答,让客人陷入了沉默。编剧用极致的"饱"写出了大饥荒下百姓极致的"饿",四两拨千斤的笔法实在巧妙。

牢记剧作八字箴言:意料之外,情理之中。

3. 误会和巧合:慎用剧作神器

"误会"指的是,由于作者赋予的视角范围限制,人物所知的事实并非真相,从而产生的"偏见"。误会会导致人物采取错误的戏剧行动,从而改变人物之间的关系,增加人物之间的矛盾冲突或者使情节发生转折。在《三国演义》中,刺杀董卓失败后,逃亡途中的曹操因为误会吕伯奢家人出卖自己，便先下手为强杀光其家人，并留下了一句千古名言：宁可我负天下人，不让天下人负我。一场误会，写出了一代枭雄的恶。

很多故事都是源于一次误会。例如，在伊朗电影《一次别离》中，主人公纳德误会保姆瑞茨偷走了家里的钱，在争执中失手将她推下楼梯导致其流产，从而引发了一场交织着道德、法律、信仰和利益的法庭诉讼案。误会可以使人物之间产生对立或者统一的戏剧关系。电影《听说》的男女主人公的关系也是源于一个美丽的误会。男主人公黄天阔为听障游泳队送便当，结识了游泳队队员小朋的妹妹秧秧，随着二人交往的深入，彼此互生好感。但是因为两人都误以为对方是听障人士，黄天阔担心父母会反对，秧秧也担心会影响她照顾听障的姐姐，两人的关系一直止步不前，直到最后真相大白，两人的误会消除，有情人终成眷属。

"误会"的效果与故事的视角有关。如果观众的视角等同于人物的偏见视角，那么当误会解开的时候，观众会恍然大悟或者感到深深的遗憾；而如果观众的视角大于人物的偏见视角，那么观众则会早于人物知道"误会"的真相，更多的是替人物感到揪心。如果是喜剧片，观众则可能会有一种高于人物的"优越感"。

爱情片常常使用误会来为男女主人公的关系制造障碍。比如，在电影《八月照相馆》中，照相馆老板永元和女交警德琳结识并互生好感。但德琳发现永元突然开始冷落她，直到有一天，永元从德琳的生活中彻底消失了。德琳十分失望，但她并不知道永元其实身患绝症，他选择以不告而别的方式来保护他心中那份珍贵的情感。这样的视角属于观众视角大于人物偏见视角。

《假如爱有天意》中的误会则是观众视角等同于人物偏见视角，女主人公宋珠喜误以为曾经的恋人俊河已结婚，才选择了与泰秀成家。直到俊河过世，她才得知俊河是在她成家之后才结婚的真相。这段不断错过的爱情令观众唏嘘不已。

在电视剧中，制造误会已经成为必不可少，甚至被滥用的手法。相对于电影,电视剧需要更加复杂的人物关系编织和更曲折的人物关系变化,来支撑起三四十集的庞大剧情量。误会可以是一方有意为之,也可能是双方阴差阳错造成的,而阴差阳错其实就是一种巧合。在电视剧中,我们经常可以看到,某个角色"碰巧"经过,听到另一个角色说了某事或者做了某事,然后产生误会,导致剧情发生转折。巧合是很多误会发生的前提。比如,昆曲《十五贯》讲的是一个屠夫借了十五贯钱,酒后回家时戏言要将养女卖掉,结果养女误以为是真的,连夜出逃,却让赌鬼娄阿鼠闯入家中,窃取十五贯钱并将屠夫杀害。养女路遇办货的商人同行,而商人身上刚好带着十五贯钱。于是二人被追赶来的公差抓捕,并扭送到衙门,误认为二人是通奸,谋财害命。整个故事正是基于一系列的巧合而造成的误会,最终酿成了一个大冤案。巴斯特·基顿的经典默片《福尔摩斯二世》的情节设置也有类似的巧合。男主人公很穷,只买得起一美元的礼物送给自己心仪的女孩,但他打肿脸充胖子,动手将礼物的价格标签改成四美元。而他的情敌偷了女孩父亲的手表后,卖了手表,然后也买了礼物送给女孩。当父亲发现自己的手表失窃,情敌将他卖手表的票据偷偷放在男主人公的衣服里,男主人公被搜身果然翻出这张票据,票据显示手表被卖了四美元,而他送给女孩的礼物刚好也是四美元。正是这个阴差阳错的巧合,造成了女孩对男主人公的误会,男主人公被赶了出去。

我们所说的情节是由具有因果关系的事件组成的,而巧合则打破了这种因果关系,其是一种没有必然性的偶然事件。例如,在电影的结尾,让主人公突然获得一笔巨额遗产,给他带来一个圆满的结局,这实际上是用"巧合"来强行扭转人物的命运。故事前半部分提出问题,后半部分解决问题,因此最好不要将巧合放在故事的后半部分,因为使用巧合来解决问题表明编剧懒惰,也不尊重观众。此外,巧合是通过外部因素影响故事情节发展的,而真正对人物剧情有决定性作用的是人物内心的变化。巧合是一个契机,一个辅助工具,但不能把它错当成故事的大梁去依靠。

虽然我们知道这个世界充满变数和随机性,也有一些优秀电影在探讨这个主题,比如《罗拉快跑》《蝴蝶效应》等影片。但对大多数主流观众而言,具有确定因果关系、可理解逻辑及结构化的情节,才更容易被接受。因此,情节设计不可滥用巧合。一次巧合的偶然事件,观众能够接受;但如果出现两次巧合,就显得缺乏说服力,就像一个人中一次百万彩票是幸运的,连中两次百万彩票则十分可疑。

在爱情片中,我们常常利用巧合来建立男女主人公的人物关系。他们总能在不同场合相遇,然后开始一段恋情。如果巧合仅仅是巧合,那么只能归结为缘分天注定;如果这种巧合背后蕴含着必然性,这段爱情就显得更加牢靠和可信。比如,他们在图书馆相遇,是因为两个人都喜欢阅读;第二次在福利院做志愿者又相遇,是因为两个人都富有爱心。这是基于人物设定的逻辑来设计的,偶然中蕴藏必然,两人最终能成为恋人也就顺理成章了。在电影《我的野蛮女友》的结尾,男女主人公分别多年后重逢。我们才发现女主人公居然就是电影开场男主人公的姑妈要给他介绍的对象,而女主人公一直念念不忘的已逝前男友就是男主人公的表哥。原来,两人波折不断、备受考验的爱情其实早已注定了结局。

误会和巧合不是"剧作神器",不能滥用,只能慎用和巧用。因为发现事物与事物之间的因果关系,是文学艺术创作的目的之一。我们通过故事去寻找和阐释这种关系,帮助自己和观众去理解这个复杂和多变的世界的内在规律。

第四章
人　物

人物的塑造方法

1. 人物与情节孰轻孰重

关于人物与情节孰轻孰重，是剧作中的"大哉问"。亚里士多德认为情节重于人物，因为在那个时代人们的观念是命运高于一切，一切都是神的安排。因此，在故事中，人物也无法摆脱情节的支配，其重要性自然也就次于情节。而如今大部分编剧的观念都倾向于人物重于情节，因为情节若不能为人物服务，情节便失去了意义。

当我们阅读小说或观看电影时，最容易记住的是其中鲜明的人物形象。《围城》中浑浑噩噩的方鸿渐、自命不凡的赵辛楣、天真纯情的唐晓芙、优雅造作的苏文纨，时隔多年仍然能够清晰浮现在读者的脑海中，但是我们很难复述《围城》的完整情节。同样，我们记得《天使爱美丽》中古灵精怪的艾米莉，在小巷口抽烟的志明和春娇，以及《蓝色大门》中游泳队、吉他社、天蝎座 O 型的张士豪，但是对这些电影的具体情节印象却有些模糊。

故事情节可以根据需要进行调整，但人物的背景信息、性格和需求等关键设定要从一开始就精心设计。如果人物的设定不够扎实，一旦遇到问题，无论情节如何修改和调整，都无法真正解决问题。但这并不意味着

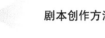
情节不重要，如果没有丰富曲折的情节，人物只能处于静止状态，即使其设计再丰富多彩，也无法发挥人物真正的作用。

所以人物一定高于情节吗？也不一定。有些电影是"情节向"的，其独特的情节概念足以吸引观众，那么人物只需要完成承载这个情节概念的任务即可。即使人物塑造相对扁平，仍然可能是一部好电影。比如《侏罗纪公园》和《头号玩家》，观众会记住这些电影的情节概念，即"科学家利用基因技术使恐龙复活"和"虚拟现实游戏统治整个世界"，而非其中的人物。

对大多数电影而言，人物与情节是相辅相成的。没有人物作为载体，情节无从谈起，没有情节的推进，人物也无法得到呈现。人物的需求、性格、意志、成长都需要通过转化为情节来表现。一个小孩渴求亲情，转化为情节是他踏上寻亲之路；一个为自己容貌感到自卑的人，转化为情节是他扔掉了家里所有的镜子；一个酷爱吉他却无钱购买的人，转化为情节是他主动帮妈妈打毛线锻炼手指的灵活度。反过来，正是由于我们对人物的设计，才有这些情节发生的可能。如果小男孩没有如此想念自己的妈妈，他也不可能和一个不靠谱的混混大叔结伴同行，从而演变成《菊次郎的夏天》这样的电影。

情节和人物，是故事的一体两面。既然谁也离不开谁，那就平等待之吧。

2. 人物的困境

每个人的一生总会遇到各种困境，有小困难也有大挫折。所以，为故事中的人物寻找困境并非难事，难的是设置合适的困境。

一般而言，人物的困境应该是现实生活中发生概率低、严重程度高的事件，只有这样，故事才会充满戏剧张力。但所有故事的人物困境一定都要很严重，事关生死吗？平时不打交道的远房亲戚被医院下了病危通知和今天上班迟到被领导发现相比，也许前者还不如后者给主人公带来的困扰大。同样是失业，一个富二代失业了，可以回去继承家族企业，而一个背负全家老小生计并欠了一身债的农民工，失业就是要他的命。《十七岁的单车》中，主人公阿贵的困境是丢了一辆自行车，《寻枪》中警察马三的困境则是丢了自己的配枪。后者看似比前者困境严重得多，毕竟"枪"比"自行车"重要和危险得多。但一辆变速自行车之于来自农村的少年快递员阿贵而言，和一把枪之于警察是同等的重要，都是需要拼尽全力也得找回来的东西。困境的大小，取决于被作用的对象，而非困境本身。

好的困境会对故事产生深远的影响。它就像一台制造麻烦的机器，能够持续地制造障碍，并且随着情节的发展，不断升级和恶化，以阻止主人公前进。因此，好的困境对主人公来说应该非常难以解决，无论是基于他的性格还是能力。如果一个困境太容易被解决，那么它就不是一个"好的困境"。一旦困境被解决，观众就会失去对人物的兴趣，故事也就到了终结时刻。

《无间道》中的陈永仁从被警队派到三合会当卧底的那一天开始，就陷入了一个"好的困境"。因为从此，他将无法以真面目示人，为了取得黑帮老大的信任，他不得不把自己变成和他们一样的"坏人"。当他想恢复警察身份但受制于上级无法如愿，当他为警方通风报信，需要冒着被识破身份的生命危险，面对上司被黑帮残杀，他却不能出手相救，情同手足的黑帮兄弟也因为他而丧命。相反，从三合会被派到警方当卧底的刘健明也是如此。好人需要变成坏人，坏人要伪装成好人，甚至连基本的自我身份认同也会产生动摇。人物必然会陷入追问"我是谁"的巨大困境之中。

在有些电影中，有些主人公并不会遭遇到困境，反而会遇到顺境。比如说，他们意外继承了巨额财产，或者是突然变成了国王，或者是阴差阳错地获得了某种特异功能。这些看似非常好的事情，实际上对主人公而言也是一种困境，因为这些"好事"超出了他们的承受能力，打破了他们原有的生活平衡,扭曲了他们的心灵,直到他们意识到"好事其实是灾难",然后通过自己的努力重新找回自己的平衡。这样的"顺境"也是观众喜欢看到的,因为可以满足他们的幻想,跟随主人公一起过上"理想"中的生活。一些电影,比如《西虹市首富》《人生遥控器》《冒牌天神》《偷听女人心》都可归属此类。

人物的困境,可分为故事发生前的困境和故事发生后的困境。前一种困境在人物前史阶段已存在,比如错误的信念、童年的创伤等;后一种困境则是故事发生后,人物才遇到的大麻烦。两者不是非此即彼,而是共存共生的关系。前史困境往往是人物的内心困境,或隐或现地从过去一直影响人物至今,"是我们不愿面对或被我们抗拒的心理力量,我们不想或不敢将它们整合到我们的生活中"。① 而故事发生后的困境表面上是一个新麻烦,但其实是召唤人物重新面对、正视前史困境的契机,只有真正解决这个前史困境,人物才能开启新的人生。

《入殓师》主人公大悟的前史困境是童年时代父亲外遇、抛妻弃子。失业的大悟放弃音乐家的梦想回到山形老家,并阴差阳错进入殡葬社工作。入殓师对大多数人来说,并不是一份容易被接受的职业,大悟遭遇了作为一名新人进入这个特殊行业的种种困境。然而,正是这些困境,让他逐渐明白生命和死亡的真谛。当得知父亲去世的消息后,他决定前往见父亲最后一面,并亲自为其进行入殓。

故事发生后的困境本质上是对人物的二次伤害,通过"病症复发",让人物意识到自己无法永远回避问题。如果不治疗,就需要承受沉重的后果,如果治疗,也必须冒着巨大的风险进行"大手术",但也只有这样才有被治愈的可能性。《爱情与灵药》中的男主人公的前史困境是沉迷风流之事,却不懂得何谓真爱。女主人公的前史困境是身患帕金森病,且被恋人抛弃,不敢再投入真感情。二人从相遇相识到相知相爱,前史困境一直在

---

① 约瑟夫·坎贝尔.千面英雄[M].杭州:浙江人民出版社,2016:5.

困扰着他们,而当他们真正爱上对方时就陷入了"二次伤害"困境。男主
人公的困境是:"我爱这个女人,可是她有帕金森症,我应该坚持吗?"女主
人公的困境是:"我爱上了这个男人,可是我有帕金森症,他会抛弃我吗?"
于是随着剧情的发展,两人开始互相伤害,而恰恰是这种伤害,让他们意
识到彼此的重要和这份情感的珍贵,最后选择了在一起。电影无法治愈
帕金森症,但可以治愈心灵。

　　困境的种类很多,但是要找到适合表达主题的困境。如果你要表达
自由的宝贵,可以让主人公身陷囹圄,比如《肖申克的救赎》中让安迪蒙冤
入狱,而不会让他至亲离世,否则就跑题了。同理,如果你要表达和平至
上,就可以使主人公加入残酷的战争。《诺丁山》的主题是爱情可以超越
阶层鸿沟,所以小书店老板威廉就需要爱上好莱坞巨星安娜。人物的困
境与人物的目标越对立,人物的成长空间越大,戏剧的故事张力也就
越大。

　　不同类型的电影都有各自不同的困境。比如战争片的困境通常是人
性的扭曲和战争的残酷性,《拯救大兵瑞恩》中的困境是敌人的攻击和死
亡的威胁,而《黑鹰坠落》中的困境则是任务的失败和伙伴的牺牲。警匪
片的困境是强大的犯罪势力,例如《湄公河行动》中的困境是毒枭的残暴。
侦探推理片的困境则是难以破解的诡计,例如《神探夏洛克》中的困境是
罪案的复杂和推理的难度。灾难片的困境则是无可抗拒的大自然灾害,
例如《2012》中的困境是地球的毁灭和人类的存亡。而爱情片的困境是阻
碍主人公们无法在一起的各种因素,例如阶层、年龄、性格、疾病、战争、信
仰、第三者、家庭、性别等。不同类型的电影通过不同的困境来表达自己
的主题和情感,让观众在电影中得到不同的体验和感悟。

　　困境不但要严重影响主人公的生活,而且要以一种意料不到的方式
来影响。乞丐的困境是穷,这种设计太过正常,缺乏戏剧性,如果乞丐的
困境是来了一个比他还惨的乞丐竞争对手呢?《大逃杀》的困境是想在荒
岛极限生存游戏中活下来只能互相残杀;《楚门的世界》的困境是一个活

在真人秀节目的人想要寻找真实的人生;《星际穿越》的困境是一个父亲如何跨越浩瀚的时空与地球上的女儿取得联系。制造一个好的困境需要创造力和想象力,它必须有新意和吸引力,才能引起观众的兴趣。

困境设定完毕,故事的情节就要围绕人物如何挣脱困境展开。面对困境,有些人物刚开始会选择逃避或者消极应对,而有些人物则会积极面对,但无论如何最终人物都将找到解决困境的真正方法。好的困境对人物来说看上去是难以克服的,即便在高潮中觉醒,做出正确的抉择,也无法一蹴而就地解决问题,所以常常需要编剧在人物的设定或者支线情节,埋下帮助人物解决困境的伏笔,否则困境的解决会缺乏说服力。例如想让一个贫民窟的小孩变成国际球星,那么他和小伙伴们在小巷子里把易拉罐当成足球玩耍的时候,就需要表现出过人的天赋,只有存在这种基础,观众才能认可跨越这种巨大的鸿沟是在人物的能力范围之内的。

一般而言,商业电影需要提前设计好人物摆脱困境的方法。但并不是所有故事的主人公都能够成功走出困境。比如一些艺术电影或者悲剧电影,主人公常常以失败告终。但这并不表示他们的所有努力没有意义,试图挣脱困境的意志和行动就是最大的价值所在。谁能否认《杀人回忆》中那两位警察的努力是徒劳无功的? 选择不遗忘,就是对连环杀人案受害者最大的尊重,也是对真凶最有力的震慑。

回避困难是人的本能,但作为编剧要学会对抗这种本能,狠下心给故事的主人公"挖坑",坑得越深越好。两米的坑,他可能蹬一下就出来了;五米的大坑,他就要找辅助工具;二十米的大坑,想出来就得靠智慧了;如果是一百米的"天坑",那除了技能、勇气、智慧,还要有强大的信仰和爱,才可能有重见天日的那一刻。好故事的本质,就是让主人公完成一个看似不可能完成的任务。这个"不可能",其实就是指困境的难度,让主人公和观众都觉得无法跨越。只有在巨大的困境下,主人公才能展现出超凡的勇气和意志。

人物最光彩的瞬间,并不是他爬出深坑的那一刻,而是他为了摆脱困境,每一次奋力向上一跃的瞬间。

3. 人物的需求、欲望和动机

人物的需求是指人物因存在需要解决的重大人生问题而产生的内心需求;人物的欲望是指在故事中人物试图达成的某个具体目标;而人物的动机则是指激发人物具体行动背后的理由。这三个概念在使用时很容易被混淆。

从剧作角度而言,人物应该是有欲望的人。因为在故事中,人物的欲望决定了情节的走向,人物没有欲望,也就不会有行动,故事也就无法展开。故事叙事的动力其实就是人物的欲望。编剧首先要回答的问题是故事的主人公要干什么。欲望可以是试图获取某样事物。例如,《菊次郎的夏天》中菊次郎的欲望是护送小男孩正男到爱知县看望他的母亲;《星际穿越》中库珀的欲望是到遥远的星系寻找适合人类居住的星球;《辛德勒的名单》中辛德勒的欲望是在纳粹的枪口下拯救更多的犹太人。欲望也可以是逃避某样事物。例如,《新龙门客栈》中周淮安的目标是保护忠臣之后,躲避东厂的追杀;在《误杀瞒天记》中父亲的目标则是躲避恶警的追查。

有了欲望之后,人物就会采取行动来满足欲望,故事也因此开始展开。欲望必须是外在的、可见的,观众需要清晰明确地知道人物的欲望是什么,并且了解为什么他要实现这个欲望。如果欲望无法得到满足,会对人物产生怎样的后果,这也需要观众清楚地知道。

人物的欲望可以分为大欲望和小欲望。大欲望是贯穿整个故事的终极目标,而小欲望则是为了实现大欲望而服务的阶段性目标。大欲望和小欲望之间是主从关系。小欲望需要升级,满足的难度和风险也要持续增加。人物需要通过不断克服困难来完成小欲望,才有真正的机会去实现大欲望。比如,《摔跤吧! 爸爸》的主人公的人欲望是要将两个女儿培养成摔跤冠军，而他的小欲望则包括：通过体能训练提高女儿的身体素质、通过地方性比赛战胜男选手来验证自己的训练方法、通过一路过关斩将帮助女儿成为国家队选手、通过女儿在国际比赛夺冠实现自己未竟的梦想。

如前文所述，人物的困境可分为前史困境和故事发生后的困境。其中故事发生后的困境会令人物产生现实层面的欲望。灾难片的困境是人物面临生存危机，比如《后天》的北极冰川融化、《釜山行》的丧尸肆虐，人物现实层面的欲望都是要想办法生存下来。

前史困境，则往往会让人物产生心理层面的需求，即人物的需求。人区别于动物的一个基本特征是情感的需求。没有情感的人物是很难引起观众认同和移情的。常见的故事情感大体可分为亲情、友情、爱情三大类。大部分电影都需要展现人物的情感，情感有时候会成为故事的主线，并依此延伸发展出电影的类型，比如家庭伦理片、青春片和爱情片。

有时候情感是电影的支线。比如在警匪片中，警察恪守职责追查黑恶势力的犯罪证据，而与此同时，他的至亲却受到对手的诱惑，陷入了犯罪的陷阱。在情感和法律之间，他会做出怎样的抉择呢？情感支线与故事的主线交织在一起，并对主线产生重要影响。若我们把情感支线删除，那么整个故事就只剩下干巴巴的警匪恶斗的情节骨架。再漂亮的斗争也只是"猫和老鼠"的游戏。观众总是本能地希望能与电影中的人物建立情感联结。当我们理解了人物的情感时，我们也就能理解他们在故事中的所作所为，无论是好是坏。因此，无论人物表面看上去是什么样的人，他们都不能做情感木乃伊。

人物的"尊重需求"和"自我实现需求"，常常是各种电影的主题关键词。比如在《秋菊打官司》中，农村妇女秋菊一路从县里告到市里，从市里告到省里，她的欲望是为被村主任踢伤的丈夫讨个说法。而她欲望背后的需求，实际上关乎人的尊严。哪怕再没皮没脸的人也有自尊，当一个人的尊严被践踏时，反弹的力量往往超乎想象，因为如果无法维系尊严，个体的自我便会崩塌。很多故事中的突发事件和情节的大转折,都源自人物遭遇尊严危机。《集结号》讲述的就是一个关于名誉和尊严的故事。连长谷子地带领全连掩护大部队撤退,因未听到集结号信号而死守阵地,除谷子地一人幸存外,其他战友全部阵亡。由于部队番号变更,整个连队牺牲的战士都被官方认定为失踪。谷子地为了查明当年战场上的集结号到底是否吹响,开始了艰难的寻找真相之旅,并最终为全连的战友们找回了应有的烈士称号。

自我实现需求是励志片中常见的主题。人物拥有一个梦想,虽然道路坎坷,但依然前行,直到终点。电影《摔跤吧!爸爸》描绘了主人公马哈维亚为实现自己曾经未竟的摔跤冠军梦,带领两个女儿一路披荆斩棘的历程。故事的推动力源于人物梦想,看似无法解决的问题得到了解决,不可能完成的任务得以完成,观众的观影快感来自与人物一起经历风雨,一起成长,最终实现梦想。这种自我实现可以带给观众巨大的心理满足。

人物的需求有时是不自知的。在故事开始之前,他可能一直带着某种错误的认知、信念或创伤,但因为还未遭遇逼迫他直面这个内心困境的外在压力,所以一直可以安然生活。如果故事只是小打小闹,是无法刺激人物的深层心理结构的,人物只需要在表层结构进行调节就可以应对。比如遇到不开心的事情,情绪不佳,喝瓶可乐,吃个炸鸡,事情就过去了。但若遇到亲人去世,就不是简单的情绪问题,而是重大情感问题。一旦这种平衡状态被打破,他的内心需求就会慢慢被激发。当故事进展到高潮和结尾的阶段,人物的心理受到巨大的不可逆的冲击,他就必须直面这个需求并做出抉择。例如,《釜山行》的男主角石宇遇到的问题是"女儿的生命危机",这个问题的严重性必然会触及他深层的心理结构。石宇是一名眼里只有金钱和事业的父亲,而当他面临如何在载满丧尸的列车上带着女儿逃生的危急时刻,他开始自我反省,明白自己之前的自私和不负责任给家人带来的伤害,并决心做出改变。

有些人物的需求是修正自己的道德缺陷或性格缺陷。《釜山行》主人公石宇需要得到修正的内心问题是冷漠自私。只有当他改变自己,学会真正去爱他人,他的问题才可能得到解决,内心获得重生。所以,《釜山行》其实讲的是"冷漠的石宇"找到"拥有伟大父爱的石宇"的故事。如果人物过于自我封闭,我们可以让他爱上一个同样不善交流的人,逼着他开始敞开心扉表达自己;如果主人公很懦弱,就让他最在乎的人受到伤害,于是他必须变得勇敢,挺身而出。《土拨鼠之日》中的主人公菲尔是个气象预报员,他存在严重的性格缺陷,为人处世都相当令人讨厌,直到有一天他遭遇了奇特的"一日循环"困境,每天起来永远都是2月2号的土拨鼠日。经过一系列徒劳的折腾之后,菲尔终于明白自己的内心需求是改变自己的性格缺陷,善待周围的每一个人,真诚地面对自己,过好每一天。

主人公还有一种内心需求是治愈心理创伤。因为有心理创伤,才会导致主人公性格层面和道德层面上的缺陷问题。《霸王别姬》中程蝶衣对戏"不疯魔不成活"的执拗、对段小楼的依恋以及对段小楼要娶的"名妓"菊香的排斥,都源于他幼时被妓女出身的母亲遗弃的童年创伤。

人物的欲望和需求应该形成一种矛盾关系,也就是说,人物想达成某个目标,但内心的需求问题却阻碍了他完成目标。程蝶衣一生都执着于和师兄段小楼唱一辈子戏的约定,但现实中他与段小楼的关系逐渐瓦解,正是因为他无法解决自己偏执和决绝的内心问题。欲望的达成未必是人物的终点,有时候甚至南辕北辙。只有真正解决内心需求问题,人物才能抵达真正的终点。在艺术电影中,人物的欲望不一定最终得到满足,但内心的需求通常都能得到解决。在大多数商业电影中,人物的欲望和需求都会在故事的结尾得到满足。

需求不一定要像人物的欲望那样,在故事的开头便交代给观众。很多时候人物的需求并不是由编剧告诉给观众的,而是由观众通过情节的推进,一点点地探索和发现而得。人物的需求在故事中变得清晰的时刻,也是观众发现人物真相的时刻。《土拨鼠之日》中丽塔告诉绝望的菲尔,每天重复一样的日子也许并不是一种诅咒,一切取决于如何看待它。菲尔此时才开始明白自己的内心需求是改变自己。

主人公完全没有道德或性格方面的瑕疵,但他的内心需求是诸如爱、自由、正义、尊严、信仰等人类共同的精神追求,也同样能让观众产生认同和共鸣。但太过完美的人物会显得不够真实,所以给主人公设计一些缺点,实际上是在帮助他。

总而言之,欲望是人物想要什么,需求是人物需要什么。欲望往往在电影的第一幕就要交代给观众,需求则可能会放在第三幕才清晰地揭示给观众。

动机一般是指人物做出的行动背后的理由。它与人物需求的差别在于,它更加具体、更加具有阶段性,它是用来解释人物每一个具体行动背后的具体理由。人物采取的每个行动、说的每一句台词,背后都应该存在一个动机。动机之所以是具体的,是因为它不像人物需求一样,隐身弥散在故事之中。它必须是可见的,就像是被推倒的多米诺骨牌的前一张。它要有力道,它要准确,它要立即见效。

例如,你打了对方一拳,动机可能是对方先打了你一拳,你必须反击;你写信给暗恋的女生告白,是因为你知道同宿舍的哥们也给她写了情书,你再不表白就可能没机会了;你疯狂给老板的微信朋友圈点赞,可能是因为你最近上班迟到的次数有点多。但如果父亲带着儿子一起投河自尽,就需要更强大的动机来支撑这个行动。编剧需要有想象力,可以写出任何看似超乎寻常的人物行动,但越超乎寻常,就越需要强大的动机去支撑。只要动机足够充分,即使是平凡的人也可能做出不平凡的事情,因为他们有"不得不做"的动机。

4. 人物性格

什么是人物性格?简而言之,性格就是编剧为人物设计的一种稳定且可清晰识别的核心心理特质。这种特质也是一个人物区别于其他人物的关键。

性格包括价值观、道德观、思想、情感等不同的维度。不能简单地用外向和内向来概括,更不能投机取巧地使用不科学的血型和星座来替代。性格虽然是相对稳定的,但并非绝对不变。否则,我们就不会有"性情大变"的说法了。性格并非先天决定的,而是随着人的成长过程逐步形成的。小时候,我们受到父母长辈的影响,在学校受到老师和同学的影响,在工作中受到领导和同事的影响,在恋爱中又会受到恋人的影响。根据不同程度的影响,人的性格会相应地发生改变。只是当人到了一定年龄时,性格才会变得相对稳定,除非遇到特别的人或事,否则不太可能发生大的变化。

人性是复杂的,在现实生活中,每个人都可能有多个不同的性格面貌。在领导或老师面前,我们可能会表现得谦虚恭敬;在父母面前,我们可能会任性撒娇;在朋友面前,我们可能会毫无顾忌地表达自己;而在晚辈面前,我们可能又会表现出一副好为人师、唠叨不休的模样。那么,到底哪一种才是我们真正的性格呢?心理学中的"人格面具理论"认为,这些都是我们性格的一部分,无所谓真假。人性深不可测,编剧的段位某种程度也取决于他对人物性格塑造的水平。

在只有两个小时左右时长寸时寸金的电影里,编剧需要为人物在众多性格维度中提炼出一个相对核心的性格特质,并在故事展开的过程中反复在人物身上呈现,直到观众和读者能够清晰地识别。所以电影中的人物并不等同于生活中的真实的人。拉约什·埃格里在《编剧的艺术》中说道:"你可以写一个纯粹的人,写一个真实的个体,但一定要把这些特征中的一个加以放大。"[①]乐观的阿甘、阴郁的教父柯里昂、古灵精怪的艾米莉、暴躁的武士菊千代,这些电影人物形象之所以让人印象深刻,正是因

---

① 拉约什·埃格里.编剧的艺术[M].北京:北京联合出版公司,2013:219.

为他们极其鲜明的性格特质让观众难以忘怀。相较于商业片中鲜明的单一性格的人物形象，艺术电影中的人物则更加复杂和多样化。例如，《末代皇帝》中的爱新觉罗·溥仪作为中国封建王朝的最后一位皇帝，是一个极其独特、丰富又充满矛盾的人物形象：作为远离亲生父母的孩子，他孤独乖张；作为庄士敦的学生，他聪慧好学；作为傀儡政权的皇帝，他狂热幼稚；作为两个妻子的丈夫，他冷漠自大；作为新政权的战犯，他又显得怯懦顺从。

　　人物的性格特点决定了他们在日常生活中的行为方式和习惯。只有准确地把握人物的性格特点，才能知道他们在面对人和事时应该做出的反应。要做到这一点，编剧必须具备换位思考的能力，把自己想象成角色，而不是将角色当成自己来写。例如，通常我们听到别人的赞美会感到高兴，但如果角色的性格多疑，同样的赞美就可能被他视为讽刺。相反，如果核心性格没有建立起来，人物就缺乏自主行动的反应机制，变成受编剧指挥操控、被情节裹挟的傀儡和道具。

　　我们以《教父》中的迈克为例。迈克为遭遇暗杀的父亲报仇后逃往西西里暂避风头，他与保镖经过一片乡间的果园，遇到了一位美丽的本地姑娘，迈克被她深深地吸引。随后他们向一个小店老板打听这位姑娘，结果一聊发现这个小店的老板就是那位姑娘的父亲，保镖怕惹麻烦，连忙劝迈克离开，结果迈克不但拒绝，还坚持要和这位老板对话。

迈克（一脸冷漠但却极有威严地对法布里奇奥讲话）：叫他过来。

（法布里奇奥表示反对）

迈克：不不不不……叫他过来。

（法布里奇奥背上猎枪，进来屋子，过了一会儿咖啡店老板也跟着出来了）

迈克：法布里奇奥，你来翻译。

法布里奇奥：好的。

《教父》剧照

迈克：如果冒犯到您了，我向您道歉。我初到这个国家，我无意对您
　　　和您的女儿有所不敬。我是一个美国人，来西西里避避风头。
　　　我叫迈克·柯里昂。很多人出大价钱打听我在哪，如果我的
　　　行踪被人知道的话，那么您的女儿将失去一位父亲，而不是得
　　　到一位丈夫。我希望能见见您的女儿，当然是在您的许可之
　　　下，也会在您家人的监督下与她会面。冒昧了。

咖啡店老板：周日早上来我家，我叫维泰利。

迈克：谢谢。您女儿叫什么？

咖啡店老板：阿波罗尼亚。

迈克：好美的名字。[①]

　　从上述场景我们可以看到：首先，迈克性格很强硬，他不是怕事的人，
即便知道对方是自己心仪女孩的父亲，也不怯场，反而摆出反客为主的姿
态"叫他过来"，这表现出一个黑帮老大的威严；其次，迈克是个讲礼数的
人，为自己刚刚的冒犯，表示道歉，并且愿意在对方许可和家人监督的前

---

① 摘自影片《教父》的片段。

提下与女孩见面;同时他又冒着暴露身份的危险告知对方自己的真实身份,这表明了他坦诚的态度;最后,他还很自信地认为自己将是女孩的丈夫。这一段对话多维度、多层次地表现了迈克复杂又生动的人物性格。

每一个故事都包括主角和配角,他们除了戏份不一样之外,可能还存在性别、年龄、职业、社会地位等方面的诸多差异,但最重要的差异应该是核心性格。我们以《西游记》为例,叛逆的孙悟空、古板的唐僧、懒散的猪八戒、任劳任怨的沙僧,取经路上的师徒四人性格不一,所以除了降妖除魔之外,他们内部也是大小冲突不断,若是四人一条心,又怎么会有经典的"三打白骨精"孙悟空被逐出师门的经典桥段。

性格差异可以在人物之间形成张力,也提供了戏剧矛盾冲突的可能性。比如,慈善家遇到了吝啬鬼,撒谎精遇到了直肠子,胆小鬼遇到了勇士,梦想家遇到了功利主义者,这些人物组合天然就带有故事的戏剧性。反之,如果一个人物与其他人物性格很相近,互相可替代,他便失去了作为独特存在的价值,编剧可以将他和其他角色"合并同类项",对人物进行删减或做必要的调整。《七武士》若不是做到每个角色都性格鲜明,且与其他角色有明显的差异,就应该变成《五武士》或《四武士》了。

性格的养成是一个长期过程,不易改变。故事的前史决定了角色初始的性格特征,而故事的发展则会对角色的性格产生巨大的冲击。通过设置各种困境,角色的性格防线不断遭受冲击,导致角色在不同层面上的转变,并最终使核心性格显现,展现真正的自我。因此,我们可以说命运塑造性格,而性格则改变命运。

如上文所述,现实中每个人都拥有不同的性格维度。当面对相同情境时,这些维度可能会产生冲突和对立,形成人物内心的冲突。例如,一个多年未见的老同学向你借钱时,你的性格中好面子和心善的一面会告诉你把钱借给他,但性格中理性的那一面又会告诉你,这个老同学可能无法还你钱。这种情况会导致你内心产生冲突,不知道到底要不要借钱。当人物的不同性格维度形成反差时,角色也会变得更加生动。例如,一个

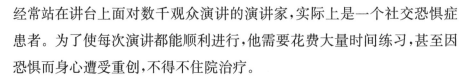

经常站在讲台上面对数千观众演讲的演讲家,实际上是一个社交恐惧症患者。为了使每次演讲都能顺利进行,他需要花费大量时间练习,甚至因恐惧而身心遭受重创,不得不住院治疗。

一般来说,我们所说的角色卡通化和符号化,指的是将其性格的某一维度单一化地表现出来,而隐藏其他相反的维度。这些角色面对戏剧情境的反应,总是基于同一性格维度,因此缺乏内心冲突。人物的困境仅在于应对外在客观阻碍。这种人物通常出现在童话、神话或喜剧中。例如,我们写一名战斗英雄时,自然会写他的英勇。但是,如果我们添加以下情节:蟑螂是他的致命克星,只要看到蟑螂,他就会立刻昏过去。这样的设计可以让英雄更真实可爱。当他在战场上展现出大无畏的牺牲精神时,观众会对他产生敬佩之情,因为我们知道他也是一个有血有肉的平凡人。

在一部戏中,人物的性格在高潮部分最能得到体现。高潮是人物面临压力最大的时候,在高潮阶段,人物的反应最能展现其真正的性格。人只有在受挫的时候,才能看出其是否坚强;只有在穷困潦倒的时候,才能看出他是否能保有尊严;人物在无须顾忌他人和社会评判,完全独处的自我时空里所做出的行为动作,方能显露真我秉性。

人物性格的呈现主要依靠人物的行动。电影篇幅有限,因此我们必须精确地选择人物动作。准确而生动地反映人物性格是检验标准。观众能够根据这些有限的动作,自行想象和感受每个人物的个性。例如,在《女人,四十》中,萧芳芳扮演的阿娥在菜市场买鱼,活鱼比死鱼贵,阿娥趁着老板不注意,一掌将活鱼拍死,然后成功地以便宜的价格买到了新鲜的鱼。这个动作准确地描绘了阿娥这个干练、勤俭持家、拥有市井生活智慧的中年女性形象。再比如一个妻子发现丈夫写给情人的书信,我们可想象的一般反应就是妻子把这封可恶的信撕个粉碎,但《布达佩斯往事:冷战时期一个东欧家庭的秘密档案》这本书中妻子的反应却是:"但我从废纸篓拾回每一片碎屑,小心放好,永远留存……我对他永不宽恕,再也不信。"①撕碎是愤怒的第一反应,将撕烂的碎屑重新捡起来,还小心放好,永远留存,却非常人所为。这个动作让人物超越了那些只是愤怒哀怨的普通妻子,性格更加鲜明和有力量。

性格真实,则人物真实。

5. 人物的意志力:主动与被动

主动型人物比被动型人物更适合作为电影的主人公,是剧作书中常见的观点。这是因为主动型人物通常具备强大的意志力和行动力,能够在困境中展现出超越常人的智慧和勇气。相比之下,被动型人物在遭遇挫折和逆境时,容易陷入消极、无助的状态,难以驾驭故事情节,影响电影的节奏和观众的情绪。例如,《肖申克的救赎》中的银行家安迪就是一个典型的主动型人物。为了重获自由,他潜心策划十几年,终于越狱成功。而《末代皇帝》中的溥仪幼时被慈禧太后立为皇帝,少年时被安排选定婉容为皇后,青年时被冯玉祥军队赶出紫禁城,之后被日本人扶植成伪满洲国皇帝,"二战"后沦为战俘,中华人民共和国成立后又被改造成为一名植物园的园丁。溥仪特殊的历史身份使得他的一生一直被时代的潮流所摆弄,他无法左右自己的命运,是典型的被动型人物。其实,无论是主动型人物还是被动型人物,都可以成为电影的主人公,关键在于如何通过角色塑造和故事情节的设计,使得观众能够与主人公产生情感共鸣,进而被深深地吸引和感动。

主动与被动只是人物阶段性的表现。当人物没有产生真正的欲望,他对编剧设定给他的目标无动于衷,那么必然会缺乏主动性。人物的被动状态会让情节的推进处于停滞状态,但同时亦可给人物喘息的机会,让观众一窥人物的内心。对大多数一辈子要在监狱中度过的囚犯而言,"希

---

① 卡蒂·马顿.布达佩斯往事:冷战时期一个东欧家庭的秘密档案[M].南京:南京大学出版社,2019.86

望是一件危险的事情",因为希望带来的是绝望。但对安迪来说,对自由的渴望超过了一切,所以他才会以如此强大的意志,去执行如此惊人的越狱计划。当一个被动型人物不得不做出抉择的时候,对欲望的渴求也会令他化被动为主动。例如,在短片《信号》中,男主人公杰森在故事的前半部分是一个典型的被动型人物,渴求爱情却不敢采取行动。直到他再次见到心仪的女生,他才变得主动,勇敢地追求自己的幸福。反之,如果人物是主动型人格,当他面临巨大困境的时候,他的意志力也可能变弱,陷入被动的状态。所以,主动和被动都只是人物意志力的一时表现,当人物意志力强的时候,就表现为主动,反之则为被动。

"在戏剧的人物性格冲突中主要是人物之间的意志冲突,而不是指单纯的性格冲突,因为性格而不通过意志是冲突不起来的"。[①] 意志力是人物建立对事物的认识与判断之后,所采取的带有目标性的戏剧行动进程中所表现出来的决心。主动型人格的意志力一定会比被动型人格的意志力更强吗?其实也不尽然。主动型人格更有执行的能动力,但在遭遇重大挫折之后可能也会一蹶不振,被动型人格可能缺乏进取心,但面对困境的时候也可能体现出比主动型人格更强的忍耐力和承受力。拉约什·埃格里也说:"剧作家不仅需要让人物愿意为其信念而斗争,而且需要让他具有足够的能力和毅力将其斗争进行到底,直达逻辑的结论。"[②]《秋菊打官司》中的秋菊这个人物角色并非性格泼辣的刁妇,而是一个朴实木讷的农村妇女,她并非世俗所见的主动型人格,但在丈夫遭受不公对待的时候,她却爆发出强大的意志力,为了向村主任讨个说法,开始了漫漫的上告之路。

虽然人物的主动或被动并非恒定状态,但事实是有些人天生更倾向于主动,而另一部分人更倾向于被动。"那些说'是'的人从他们的冒险中得到回报,而那些说'不'的人从他们获得的安全感中得到回报。周围说

---

① 顾仲彝.编剧的自我修养[M].武汉:华中科技大学出版社,2016:71-72.
② 拉约什·埃格里.编剧的艺术[M].北京:北京联合出版公司,2013:62.

'不'的人比说'是'的人多得多。"①所以我们倾向于将意志力强的人物作为主人公,因为他们更加"不平凡",他们敢于冒险,他们的意志力与困境之间形成真正持续不断的冲突。总而言之,欲望、需求、动机和困境等因素都会综合影响着人物意志力的表现。

我们常说两个人物有性格冲突会有戏,这种说法其实不太准确。一个人活泼大方,一个人温柔内向,这样两个性格差异很大的人不一定会形成冲突,反而可能因为性格互补而成为很好的朋友。人物之间的冲突实际上是彼此意志力的对抗。因为意志带有目标性,双方冲突是因为各自的欲望目标对立。例如,一对情侣到电影院看电影,女生想看爱情片,男生想看科幻片。由于两人的欲望目标不一致,只要其中一人让步选择对方想看的电影,就无法形成真正的冲突。因此,如果想让两个人产生冲突,必须让双方的意志力保持旗鼓相当的状态。

6. 人物的普遍性和特殊性

写人物,要注重人物的普遍性和特殊性。普遍性即共性,每个个体都生活在社会群体当中,都有各自的群体归宿。例如,以职业划分为医生、教师、农民、商人、出租车司机等,由于长期的职业习惯,这些个体的身上都带有各自群体的特征。出租车司机大多车技较好,是城市活地图,喜欢听广播,早出晚归……我们在写一个出租车司机的时候,可以先通过调研了解这个群体的特征,并将这些特征赋予到人物身上,观众才会觉得这个人物是可信的,是一个真实的出租车司机形象。对于我们不熟悉的人物群体,调研工作十分重要,不可敷衍了事。

普遍性需要观察群体并概括其特点,但是过度追求普遍性容易陷入模式化和雷同化的误区。例如,黑社会电影里的老大总是身着黑风衣,戴

---

① 基思·约翰斯通.即兴[M].贵阳:贵州出版集团,2020:128.

大墨镜,身边簇拥着一大帮跟班小弟,耀武扬威的样子,这种人物形象处理虽然容易被观众识别,但不免令人觉得手法陈旧。再比如美国青春喜剧中的人物也往往是脸谱化的,啦啦队队长是讨人厌的金发美女,运动健将是校园里的万人迷,书呆子宅男有社交障碍,而学校的乐队成员一般是些古怪的叛逆分子。虽然人物配置合理,但当这种配置成为一种模式后,便会阻碍人物的创新。因此,除了注重普遍性之外,塑造人物时还要注重人物的特殊性,即个性。一个人物的魅力在于其独特的人格特质。好的故事总能在人物个性上做出创新,即使是类型片,也需要在类型框架的基础上创新人物。

2008 年上映的香港电影《叶问》在票房和口碑上都大获成功,该电影塑造了一个与以往功夫电影很不一样的武术大家形象:叶问。这部电影的成功使得《叶问》成为继《黄飞鸿》之后的另一个可持续开发的香港功夫片系列品牌。我们以《叶问》片中廖家拳掌门上门比武这一段落为例。本是简单的常规擂台武戏,编剧将对打的武戏篇幅大量压缩,用更多的笔墨来铺陈比武之前廖师傅和叶问两人的对手文戏。首先是廖师傅自报家门并直言此行是为了切磋技艺,然而叶问的回答是:"今天不方便,因为我在吃饭。"一个很严肃的比武话题,竟十分有趣地被吃饭这样家常的理由给消解了。然而廖师傅却也不恼,表示愿意等,于是便进了叶府。本是来者不善,叶问却觉得让客人看着自己吃饭不合礼数,邀其上桌,廖师傅竟也不客气。于是待会要开打的两个人心平气和地同桌吃饭,饭后按常理戏也该进入正题了,编剧却又加妙笔:两人品尝饭后甜点,并讨论饭菜味道好不好。比武的张力被这些琐碎幽默的日常化片段不断地延宕,不但没有削弱,反而激起观众对接下来比武的好奇心。在这个过程中,叶问表现得彬彬有礼,更似一个读书人而非武人,同时从这些日常描写中,可以看出叶问是个讲究生活品质的居家好男人。把一个武术家的日常生活放大,会令原本超脱常人的功夫片类型人物重接地气,找回真实。

《叶问》发行海报
编剧：黄子桓

对人物的普遍性研究,是开发人物特殊性的前提,只有对普遍性有充分的了解,才有可能在普遍性上寻找突破口,进行反向操作。例如,妇产科的男医生、85 岁的大学新生、盲人心理医生、没有嗅觉的米其林大厨等,这些都有可能开发出新的故事人物形象。寻找人物的特殊性,并非只是为了刻意求新,而是因为它能帮助我们突破对他人固有的认知,帮助我们发现生活的真相,这是艺术工作的重要价值所在。

如果说叶问这个人物的特殊性,还仅仅停留在相对表层的设计,属于类型片人物形象翻新的话,那么针对更多非类型的剧情片中的非类型化人物,需要强调的特殊性则是他们身上不平凡的特质。

电影中的人物不等同于现实中的人物。如果仅仅通过刻画人物的普遍性去临摹现实中的人物,是无法满足观众期待的。观众需要看到的是不平凡的人物,也许他是英雄,也许他是普通人,但他身上一定要有不平凡之处。例如《我不是药神》中的程勇,他是一个普通的小人物,但他不平凡的仁心善举,令他成为名副其实的英雄。这种不平凡的特质,需要通过人物的戏剧行动来展现。小津安二郎曾说过:"关于刻画对象,我虽然经常以女性为着眼点,但总体说来,妓女、寡妇、艺伎之类的人物或许因为其特殊性,自身有个性,相对来说比较容易把握。年轻姑娘属于较难描绘的女性类型——在小说中也是这样。仅从这一点来说,我想要用心刻画年轻姑娘形象的愿望确实很强烈。"①人物的外在越普通,越平凡,对创作者来说创作难度越高,越需要去挖掘他的特殊性。

反之,如果一个人物很特殊,那么他必须同时具备普遍性,这是观众是否能与之产生共鸣的关键。比如电影《国王的演讲》中的英国国王乔治六世,他口吃的表现让观众深刻地感受到他面对演讲的焦虑和恐惧。这种情绪与我们小学时被老师点名上台朗诵课文时的紧张心情无异,观众能够真切地理解他的感受。我们要挖掘人物身上所具备的普通情感和平凡特质来展现普遍性。例如,一个穷凶极恶的劫匪离我们的日常生活很遥远,但是他除了是劫匪,也许只是一个普通的大叔,他身患重病、走投无路、无力支付医疗费用,于是选择故意犯罪,以此获得入狱后免费治疗的机会。这个特殊人物展现的是平凡的欲望:求生的本能。这是所有人都能理解的心理,我们会思考,如果我们处于同样的境况,我们会做出什么样的选择?

片面强调人物的特殊性,容易沦为猎奇,无法引起观众共鸣;但人物若只有普遍性,我们也很难从他们身上发现生活的真相。只有当人物的普遍性和特殊性达成完美平衡,才能塑造出一个具有高识别度的典型性人物。他的身上既有代表某一个群体的共性,同时又因为他独特的人格特质,增强了这种共性,从而凸显了他身上的典型性。比如易卜生的《玩偶之家》中的娜拉,她既是那个时代最典型的家庭妇女,同时她又有高于那个时代女性的内心觉醒意识,对于观众来说,这是一种极大的冲击和启

----

① 小津安二郎.豆腐匠的哲学[M].北京:新星出版社,2016:19.

蒙。谢晋导演的反思三部曲《天云山传奇》《牧马人》《芙蓉镇》描绘了一代
中国知识分子群体在历史动荡中的坎坷命运。这三部电影中的人物,无
论是正派角色还是反派角色都具有很强的典型性,因此才能引起观众巨
大的共鸣。

所谓人物的普遍性和特殊性之间的界限并非泾渭分明的,而是动态
变化的。当编剧研究人物的普遍性时,他们可能会发现某些特质是人物
群体普遍存在的,但是这些特质却一直未被其他电影所呈现,因此这些特
质就有可能变成人物的特殊性。同样,如果某部电影的人物特殊性设计
深受观众欢迎,并且被其他编剧争相模仿,那么这种特殊性很快也会因为
过度使用而变成人物的普遍性。

好电影中的人物塑造必然是丰满生动的,但能塑造出别具一格、前所
未有的人物形象的编剧却是凤毛麟角。这需要编剧的艰苦卓绝的工作,
也离不开导演和演员的极具创造性的二度创作。

7. 人物前史:能够作用于现在的过去

每个人物都是一个立体的构成,可以从不同角度去观察。生理层面
包括年龄、性别、身材、相貌、身体状况等方面;心理层面包括精神状态、价
值观、道德立场等方面;社会关系层面包括家庭背景、教育程度、社交状
况、情感关系等方面。通过对人物不同层面的梳理,编剧可以更加深入地
了解他们。写人物小传是进行剧本创作时必不可少的一个步骤。

人物小传包括人物的前史,人物在故事里的现状及发展脉络。所谓
人物前史,指的是人物在出场之前的经历。人物不是从石头缝里蹦出来
的,出场之前的人生并不是一片空白,一登场便已经是个五十岁的中年
人,五十岁之前的人生虽然不会在故事中直接呈现,但会深刻影响人物此
时的状态和认知事物的态度和立场。

对人物的过去了解得越详细越深入,编剧写作起来便越得心应手。

哪怕是一颗长在人物眼睛下方的小痣，也可能会影响人物一生的命运。算命高人说这是泪痣，此人注定会命运坎坷，泪水长流，导致迷信的家长对人物的嫌弃或者特殊照顾，而人物也可能因为这一番话，在成长的过程中对自己不断地进行心理暗示，并将一切不好的遭遇都归罪于此。日本电影导演今村昌平说："写电影剧本的时候，我乐意凭借想象追溯到主人公的上三代，为他写一个家谱。例如这个人的母亲是小妾啦，祖父会发酒疯啦……不把他的家谱做好，我是不会下笔写故事的。"①

那么人物前史是否需要做到巨细无遗？如果你写一个八十岁老人的人物前史，是否需要将他从出生一直到迈入晚年的漫长人生岁月中发生的每一件大大小小的事情都罗列出来？答案显而易见，这是一个不可能完成的任务。

因此，人物前史并不是要广撒网。只有能够对人物的当下产生作用的过去才是真正的前史。例如，人物喜欢游泳不是前史，人物因为曾经游泳时发生过溺水，对水产生恐惧症，导致他无法做与水有关的任何工作才是前史。如果人物现在面临一个问题，即他唯一能做或不得不做的工作与水有关，那么他做还是不做呢？简而言之，如果过去的事情不会影响到现在，那么从剧作意义上来说就不能称为前史，只能作为人物的背景脉络存在。前史应该对人物的现状，特别是心理状况产生持续性的影响，这种影响可能是显性的，也可能是隐性的，甚至人物自己也对此毫无意识。

编剧需要有针对性地挖掘人物在过去人生中的重要经历和事件，因为这些经历和事件直接影响和塑造着人物的性格，并最终影响人物在故事中的行动和抉择。如果我们把人生看作是一个矿场，那些重大的经历和事件便是深藏在其中的宝藏，它们才是我们真正要寻找的目标。宝藏之所以是宝藏，正是因为它的不易得，寻宝者需要有冒险的精神和不懈的韧劲。在找到真正的目标之前，所有的探索看起来都像是徒劳，但并非无

---

① 今村昌平.草疯长[M].北京：新星出版社，2016：7.

用功。当我们对人物前史的想象越细致入微,塑造出的人物就越真实生动。但如果我们无法找到那些重大经历和事件,那么哪怕我们对人物的每一根毛发都观察得一清二楚,也只是在原地打转,无法推进真正的写作。

故事的主题需要通过人物的行动来得到论证,人物的行动则需要经历一系列外部的磨难和内心的矛盾挣扎,最终做出抉择,以此来验证主题表达。而人物的内心矛盾挣扎也往往源自过往的重大经历和事件。因此,我们要寻找的"宝藏",就是那些对人物性格产生深远影响的事件,这些事件影响了人物在故事中的行动和抉择,最终通过事件完成对主题的验证。

电影《入殓师》中,小林大悟的两个重要前史片段影响着他的性格和行动。一个是孩童时他在父亲的陪伴下练习大提琴。虽然父亲后来抛妻弃子,一走了之,但大悟在成年后还是选择大提琴手作为职业,显然无论他表面如何怨恨父亲,但潜意识里还是深深地渴望父爱。而另一个片段是他和父母一起到河滩上玩耍,父亲送给了他一个石子,他也送给了父亲一个石子。当大悟收到父亲的死讯,赶去帮他入殓的时候,发现父亲的手里还紧紧攥着童年时代大悟送给他的小石子,大悟终于明白父亲与他之间的情感从来就没有被切断过。父子在此刻完成了跨越三十年的和解,大悟解决了前史中遇到的困境。

童年的经历对人生的成长至关重要,海明威说过:"如果你有一个不幸的童年,那么恭喜你,你会成为一位伟大的小说家。"所以许多编剧会把人物前史狭隘地理解为"童年创伤"。人物年少时经历的侵犯事件、父母离异或家庭暴力所引发的心理创伤成了许多编剧设计人物的"万金油",也是戏剧矛盾冲突设立和情节推进的发动机。然而这种设定并非万金油,只适用于某些主题类型的故事。

真正的人物前史,应该是人物所存在的内心问题。这个问题一直在潜移默化地影响着人物,有些人物可能意识到了这个问题,有些则可能没有察觉。但他们的内心会启动自我保护机制，以保护自己免受伤害。例如，有些人因为意识到自己有社交恐惧症，所以选择拒绝参加同事聚会，躲在安全舒适区域里。但当人物被卷入故事之中，这个问题就逐渐显现并被放大和检视，逼迫人物面对。面对需要勇气，改变需要冒险。故事的起点提供了人物面对自己的内心问题并改变自己的机会。实际上，我们每个人都有自己的前史，但面对它并不容易，改变更是困难重重。当我们在影院里看到主人公破茧而出、重获新生时，我们的内心会受到鼓舞：也许我也可以做到。

人物在故事中必须有变化和成长，而这种变化的起点便是人物的出场状态。我们不仅需要清晰地设定这个出场状态，还需要明确其成因，也就是人物在前史中长期积累所造成的影响，只有这样才能清晰地反映人物的变化。

关于人物前史的交代，在电影中经常通过闪回的方式呈现。比如创伤事件以噩梦的方式，反复出现在人物的梦里；或者人物遭遇某个特定的情境，从而"触景生情"，激发出他的创伤反应，对人物的正常生活产生干扰。这种表现手法符合现实生活的逻辑，但也因常见而缺乏新意。

人物的前史信息也可以通过角色的旁白和对白进行交代。《入殓师》中大悟的女同事上村百合子试图劝说大悟去料理父亲的后事。

上村百合子：还是去吧。

大悟：我为什么要去？

上村百合子：拜托，拜托你了！我也是，把亲生儿子扔在了带广，他那时候六岁。因为我喜欢上了别人。妈妈……妈妈……他不停地叫着，我还是甩开他的小手，离家出走了。

大悟：后来见过他吗？

上村百合子：我当然想见儿子，但不可以。

《入殓师》剧照

大悟：为什么？想看就应该去啊？为什么抛弃孩子的父母都这样？
　　　这也太不负责任了！

上村百合子：求你了，去看看吧！去和他做最后的道别。①

　　上村百合子在情急之下向大悟道出自己的不堪往事，她和大悟的父亲一样是个抛弃家庭的人。所以她希望大悟去见其父亲最后一面，其实是希望大悟的父亲得到救赎。面对眼前这个和父亲犯下同样错误的人，大悟终于明白伤害自己的人，其实也一直饱受心灵折磨，终日不得安宁。

　　在剧本中，我们可以通过人物之间的对话来交代前史，但需要注意一些细节。前史通常是人生中比较重要的经历或事件，人物不会轻易在日常情境下透露。因此，我们需要设计一个合理的情境，让人物有充分的动机说出自己或对方的前史。比如，如果人物的前史是被亲生父母遗弃，他的身世只有他的养父母知道，那么只有在人物已经知道真相或亲生父母找上门的时候，养父母才可能会透露这个秘密。在电影《我和我的祖国》的《相遇》这个短片中，高远和初恋方敏在公共汽车上相遇，方敏用大段的

---

① 摘自电影《入殓师》片段。

台词交代了两人的过往。这种写法在一般情况下应该避免,但在这个故事的情境和人物关系设定下,这样的交代却是合理的。方敏苦等高远三年,终于在公共汽车上偶遇,然而高远拒不承认身份,激动又无奈的方敏只好向他倾泻出这些年积压在内心的感受。所以这一段台词的设计符合人物动机,不会显得生硬和刻意。

在文学剧本的正文之前,编剧一般都会对主要角色的前史进行简单描述,以帮助读者在阅读剧本前对人物有一个基本的了解。下面我们以《流浪地球》剧本中男主人公刘启一角的人物小传为例。

> 刘启,绰号"户口"
>
> 基本信息:男,25岁,"领航员"计划成员家属
>
> 性格特征:玩世不恭,自由散漫,叛逆,冲动,好奇心强
>
> 人物小传:父亲刘培强舍弃母亲和他参与了"火种计划",让刘启成为"流浪地球"计划中福利人群的一员,物质上得到政府照顾,拥有一定的豁免权,永远不承担危险的地面工作。在民众眼中,刘培强是一个英雄。但对刘启而言,"不负责任,抛妻弃子"是他心目中对父亲的印象。与姥爷韩子昂多年相依为命,使他沾染了一些旧时代油腔滑调的习气。刘启很爱护韩子昂的养女朵朵。他平时的工作是修理汽车,也喜欢钻研机械工程,搞一些小发明,但实际上机电知识远不止于此。[①]

这个人物小传描述了主角刘启人生中最为关键的三组关系。首先是父子关系,这也是影响刘启最深的关系。他的父亲刘培强是一位宇航员英雄,但同时也是一个不负责任的父亲,这一点成为刘启内心最大的痛

---

① 朔方.《流浪地球》电影制作手记[M].北京:人民交通出版社股份有限公司,2019:285.

处,也为他的成长和最终的心灵解放提供了内在动力。其次是爷孙关系,姥爷一直是刘启的精神支柱。最后是另一组关系,朵朵不仅是刘启的同行者,还是他最重要的帮手。当我们理解了这三组关系,也就基本掌握了刘启最重要的前史。

对于故事写作者而言,无论如何强调过去的重要性,都不为过。因为过去影响着现在,也决定了未来。

8. 主人公的认同感

认同,指的是情感上的正向连接,包括喜欢、共鸣、同情等不同的面向。

想令观众喜欢一个角色,可以尝试采取以下四种方法。

第一,外貌气质决定了观众对角色的第一印象,这也是为什么影视剧对演员的颜值是有要求的。吸引人的外表,可以迅速增强观众对人物的认同感。一个有魅力的演员,可以省掉编剧好几页纸的人物塑造,因为他往镜头前一站,就已经征服了观众。爱情片给观众的观影预期是谈一场两个小时"不用负现实责任"的爱情,观众如果没有爱上片中的男女主人公,又怎么会关心他们最终能不能克服困难走到一起,所以爱情片对男女主人公外貌气质的要求一般都比其他类型的电影高。

第二,人物拥有良好的道德品质,可以增强观众对人物的认同感。如果人物在开场时救下一只可怜的猫咪,观众就会认同这个人物并跟随他的故事,这与人物的道德品质和观众的认同感有关。[1] 道德水准的高低主要取决于人物如何对待他人,是否愿意为了他人的利益而牺牲自己。因此,"救猫咪"能够帮助人物获得观众的认同感,前提是人物是否为此承担了风险或者付出了代价。如果"救猫咪"只是顺手之事,那么这种认同感就比较弱。若是为了救猫咪,人物必须穿过危险的车流,那么认同感自然会增强。

---

[1] 参见布莱克·斯奈德.救猫咪[M].杭州:浙江文艺出版社,2021.

观众总是更喜欢好人，但是道德完人却令人敬而远之，有瑕疵的好人更吸引观众。特别值得一提的是，观众对人物道德水准的判断并不与他是否违反法律直接相关，即道德水准高的角色不一定会在故事中遵守法律，遵守法律的人不一定就是道德水准高的人。在电影中，观众会更倾向于认同道德，而非法律。在《空房间》中，喜欢私闯民宅的泰石遇见被丈夫虐待的善华，出手相救并带她离开。在观众看来，泰石的正义之举所带来的感动远重要于他私闯民宅产生的法律问题。在《英雄本色》中，小马哥一出场就帮街边的无牌照营业小贩躲避巡警的执法，他的善良增强了观众对其的认同感，此时仿佛他作为国际伪钞犯罪集团一员的事实已经不再重要了。

第三，好看是视觉，善良是价值判断，而有趣则是一种无法复制的独特人格。在电影中，有趣即正义。即使是反派，一个有趣的角色也同样可以让观众喜欢。《菊次郎的夏天》中，北野武扮演的是游手好闲的中年混混菊次郎，他虽然长相粗鄙、行为乖张，骨子里头却是一个十分天真好玩的大男孩。他总是以自己的逻辑，做一些无伤大雅、令人捧腹的混账事：嫌出租车费太贵，直接甩掉上厕所的司机将车开走；一副硬汉的调调，却在游泳池溺水；为了搭便车，假装自己是盲人，被揭穿后就破口大骂；在夜市里打不中游戏摊上的玩偶，就干脆拿石头扔。菊次郎这种解放天性的恶作剧性格，无疑是十分讨喜的。实际上，有趣是一个非常高的标准，需要编剧内心住着一个有趣的灵魂。

第四，拥有某一种超乎常人的能力。《碟中谍》系列电影中的超级特工伊森·亨特神通广大，上天入地无所不能，总是能在绝境中扭转乾坤，拯救世界。每个观众的内心深处都怀揣着一个英雄梦，期待和他一样拥有超级能力来实现自我价值。除了这种超级英雄之外，例如高超的医术和厨艺，过目不忘的记忆力，可以分辨上千种味道的敏锐嗅觉等，只要拥有超乎常人的技能，都足以构成人物引人入胜的"故事性"，进而增强观众的认同感。

如果电影人物没有以上提到的四种让观众喜欢的特质，其所处的境况与观众曾经或现在的处境十分相似，或者观众将来有可能面临和主人公一样的处境，那么观众同样很容易对人物产生共鸣和移情。在电影的细分市场，不同题材和类型的电影针对不同的观众群体，其实就是在寻求与观众群体的共鸣点，例如，青年怀抱梦想，喜欢励志片；老年人喜欢回首往事，偏爱历史片；中年人是社会中坚力量，关注讨论公共议题的现实主义电影。以《那些年，我们一起追的女孩》为例，光看电影片名，就能明白这个电影为何能够引起这么多观众的共鸣：谁又不曾在美好的青葱岁月，有过对爱情的向往？哪位男生心里不曾住着一位"沈佳宜"？

现实平凡的小人物，比王侯将相更容易令观众产生共鸣；在王侯将相中，失败的将军和流亡的国王比胜利的将军和威武的国王，更有认同感，因为他们被赶下了神坛，令观众发现他们也和普通人一样烦恼和脆弱。《国王的演讲》讲述的是英国国王乔治六世如何克服口吃困扰，在"二战"前练习发表演讲鼓舞国人的故事，让观众看到英国国王也有不为人知的烦恼和挑战。青春偶像剧中的邻家少女比富家千金更受欢迎，因为观众能从邻家少女身上看到自己的影子，感受到角色身上的情感和价值。

主人公不能太完美，这是故事创作的铁律。在这个世界上，没有人是完美的，即便神仙也会犯错误、被贬下凡尘。不完美的人，才是平衡的人，立体的人，真实的人。我们喜欢并且相信真实的人，容易与之产生联结。不完美恰恰意味着人物的与众不同之处，意味着人物有成长的空间，这个空间就是故事的价值所在。所以在故事的起点人物一般总是存在各种缺点和问题，这些缺点和问题也正是观众本人或者周围的人所存在的，因此可以迅速拉近了观众和主人公之间的心理距离。《那些年，我们一起追的女孩》里的男主人公柯景腾是一个学渣，相比于好学生而言，更容易激起大部分观众的认同感，毕竟"别人家的孩子"永远只是少数。《辛德勒的名单》中拯救了上千犹太人的辛德勒也并非圣人，他是纳粹党员，利用犹太人无法保障私人财产的困境，空手套白狼，获取大量办厂资金，结交纳粹军队高层，做军需品生意，并利用廉价的犹太人劳工大发战争财。同时，

辛德勒还是个花花公子,即便被妻子撞见与情妇约会也毫无忌惮。

故事中的主人公并不总是道德意义上的好人,有时甚至是坏人。但他所拥有的能力、权力、杀伐决断的魄力,也会得到观众潜意识层面的认同。因为反派人物的"畅快人生",其实也是观众内心深处不可见的潜在欲望,只是碍于社会道德准则被压抑,不敢付诸实践的人生另一个版本。《天才雷普利》写的是一个穷小子雷普利擅长撒谎和伪装,杀死有钱人家的公子迪克后,又利用其伪装身份游走于上流社会周旋于他的朋友之间,并总是在被揭穿的边缘化险为夷。我们通过雷普利去窥探人性的黑暗面,也同时提醒我们切勿迷失自我。但不得不承认,雷普利的"逆袭"满足了观众隐藏在内心深处摆脱平凡、实现人人平等的欲望。

主人公引起观众的同情也是建立认同感的一种方式。在《肖申克的救赎》中,安迪被冤枉杀害自己的妻子和她的情人,被判终身监禁。安迪所受到的不公正待遇,引起了观众的同情,从而产生对他越狱行动的认同,并希望他能够重新获得自由。《我是山姆》中那个智商只有 7 岁,却竭尽全力想做一名好爸爸的山姆,获得了观众极大的同情,而在《何以为家》中,小男孩赞恩也是如此。这些令人同情的人物都有一个共同的特点,即他们是社会中的弱势群体,并且他们遭受了不公的命运。一般来说,令人同情的主人公可能会有一些性格缺陷,但是不太会有道德上的瑕疵,否则即使他受到不公正待遇,观众也难以同情他。

编剧在建立对人物的认同感上有一个常见误区,就是以自己为标准对主人公进行创作。虽然编剧可能会对主人公产生认同感,但是观众不一定会有相同的感受。此外,这种写作方式还会使编剧不忍心让主人公遭遇绝境,因此主人公无法得到真正的成长。所以,编剧应该写自己感兴趣的人物或者自己想成为的人物,而不仅仅是和自己相似的人物。

电影开场需要尽快让观众对主人公产生认同感,否则即使情节再精彩,观众也会失去耐心。如果观众对人物没有情感投入,人物身上发生的事情也就无法引起观众的情绪共鸣。假设你在街上遇到一个拾荒者,你可能不太会关注他。但是,如果你突然发现他竟然是你一直喜欢的一位作家,你自然会对他产生兴趣。而当你发现他处于困境中时,你会对他产生同情。最后,当他捡到一个钱包后毫不犹豫地归还失主,你会对他充满敬意。此时你已经对这个拾荒者产生认同感,他身上发生的故事就会引起你的兴趣。

此外,从剧本的技术层面来看,当主人公作为有限视角的故事讲述者时,观众不得不依附于他并跟随他前进,这也会增强观众对主人公的认同感。

9. 人物的成长：破茧成蝶

所有的故事都是关于改变的故事。人物经历一段故事历程,一定会产生某种变化,而且这种变化是观众可以明确感受到的,否则这段故事对人物与观众而言都没有意义。

在不同的故事中,人物的改变和成长的弧度大小不一。一般来说,正剧和悲剧的人物转变比较大,而喜剧中的人物转变相对较小。《喜剧之王》中主人公尹天仇在故事的结尾虽然收获了爱情,但他依然回到街坊福利会的小剧场演出,性格依然天真,演技依然浮夸,从头至尾并无明显的变化。而观众喜欢的恰恰就是他永远不变的善良、乐观,以及对表演的热爱和痴迷,被他充满笑点又温暖人心的性格特质所感染。

在一些特定类型的电影中,人物常常不会发生明显的变化。侦探推理片演绎了侦探如何剖析案情、抽丝剥茧、最终揭示真相。故事结束时,侦探的人物形象并没有发生任何变化,他仍然坐在安乐椅上抽着雪茄,等待下一个案子的到来。对于这类电影,观众更多地欣赏人物的智慧,但很难与之共情。还有一些故事的重点在于情节,而非人物,观众的关注点是人物能否完成现实层面的冒险,而不是心灵上的成长。例如,《集结号》中的谷子地从头到尾都是固执、较真和不轻言放弃的性格。还有在一些传记电影中,主人公从故事的起点就是一个"已成长"的人物,但他们所做的事情却让其他角色成长了。例如,《阿甘正传》中的阿甘,虽然经历了世事沧桑的变迁,但到了故事的结尾,仍然是那个单纯、善良、初心不改的少年,但他改变了历史,改变了世界。虽然他自己没有改变,但他带来了改变,这就是这类故事的意义。

人物的改变,既包括外在的层面,也包括内在的层面,但后者更为关键。比如在电影《入殓师》中,主人公小林大悟的外在改变是从一名大提琴手变成了一名入殓师,他的内心改变则是通过学习如何成为一名入殓师、直面死亡的过程,理解到死亡并不是人生的终点,而是超越,是下一程的起点。《活着》中的富贵在外在层面从一个嗜赌成性的富家公子哥,变成了一个安分守己、小心翼翼求生存的普通老百姓。而内在层面他则是从一个不懂珍惜和懂得承担责任的男人,变成为爱守护家人的丈夫和父亲。这个内在的改变,即人物的成长。

内在改变的弧度越大,人物的张力就越大,故事的感染力也就越强。所以为人物设定起点和终点的状态很重要。比如,一个自私的人,变成了一个愿为陌生人牺牲自我的人;一个连鸡都不敢杀的书生,变成了战场上最骁勇的士兵;一个极度自卑的人,却站上了面向全国观众的表演舞台。

我们以《辛德勒的名单》中"辛德勒夫妻二人在餐厅用餐"这一场戏,来看看辛德勒这个人物的起点。

辛德勒:猜猜我工厂总共有多少员工?

妻　子:奥斯卡……

辛德勒:我父亲在他事业最成功的时候,不过有五十个员工。我现在
　　　　有三百五十个。这三百五个工人只有一个目标。

妻　子:生产锅碗瓢盆吗?

辛德勒:是赚钱,替我赚钱。有人问起我吗?

妻　子:在老家? 大家总是在问。

《辛德勒的名单》剧照

辛德勒：至少我可以肯定,在这里人们永远不会忘了我。他们会说:
　　　　"那个奥斯卡·辛德勒,大家都记得他,他做了很杰出的事
　　　　业,他做了别人做不了的事情。他刚来的时候一无所有,只
　　　　有一个行李箱,他把一家破产的公司变成了一家很大的制
　　　　造工厂,他离开的时候,带着整整两大箱的钞票,非常的
　　　　富有。"

妻　子：很高兴看到一切都没有变。

辛德勒：你错了,艾米莉。我以前从来不知道,但我一直缺了一些东
　　　　西。我现在懂了,我所尝试的每一笔生意之所以失败,不是
　　　　因为我。我一直缺了某些东西。就算当时我知道是什么,
　　　　我也无能为力。因为有些事情不是你能创造的。因为它决
　　　　定了这个世界上所有的成功和失败。

妻　子：运气?

辛德勒：战争!①

---

① 摘自电影《辛德勒的名单》的片段。

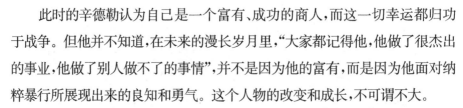

此时的辛德勒认为自己是一个富有、成功的商人，而这一切幸运都归功于战争。但他并不知道，在未来的漫长岁月里，"大家都记得他，他做了很杰出的事业，他做了别人做不了的事情"，并不是因为他的富有，而是因为他面对纳粹暴行所展现出来的良知和勇气。这个人物的改变和成长，不可谓不大。

人物的成长并非一蹴而就，而是需要通过学习。这种学习包括表层技能和精神收获。精神收获其实就是故事所要论证的主题。改变并非突发的，需要一个充足合理的铺垫过程，才会令人信服。大改变是由一个个小改变累积而成的。人物在渐变的过程中遭遇高潮事件，并通过做出内心抉择，最终完成由量变到质变的转化。《楚门的世界》的主人公楚门从安于现状到自我觉醒，中间经历许多转变：女友的莫名失踪、已故父亲的再现身、生活中"诸多的不正常"现象，以及他试图逃离小镇的行动等。观众可以清晰地看到他的每一步转变，从而能够理解他的成长和抗争。以弗洛伊德的理论来分析，主人公从第一幕进入第二幕其实是从"自我"到"本我"的探索，而第三幕则是完成"超我"的构建。

人物的成长质量，很大程度上取决于编剧给人物设置的困境。成长是人物要离开自己的舒适区，去面对和解决新的难题。螃蟹换壳、蚕蛹破茧成蝶，这个过程必然是艰难的，但只有在这种痛苦中才能孕育出新生。《何以为家》中十二岁的小男孩赞恩，正是因为经历了种种常人难以想象的生活磨难后，才懂得现实世界的残酷真相，并在法庭上对无力承担起责任的成人们发出令人心碎的控诉。

人物的成长在故事结构中最关键的一个点，就是主人公第一次真正面对自己内心问题的顿悟时刻。《入殓师》中小林大悟收到抛弃家庭30多年的父亲死亡的消息，内心充满了矛盾，并抗拒料理后事。他的同事上村百合子向他道出，自己曾经也为了追求爱情抛弃孩子的往事，并为自己的错误懊悔不已。小林大悟最终顿悟，明白那个伤害自己的人其实也一直活在痛苦当中。他的内心发生了转变，决定启程送父亲走完最后一程。这个顿悟时刻固然非常重要，但是如果跳过小林大悟在学习成为一名入殓者时所经历的那些不同形态的生死故事,这个转变是无法合理完成的。小林大悟在接到父亲死讯的那一刻,他早已不是故事开头那个被迫还乡的大提琴手,而是一个已经"准备好了"的合格的入殓者。

成长不但要完成新我的塑造,同时也要接纳旧我,实现新我和旧我和谐统一,这种连贯的非割裂的变化,才是好的成长。

人物的成长并不一定朝着好的方向发展,他们也可能是在失去中成长的。电影《卡比利亚之夜》的女主角卡比利亚,在电影一开始就遭到了男友的背叛,差点丧命。然而,她没有放弃对爱情的向往。后来,她偶遇了一个男明星,被他带回家。但男明星的女友却上门来求和,卡比利亚的浪漫邂逅无果而终。最后,卡比利亚接受了一个在剧场认识的男子的追求,她认为自己终于获得了真正的爱情。但当这个男子带她到山顶时,却露出了和开场时前男友一样的谋财害命的真面目。兜兜转转又回到原点,影片结尾,绝望的卡比利亚在林中小道路遇到一群边走边唱的年轻人,被他们的生命力所感染,眼泛泪光却露出希望的微笑。她对爱情彻底失望了吗? 还是她又重新燃起了希望? 可以肯定的是,卡比利亚在这个过程中经历的挫折和痛苦,也许并没有让她完全成长起来,但在这个过程中她一定悟到了一些关于爱情和人生的真谛。

《卡比利亚之夜》剧照

故事中的好人也可以变为坏人,但这种改变往往是不得已的,都带有一些悲剧色彩。《教父》中的迈克本是一个无意继承黑手党生意的家族异类。在影片的开场,迈克在妹妹康妮的婚礼上,向女友讲述了父亲如何通过黑道手段帮助自己的义子消除演艺事业的障碍,女友凯被迈克的描述吓到了,但迈克很坚定地对她说:"这是我的家庭,凯。但这不是我。"然而,随着剧情的推进,父亲柯里昂被刺杀,迈克被迫担起为父复仇和保护家族的责任,最终变成冷酷无情的新一代黑手党教父。

10. 人物的出场:第一印象很重要

观众对人物的第一印象十分重要,有时甚至会决定塑造一个人物的成败,因此,人物的出场需要精心设计。中国传统戏曲中的角色登台亮相,总喜欢先自报家门,我们以京剧《四郎探母》中杨延辉的出场为例。

杨延辉:(引子)金井锁梧桐,长叹空随,一阵风。

杨延辉:(定场诗)沙滩赴会十五年,雁过衡阳各一天。高堂老母难得见,怎不叫人泪涟涟。

杨延辉:(坐场白)本宫,四郎延辉。父讳继业,大宋为臣,人称金刀令公;我母佘氏太君,所生我弟兄七男。只因沙滩赴会,只杀得我杨家四顾亡逃。本宫被擒,改名木易。蒙太后不斩,反将公主匹配于我。适才小番报道:萧天佐在九龙飞虎峪,摆下天门大阵。宋王御驾亲征,我母解押粮草。我有心回宋营见母一面,怎奈关口阻拦,插翅难飞,怎能相见。思想起来,好不伤感人也!

角色可以通过念引子、定场诗和坐场白,让观众快速掌握其背景信息、主要特征及所处环境。这种方法相当于电影中的人物对着镜头向观众自我介绍,但剧本不可能让每个角色都以这样的方式来出场。电影人物的出场,更多的是通过已在展开进程中发生的情节动作去呈现。

通常电影中的主人公会在前十分钟出现,但也有例外。比如在电影《史密斯先生到华盛顿》中,前十分钟主要展现了一群老谋深算的参议员在为谁该替补空缺的参议员席位进行争吵。直到第 11 分钟,电影的主人公"政治菜鸟"史密斯才正式登场,被任命为新参议员。这种千呼万唤始出来的角色,会让观众产生更大的期待和兴趣。同样,《廊桥遗梦》的开场是主人公的儿女正在处理她的后事,他们从母亲的遗嘱中震惊地发现了一段尘封多年的爱情往事。倒叙结束,电影的第 13 分钟主人公弗朗西斯卡才正式出场。

人物出场的那一刻并不是人物生命的伊始,人物拥有自己完整的人生,在故事开场之前所经历的一切,造就了此刻的他。因此,如何选择人物开始的人生阶段非常重要。这个时间点往往是暴风雨前的宁静,是人物日常生活即将面临骤变、人的平衡状态将被打破的前夜。当然,如果电影是以倒叙的方式来展开的话,人物出场时也可能已是风烛残年。

观众对人物的第一印象大多依赖于视觉和听觉的直接感受,所以人物出场的视觉形象设计需要巧思。人物的造型设计要突出强调人物的外貌气质特征。比如《风声》中的六爷穿长袍马褂,戴礼帽,手里抱着一个小箱子,一副谦卑的小商人模样。他出场时展现的人物形象与之后审讯专家的角色行为所呈现出来的残忍和阴毒形成了巨大反差,令人印象深刻。

我们也可以通过人物出场的动作设计,抓住观众的视觉焦点。比如戏曲舞台上,武生伴随着锣鼓点,以一连串的翻筋斗出场。《虎豹小霸王》中劫匪日舞一出场就展现了他的快枪神技,令原本气势凌人的对手彻底臣服。《七武士》中武士岛田勘兵卫的出场是从他剃头、向和尚借袈裟开始,通过假扮成出家人靠近躲在谷仓里的小偷,并最终将其一刀毙命,救出被挟持的小孩。他的智慧、胆识和高超的武艺,在这短短一场戏的时间里就征服了前来求援的村民,也征服了观众。

除了视听上的设计，人物出场更重要的是突出其性格，因为性格才是一个人物最核心的本质。人物性格常常通过对白来体现。《活着》里的富贵一开场就是在赌，赌输了在账本上签字画押时说："这一阵子，账欠了不少，字也练得大有长进。"这句台词把重点放在"字"，而非"账"上面，十分精准地把一个没心没肺的败家公子哥的形象给精准地勾勒出来了。在《博士的爱情方程式》中，家政服务员杏子和数学博士第一次见面的对话如下。

> 杏子：你好，我是新管家。
>
> 博士：你的鞋子多少尺寸？
>
> 杏子：24 厘米。
>
> 博士：哦，真是个尊贵的数字，是 4 的阶乘。
>
> 杏子：什么是阶乘？
>
> 博士：将 1 到 4 的所有数字相乘，得到 24。你的电话号码多少？
>
> 杏子：5761455。
>
> 博士：你是说 5761455？太棒了，这跟 10 亿内的质数相等。不管怎样，进来吧。我工作很忙，没人管你。来吧，你自己管好自己。[①]

通过寥寥几句对白，我们发现这位数学博士是用数字来衡量这个世界，他的心中除了数字再无其他，他对杏子的认可也是因为数字。

人物出场也可以通过制造悬念来加深观众的印象。《寻访千利休》是关于日本一代茶圣千利休的故事。月圆之夜，许多人给日本战国霸主织田信长献宝，但织田信长兴趣寥寥，直到姗姗来迟的千利休登场。织田信长的家臣埋怨千利休来晚了，他却说"还稍微早了一点"，他所献上的宝物也只是一个平平无奇的小木匣子，遭到在场人的嘲讽，也令织田信长诧异

---

① 摘自电影《博士的爱情方程式》的片段。

不解。直到千利休拉开和室的拉窗,打开木匣子,将竹筒里的清水倒入其中。众人无不惊叹,月亮的倒影映照在匣中,与印在匣底的海浪飞鸟内饰合二为一,构筑起一幅明澈静寂的月夜景致。千利休对织田信长卖的关子,正是编剧对观众抛出的"悬念钩子",但光吊观众胃口是不行的,悬念的答案应该令观众感到惊喜和满足。

在故事中,人物会有成长和变化,人物出场时的状态应与故事结尾的人物状态明显不同。因此,设计人物出场时,首先需要明确故事的开头和结尾人物的状态。我们可以采取先抑后扬或者先扬后抑的方法来设计人物的变化。这种设计可以为呈现人物的变化留出空间,让观众随着人物经历故事中的起伏波动的同时,也更加深刻地理解和感受到人物的成长和变化。

人物关系

1. 主人公与配角

故事本质上是由人物关系构成。只有一个人物的独角戏电影比较罕见，因为故事需要矛盾冲突，而矛盾冲突的产生需要人物关系的构建。因此，大部分电影都是由主人公和围绕在他周围的配角共同完成的。在戏曲中，有生、旦、净、末、丑等不同的行当，每个行当都有各自不同的戏剧功能，电影也是如此。主人公处于绝对中心的位置，其他配角的存在是为了服务于塑造主角。如果他们的戏剧功能重叠，可以考虑合并或删除。毕竟电影只有约两个小时的时间，寸时寸金，不要做无谓的浪费。

常见的配角按戏剧功能划分，主要包括两种类别：对手和盟友。（对手这一类别，我们会在下一个章节展开论述。）盟友，是故事中协助主人公达成目标的人物。盟友的人物设定一般比较简单，不需要有太复杂的内心需求和欲望，他可能会在外在层面对主人公起到实质的帮助，也可能是在精神层面给予主人公启示或者激励（许多剧作书将这种人物称为主人公的"导师"），同时盟友还可以帮助编剧传达主人公不便言说的重要心声。我们常常看到爱情片中女主人公有个好闺蜜、男主人公有个死党，他们总是能有意无意地洞察并戳穿主人公内心的真实想法。

主人公和配角在电影中的关系不会一成不变,往往会随着剧情的展开、矛盾的升级和转折而产生多次变化。因此,配角的戏剧功能也并非固定不变的。盟友可能会变为对手,而对手也可能会化身为盟友,这完全取决于故事建构的需要。

人物关系的变化对人物产生的最直接的影响就是情感的变化。例如,《末代皇帝》中英若诚扮演的战犯管理所所长在影片开头与溥仪是审讯者和犯人的对立关系,而在影片结尾当他变成反革命分子被游街示众时,溥仪试图为他辩解,称他为"好人"和"好老师",此时这个角色和溥仪的关系已经发生了彻底的翻转。又如,《活着》中的春生最初是在茶馆服侍富贵赌钱的杂役,富贵家道中落后,春生跟着富贵去唱皮影戏谋生,两人又一起被军队抓壮丁上了战场,后来春生成了区长却疲劳驾驶,将富贵的儿子有庆撞死。富贵和春生两人从主仆关系,到搭班唱戏的同伴,再到战场上出生入死的兄弟,最后却成了仇人。

从具体场景的微观层面分析,人物之间的关系则是通过各自的"姿态"来体现的。《即兴》的作者认为:"好的剧本是在巧妙地展现并反转角色之间的姿态。许多才华横溢的作家都没能写出成功的剧本(布莱克、济慈、丁尼生等),因为他们没能理解戏剧不是一种文学艺术。即使被翻译成为其他文字,莎士比亚也还是伟大的作家;即使你不会说这种语言,伟大的作品也依然是伟大的。"[①]场景中人物之间"姿态"的高低落差会形成一种动能。人物之间的姿态可以是一高一低、两者皆高、两者皆低,后两种如跷跷板,即通过抬高自己来贬低对方或贬低自己来抬高对方。当然人物的姿态也可以在"高低之间转换",比如甲起先是高姿态,但发现乙的姿态比他更高,为了达成目的,甲转换成了低姿态。我们以阿根廷电影《最后一件外套》的开场为例,主人公亚伯拉罕要求她最喜欢的孙女马伊德蕾来拍全家福,但外孙女却以此要挟他。

---

① 基思・约翰斯通.即兴[M].贵阳:贵州出版集团,2020:95.

亚伯拉罕：马伊德蕾，马伊德蕾。让你满足一下我有这么难吗？

马伊德蕾：我不喜欢拍照。

亚伯拉罕：如果你真的不喜欢拍照，那你现在就离开我的家。

马伊德蕾：不行。这个家本来就不再是你的了。

亚伯拉罕：那你到底想要什么？

马伊德蕾：一个苹果6。

亚伯拉罕：什么玩意？

马伊德蕾：是一个手机。就像这个，比这个大一些。

（马伊德蕾举起手中的手机）。

亚伯拉罕：多少钱呢？

马伊德蕾：在迈阿密花一千美元可以买到。

亚伯拉罕：天呐，你疯了吧。我这辈子都买不起这种东西送给你。我
　　　　　给你两百块，走吧。

马伊德蕾：我不喜欢拍照。

亚伯拉罕：好了吧，丫头，你听着啊。这个照片是为了骗一个很傻的
　　　　　要去敬老院住的老头，让他相信他的孙子孙女很爱他。
　　　　　我给你四百块，你不要再闹了。

马伊德蕾：我不喜欢拍照。

亚伯拉罕：六百。一个子儿都不能多了。

马伊德蕾：我不拍，那你这张照片就没有意义了。

亚伯拉罕：你现在连六百都没有了。我感到很抱歉，但你就是个傻
　　　　　瓜。小混账！

（亚伯拉罕转身离开后，又转身）我给你八百，你简直是在敲诈！一个
　　　　　子都不能再多了。剩下的你妈妈再付。

马伊德蕾：好的，成交。

亚伯拉罕：你让我很失望啊。你刚才妥协得太快了。我本来有一千
　　　　　美金给你的。

《最后一件外套》剧照

马伊德蕾：我骗你的。用不了一千，只要六百。你给我的还能剩下两
　　　　　百留给我自己呢。

亚伯拉罕：你知道你是谁吗？

（亚伯拉罕气势汹汹地走近马伊德蕾，用力捧起她的小脸）

亚伯拉罕：你是我最爱的孙女，最爱的孙女。

（亚伯拉罕亲吻马伊德蕾的额头）①

　　在这一场戏中，亚伯拉罕一直处于低姿态，向孙女发出请求，而孙女则以高姿态拒绝，并提出让他买手机的要求。两人的谈判以亚伯拉罕屈服而告终，但心有不甘的他从低姿态转换成高姿态，嘲笑孙女："你刚才妥协得太快了。我本来有一千美金给你的。"没想到孙女摆出比他更高的姿态，告诉他被自己骗了，再次成功反制。亚伯拉罕很生气，以成人的高姿态吓唬她，最终却是以充满爱意的亲吻结束了整场争执。影片向观众传达的是：在真正的爱面前，谁高谁低并不重要。

　　电影的体量有限，因此在电影中，配角的戏剧功能转换频率应该保持适度，编剧只需要明确配角在电影中所扮演的角色即可。然而，在篇幅更长的电视剧中，配角的功能变化会更为多样和复杂。

---

① 摘自电影《最后一件外套》的片段。

配角与主人公对待同一件事情,往往会有不同的认知和反应。盟友与主人公的立场可以接近,但不应完全一致;对手与主人公的立场可以相反,但在某些时刻也可能达成一致。以《西游记》中的经典片段"三打白骨精"为例,对孙悟空来说,白骨精是一个妖怪;但对唐僧来说,白骨精是一个正常的村民;猪八戒则觉得白骨精是颇有姿色的女子;而沙僧则持中立态度。尽管师徒四人是盟友关系,但因为人物的认知不同,所产生的反应也不同,故而才会引发后续的事件,最终导致孙悟空被唐僧逐出师门。电影中的配角与主人公的关系也是如此,他们的不同认知和反应为故事增添了更多的戏剧性。

有些配角虽然处于情节副线,和主人公的情节主线没有太多实质的交集,但这些角色所处的戏剧情境和主人公存在某种相似或对照的关联,编剧正是通过支线配角的故事来反衬主角的困境和抉择。电影《亲爱的》中的重要支线人物韩德忠是寻亲互助团体"万里寻子会"的负责人,也是这些人中最坚定要找回丢失孩子的家长。但在电影的结尾,韩德忠不但未能找回自己的孩子,还因为妻子怀孕,为了二胎的出生证,而去办理了丢失的儿子的死亡证明。这意味着韩德忠选择了放弃,判定了丢失的那个孩子在自己的生活中的"死亡",这与主线田文军一家最后寻回孩子的团圆结局形成鲜明的对比。这个支线人物的命运,折射出丢子寻亲家长这个特殊群体中不同人的不同际遇,拓宽了整个电影的维度和深度。当韩德忠在田鹏生日宴上向其他家长说"对不起"的时候,众人沉默了,但并没有指责他的"背叛",而是给予鼓励和祝福。因为在场的每一位家长,也一定曾经面临或即将面临和韩德忠一样的动摇、煎熬和抉择时刻。丢失孩子的人生,没有一刻是容易的。

主人公应该是整个电影维度最多的人,他是整个故事的核心。相较于其他角色,主人公通常具有更加丰富的内心世界和多样的人性特点。例如在电影《小武》中,主人公小武是一个小偷,但这只是他的职业,他同时也是20世纪90年代初一个普通的山西县城青年。他有一个开小卖部的好朋友更生,一个成为乡镇企业家的发小靳小勇,还有一个在歌舞厅工作的"女朋友"。小武虽然是一个小偷,但他盗亦有道,偷了钱包但会将身份证塞进邮筒"寄"回去;小武还很要强,靳小勇结婚没请他,他就上门硬塞礼钱;此外,小武也很害羞,渴望爱情,但拙于表达。

　　配角不必像主人公一样必须通过故事实现自我的成长,但配角也不能仅仅满足完成戏剧功能。配角也需要有自己的来龙去脉,有自己的生活轨迹,编剧不能把他们当作随用随扔的道具,需要的时候就把他们召唤进场景,对主人公说该说的话、做该做的动作,不需要时则完全把他们丢在脑后。配角的语言和行为,应该合乎他们自身的人物逻辑。

　　配角虽然戏份不如主人公,但也必须是性格鲜明的人物。在《爆裂鼓手》中,弗莱彻不仅是主人公安德鲁的音乐导师,还是他最大的对手。他在剧中展现出的残暴和阴鸷的魔鬼人格特质,令观众印象深刻。

　　有些电影不是单一的主角,而是两个旗鼓相当的角色共同支撑起故事。一般而言,双主人公电影中的两位主角会追求一个共同的目标,但他们所采取的立场和手段是相反和错位的。在这类电影的结尾,冲突可能是以其中一位获胜而告终,也可能是两位主角从冲突对抗走向和谐。《无间道》是一部典型的双主人公电影,两位主角分别是三合会成员派入警方的卧底刘建明和警方派入三合会的卧底陈永仁。刘建明和陈永仁互为对手,在电影中不断交锋,直到故事的结局陈永仁死于三合会派入警方的另一个卧底枪下,而刘建明则继续做他的"警察"。《绿皮书》则讲述黑人钢琴家唐雇用白人混混托尼作他的司机,一路南下巡演的故事。在整个旅途过程中,两人矛盾冲突不断,但在故事的最终,两人却成就了一段跨越种族和阶层的真挚友谊。其实,许多爱情电影也采取了《绿皮书》的人物关系模式:欢喜冤家,终成良缘。

　　在双主人公电影中,即使戏份相当,总是有一个角色更为突出,原因是该角色有更清晰的成长弧。例如,《泰囧》的结局是:徐朗回归了家庭,而王宝和自己的女神"度蜜月"。虽然两位主角都有所变化,但徐朗的变化是内心层面的,而王宝则更多的是外在的变化。徐朗的内心变化凸显了故事的主题,因此即便是双主人公电影,徐朗这个角色的重要性要大于王宝。同样,《绿皮书》中托尼的成长也明显超过唐,因此扮演唐的演员在第 91 届奥斯卡上获得的是最佳男配角奖,而非最佳男主角奖。

电影剧作书所提的导师、助手、盟友、敌人等角色,一般都是基于他们在主角身上所扮演的功能。而如果是电视剧集,就需要构建更为复杂的人物关系和冲突网络,次要角色之间也会形成不同性质的多组人物关系,相互交织、作用和影响。次要角色不受以上这些标签的限制,因为他们不仅与主人公有关系,而且拥有自己完整的情节支线,在这些支线中,他们也是主人公。

2. 对手不等于是坏人

主人公需要有对手,对手与主人公形成戏剧冲突,从而建构情节。

从广义而言,对手可以是一个人、一个集体和组织或大自然,也可以是主人公自己的内心。很多人喜欢说我们最大的对手是自己,这里的"自己"其实指的是我们内心某种错误的信念或者难以克服的弱点。狭义的对手,一般指的是故事中的反面角色。反面角色不一定是道德层面上的坏人,他也可能是一个好人。对手和主人公因为某种原因产生冲突,并不断地对抗,直到最终决出胜负。

即便对手是一个"坏人",编剧也不应对他进行简单的道德评判,否则很容易变成标签化的人物。坏人的"坏"是因为他的行为,而作为编剧首先要把他当成"人"来看,然后分析他"坏"的原因,只有真正理解他为何而"坏",这个人物才能立得住。没有一个坏人会认为自己是真正的坏人,即便是一个连环杀人案的变态凶手也可能自认为是在替天行道,他们总是可以为自己的"坏"行为找到合理的逻辑。

《风声》中日军特务机关长武田残暴恶行的背后,其实是为了一雪武田家族背负的"怯战"之耻。《星际穿越》的曼恩博士明知自己探索的星球不适合人类居住,出于求生的本能发出虚假信号,诱骗库珀一行人到来。而后曼恩博士试图杀死库珀,抢夺飞船,他给自己的行为寻找的理由是"我想要拯救所有人",所以他不能让库珀坐着飞船回到地球,他要坚持完成拯救人类的Ｂ计划。《十月围城》中清廷武官阎孝国面对早年的授业恩师革命党人李少白的质问,他的逻辑是:"学生正因为受过西式教育,才睁大眼睛看清楚,洋人全都是狼子野心! 就凭你们几个开个会,游个行就能救中国? 先生,您是个教书匠,干不了大事的。见血就晕,这是您的老毛病了吧? 这就是你们的胆量! 如果让你们成功了,国家必亡!"在这段台词中,我们只看到阎孝国的坏吗? 我们还看到他的忠、他的狭隘,以及他的务实,他不是一个被贴标签的朝廷鹰犬,更像是一个愚蠢又可悲的"爱国者"。

只要坏人的行为逻辑能够自洽,那么他们"坏"得就真。

在有些电影中,对手其实是好人。比如爱情片中的男女主角,他们其实是相互竞争的对手;再比如足球队的严格教练、新兵训练中可怕的教官,他们都是为了帮助主角成长而扮演了对手的角色。

对手在故事中的功能就是为主人公制造重重阻碍,所以如果对手不够强大,主人公就无法感受到真正的压力,就不能实现真正的成长。所以,一个好的对手一定要有和主人公相匹配的力量,甚至要比主人公更厉害。他深知主人公的致命弱点,并对其用力攻击。而主人公也因此不得不迎面反击,并实现最终的成长。只有这样,对手才能真正体现他的功能和价值,完成属于自己的戏剧使命。《新龙门客栈》中的大反派是"上挟天子,下令百官,独揽大权……凡有敢于对抗者,即刻抓入东厂,酷刑致死"的东厂大太监曹少钦。曹工于心计,他通过利用忠臣杨宇轩的子女引出其亲信周淮安,并企图斩草除根。曹为人歹毒,不但手下高手如林,自己的武功也十分高强。在电影最后的沙漠对决中,周淮安、莫言和金镶玉三位一流的绝世高手付出一死两伤的代价,才将其打败。

在故事中,对手应该和主人公牢牢地"捆绑"在一起,形成对立统一的关系,两者谁也无法摆脱对方,直到分出输赢。我们常常可以看到偶像剧中男主人公和女主人公在路上相撞,发生激烈矛盾,然后女主人公差点误了面试,结果一到公司发现男主人公居然是面试官,女主人公被录取了,而一直为难自己的男主人公变成了顶头上司。最后女主人公回到家,发现对门新搬来的邻居居然就是男主人公。冤家路窄门对门,两人就这样被很好地"绑"在了一起,因为工作无法随便放弃,而房子更不是能说搬就搬的。这样的桥段虽然俗套,但行之有效,因为这涉及两种建立人物统一关系的方法:空间和关系。

特定的空间可以将人物锁定在一起。例如《少年派的奇幻漂流》中的少年和老虎在船上以奇特的方式共存。再以学校为例,中学同学比大学同学更容易建立人物关系,因为他们的教室和座位都是相对固定的,所以"同桌的你"在中学校园生活中才会显得那么重要,而大学生上课一般都无固定教室和座位,所以常常会以宿舍这个空间来建构室友的人物关系。

在构建人物关系时,编剧通常会选择那些不易解除的关系,例如亲人、同事、挚友、爱人等。即使存在激烈的矛盾,也难以断绝关系。例如与家人的矛盾,虽然激烈但人物却无法完全脱离家庭。与同事有冲突,也很难立刻离职。即使与挚友有嫌隙,也不会轻易放弃一段宝贵的友谊。而相濡以沫的爱人更是难以割舍。在电影《金氏漂流记》中,困于荒岛的破产男和深宅家中的丑女因为奇妙的缘分产生了彼此孤独生活中最重要的情感羁绊。这种"唯一性"让两人的戏剧关系变得无比牢固,即便他们的空间距离十分疏远,即便他们无法面对面交流。直到影片的最后一场,男女主人公才在巴士上真正见面。

如果主人公和对手之间没有熟悉的关系,也没有空间限制,那么编剧可以从主人公自身出发设计,让他们主动与对手"捆绑"在一起。第一种方法是让主人公和对手有共同的目标,他们必须"捆绑"在一起才能实现各自的目标。第二种方法是让主人公出于某种职责或信念,主动与对手建立牢固的关系,例如警察和罪犯、复仇者和凶手、老师和学生、医生和病人、神父和信徒等。

在情节发展的进程中,如果其中一方可以轻易离开,故事也将随之解体。如果其中一方一直处于上风或者一直落于下风,胜负便无悬念。所以主人公与对手的对抗,应该不断地转换彼此的位置,前一场戏主人公取得了胜利,下一场戏反面人物便进行反击,不到故事的最后一刻,观众无法判断真正的赢家是谁。

对手的性格塑造,应该与主人公形成对比关系。因为戏剧矛盾冲突,往往来源于人物的性格冲突。比如,一个急脾气的老板和一个慢条斯理的员工;一个慷慨的妻子和一个吝啬的丈夫;一个认死理的教授和一个喜欢投机取巧的学生,这些关系都可以构成对立的人物性格冲突。对手也可能是主人公的一面镜子,是主人公隐藏在内心深处的另一面,两者的相似之处常常在电影的高潮中显现出来,他们常常会说出这样一句台词: 你以为你和我有什么不同,其实我们都是一样的……故事的主题就此呈现。

许多编剧都认为对手的创作难度有时会高于主人公,特别是对于“坏人”类型的反面角色。因为绝大多数的编剧在日常生活中都是符合社会基本准则的“好人”,主流的价值观和道德规范的影响是潜移默化和顽固的。在写作中把自己换位思考为“坏人”并非易事,因为坏人的行为是超越社会伦理道德和法律的约束。只有在写作过程中“解放自我”,真正进入“坏人”的心灵深处,才能写出一个“好”的“坏人”角色。有时候一个“好”的反面角色,甚至比主角更精彩,因为他们的性格中总是有某种独特的气质魅力,同时他们的“坏”行为,又总是能激发观众在深层意识里的“犯禁”欲望。电影首先是一门艺术,审美意义高于道德判断。对观众而言,一个生动立体的“坏人”角色的意义,要比一个形象干瘪的“好人”角色有价值得多。

作家莫言的写人三原则是:把好人当坏人写,把坏人当好人写,把自己当罪人写。编剧不能戴着有色眼镜看人,而要去探究人性的复杂。世界不是非黑即白,没有绝对的坏人,也没有完全的好人,好人有可能变成坏人,坏人也有可能变成好人。每一个人都是具体的、真实的、矛盾的、活生生的人。

那么,好人和坏人真的没有界限吗？有的。好人与坏人各自游离在"可以宽恕"与"不可谅解"的两边。但这个界限并无统一定点,这是由每个人自己的参照坐标系所决定的,并且在随时变动着。

第五章
语　言

画面语言

1. 动作不是打架

在默片时代,人物无法发声,对白主要依靠简单的字幕来呈现,人物的动作才是电影最重要的表现方式。在电影剧本中,动作指的是人物带有戏剧功能的行动,它既可以指具体的某个动作细节,也可以是对某一个阶段人物行动的概括。什么是带有戏剧功能的行动呢?它可以交代故事信息,塑造人物性格,交代人物关系,展现矛盾冲突,推进剧情发展。只要是具备这些功能的行动,我们就可以称之为"动作"。

动作揭示人物的心理活动。人之所以做出一个动作,是因为受到外部的刺激,然后凭借自身的经验或者价值判断,产生某一种心理认知,并依据这种认知做出动作反应。我们以日常生活为例,某人的手机收到一条微信,他摸了摸裤子,擦去手上的汗,才动作缓慢地点开那条信息。那么我们可以通过这个动作,体会到他紧张的心理,也可以得到一个信息:这条微信的内容对于人物来说很重要。

如何通过动作去展现人物的发现和决定,是故事创作者需要精心设计的。发现和决定可以促使故事发生变化,是人物的重要心理活动。小说可以直接通过文字呈现发现和决定,戏剧可以通过内心独白,但电影中让主人公直接自言自语说"我发现了……"或者"我决定了,我要……",就会显得刻意和生硬。毕竟在现实生活中,我们的很多重要的决定都是在沉默中做出的,即便当时大脑内可能是狂风骤雨,雷霆万钧。在《霸王别姬》中,小程蝶衣被母亲遗弃在戏班,师兄弟排斥他是"窑子里的",他一怒之下把母亲留给他的唯一物件披风扔进了火盆里烧掉。这一决绝的动作表明了人物做出了一个重大的决定:他要与自己的母亲、与过去做个彻底的了断。

动作可以塑造人物性格。比如在电影《淘金记》中,卓别林在风雨飘摇的小木屋中饥饿难耐,把皮靴子煮了,享受了一顿"美味"。这一段落中,卓别林完全是按高级大餐的方式来对待盘子中的皮鞋的,所有的动作都充满仪式感:庖丁解牛似的将鞋面和鞋底分开;把鞋带子当成意大利面,用叉子卷起来送入口中;津津有味地吮吸每一根鞋钉子,仿佛是美味的肉骨头。悲惨的处境与极端的乐观,通过卓别林的动作形成了奇妙的混合,令观众感受到人物强大的乐观精神,十分具有感染力。又比如,赌场荷官每次出现或离开赌桌、接触筹码时,都会双手掌心向上,向在场的赌客示意,以自证清白,接受众人监督。这个动作未必带有明确的戏剧功能,但可以充分体现荷官这个人物的职业性。

除此之外,人物的动作还可以介绍人物关系,建立矛盾冲突,推进剧情发展。打个比方,人物拿起水杯喝了一口水,这个算动作吗? 如果这只是演员在表演过程中随意的一个行为,那么它不能称为剧作意义上的动作。但假设这杯水在人物到来之前,便被人放了毒药,那么人物喝水就是带有推动剧情发展的戏剧功能的动作。再比如,两个人在一条只能单人通行的窄巷狭路相逢,他们可能会互不相让,僵持在那里,或者其中一方会侧身让道,也可能两人同时侧身让对方先过。不同的动作除了体现人物的不同性格,也呈现出两个人物在这个情境关系中姿态的高低。同样,如果一段对白引发人物或人物关系的变化时,它也可以被认为是广义的戏剧动作,比如通过对白进行的表白、分手、借钱、辩论、揭秘等。

　　从默片时代到有声片时代,关于电影中的对白与动作哪个更重要的问题,电影史上有过许多的讨论,直到今天,关于这个问题依然有不少创作者存在迷思。大家在讨论一部影片是否具有电影感的时候,常常会有一个标准,就是动作与对白的比例。许多人会认为如果一部电影主要依靠对白而非动作来演绎剧情,那么它的电影感就会弱一些。当然我们知道这个标准是不科学的,难道会有人说伍迪·艾伦、侯麦、洪尚秀的电影没有电影感吗?其实,之所以有这个标准的提出,更多的是为了强调影像艺术区别于戏剧和小说等传统叙事艺术的本体特征。对白少但动作意义丰富,或者动作很少对白却精彩,都是好的电影。对于现今的主流电影而言,动作和对白是同等重要的,这两个元素协同产生了"真实的幻觉",缺一不可。

　　在剧本写作的过程中,我们只需要描写人物那些带有戏剧功能的动作,其余的交给演员自行发挥即可。对很多阅读剧本的人而言,他们的注意力总是会被对白所吸引,因为对白可以直接转化成语言,而动作描写则需要先想象成画面。

　　那么,针对动作描写,如何才能做到精准表达?比如,"他把东西放在了桌上",用"放"当然可以,但如果用"摆""扔""搁""摊",动作的形态就更具体,画面感就更强了。在剧本的描写语言中,动词自然最为重要,对动词词汇的掌握和词汇量的丰富,决定了文字呈现动作的最终效果。在动作描写中,过分使用非日常的形容词和副词,会显得不简洁,画面信息不清晰突出。

　　动作与对白都是塑造人物的重要剧作手段。相比于人物说什么,人物做什么更能体现他的本质。比如一个人说自己很勇敢,不如他面对歹徒施暴弱者的时候挺身而出来得更有说服力。因为一个角色是否勇敢,不是让角色自己说出来,而是要由观众来自行判断。这样,观众对故事会有很强的参与感,因为是他在观察角色和评判角色,而不是编剧强塞给他信息。当然,一段好的对白也可以起到同样的效果,只要能让观众听出话外之音,观众参与解读对白的思考过程,也就参与到故事之中了。

2. 人物肖像

故事的主要角色在剧本中第一次出场时,我们往往会先做一个肖像描写,给读者视觉的第一印象。这个描写应该达到什么程度呢? 有些编剧习惯于详细描绘人物的眼睛大小、鼻子的高低、嘴巴的形状、眉毛的浓淡等。这种写法对于小说也许是必要的,因为文字是小说最终的呈现形式,读者必须仅凭文字来想象人物形象。但对于剧本来说,文字只是一个起点,影像才是它的最终形态。在剧本中过于详细地描述一个人的容貌其实意义不大。描述得越细致,找到与之完全相符的演员的可能性就越小。如果对容貌规定得过于具体,反而会对选择演员造成极大限制。

我们以《孔雀》的剧本为例,剧本中姐姐一角的肖像描写如下。

> 二十一二岁。身材中等,略消瘦。面孔清秀,也可以说是清淡,人淡如菊。她有一种清教徒式的气质,外表安静,内心刚烈执拗。①

二十一二岁,是对角色年龄的说明,从而知道应该是个年轻人的模样。身材中等,表示并无特异之处。略消瘦,与人物气质匹配。关于五官,只有"面孔清秀"的描述,并无更具体的说明,强调的是给人的感觉"清秀"。后面的文字描述都是关乎气质"清淡""人淡如菊""清教徒式"。容貌是天生的,气质则是后天养成的,是与人物的前史息息相关的。气质是人物外形最重要的统领,只要整体能体现这个人物的气质,五官局部的具体形状并没有那么重要。选择演员的时候,也大多以气质为最重要的导向。

我们再以《不成问题的问题》中的主角丁务源的肖像描写为例。

---

① 李樯.孔雀[M].北京:北京联合出版公司,2013.

丁务源四十来岁，中等身量，脸上有点发胖，而肉都是亮的。丁务源不是个俊秀的人，而令人喜爱。他脸上那点发亮的肌肉，教人一见就痛快，再加上一对光满神足、顾盼多姿的眼睛，与随时变化而无往不利的表情，就不止讨人爱，而且令人信任他了。最足以表现他的天才而使人赞叹不已的是他的衣服。此刻穿在他身上的深蓝色粗布长衫，半新半旧，使人一看就感到舒服；长衫比他的身材稍微宽大一些，于是镜子前的他，垂着手也好，揣着手也好，掉背着手更好，老有一些从容不迫的气度。他不断打量镜中的自己，非常自得和满意。[①]

同样，"四十来岁"与"中等身量"是对年龄和身材的简单交代。"脸上有点发胖，而肉都是亮的"，强调的是这个人物的工作是个"肥差"。"一见就痛快""令人信任"，这是人物外形给予旁人的印象。后半部分文字描述的是他的着装，"一看就感到舒服""从容不迫"，表明这是一个"妥帖"的人。

我们无须全面地描述人物的所有外貌细节，只需抓住一两个能让人留下印象，可以"泄露"人物信息的特征即可。比如一群沿街乞讨的乞丐纠缠着刚从酒店出来的客人，其中一个乞丐伸过来的手虽然很脏，但仔细一看却是细皮嫩肉，那我们便可推测他在不久之前可能家境优越，也许遭遇了某种重大人生变故或者他的乞丐身份是伪装的。再比如，一个戴着高度近视眼镜的杀猪匠，一个喜欢穿马丁靴的看门老大爷，一个满头银发的少年，关于这些人物，你会想到什么？

如果我们在剧本中刻意强调人物的某种外貌细节特征，比如特别胖或者脖子上有个胎记，那么这些特征一定要与情节有密切的关联。例如，强调人物胖可能是因为胖给人物造成了很多人生困境，而脖子上的胎记可能与人物的身世有关。

---

① 梅峰.不成问题的问题：从老舍小说到梅峰电影[M].北京：北京联合出版公司,2017：3.

对白与旁白

1. 对白不是说话

对白，简而言之就是人物在电影中的台词。

对白通常指发生在两个或两个以上角色之间的对话。通过对话，我们可以向观众传递必要的信息，例如问答式的对话，甲问乙去哪里，乙回答要去上班。如果只依靠动作来呈现这个情节，即使乙拿着公文包走进公司，也无法确认他是来上班还是来找人。相比于动作，对白更容易承载明确的抽象信息。当然，对白中的信息必须对听众产生影响，否则这些信息只是单纯的信息，无法成为故事的有机组成部分。

人物自言自语，与对着银幕后面的观众以画外音形式表露心声的独白不同，它是人物在现场发出的声音，理应属于对白的范畴。我们在日常生活中偶尔会自言自语，但一般都是一些琐碎无意义的短句。比如说当你找不到钥匙时，可能会一边翻箱倒柜，一边嘴里自言自语："我的钥匙呢……"这种自言自语没有说话对象，也不期待有回应，只是一种本能的反应。

在影视剧中，我们经常看到人物总是喜欢自言自语。比如在偶像剧中，主人公回到家中依然在纠结今天向暗恋对象告白之事："唉，不知道他早上有没有看到我写给他的留言。他要是知道是我写的，我明天就完了。

都怪小花，要不是她天天撺掇我，我也不会脑门发热……算了算了，他肯定不会知道是我写的，他那么笨！不过……就算他知道了，我也不怕！反正我是用左手写的，又对不出笔迹……"编剧采用这种写法很大程度上是因为交代人物的内心活动很"方便"，但这显然不太符合生活的真实情况。这种对白设计痕迹过重，亦有编剧偷懒之嫌疑。所以，我们要慎用"自言自语"这一便捷手段，除非"自言自语"符合人物当下的状态与处境。比如在电影《荒岛余生》中，主人公查克因飞机失事被困在一个无人的荒岛上，"自言自语"便成了他天然的权利，但即便如此，他也需要有一个对话的对象——一颗叫"威尔森"的排球。我们有时也可以在电影高潮的部分，看到人物在高压下，将自己内心的挣扎，通过自我对话的方式呈现给观众，让观众同步感受人物的心理变化，从而产生共鸣。

对白在电影剧本中一般可占到百分之五十到百分之八十之间，因此其重要性不容小觑。大多数情况下，观众是通过对白来了解故事剧情和理解人物的。好的对白必须是服务故事的，如果光在台词风格上抖机灵，而忽视情节结构的安排、人物的塑造、主题的表达，最多只能算是语言噱头，无法解决故事本身存在的质量问题。

在大多数的电影中，对白应该接近日常语言风格。因为我们每天都在使用语言，所以一旦对白虚假，观众会在第一时间察觉。一些让观众觉得别扭和出戏的台词往往是因为过度使用书面语言。书面语的特点是缺乏现场感，用词比较抽象；而日常口语中使用的词汇则比较朴实，强调现场的即时性和即兴感。"一个破碎的我，如何拯救一个破碎的你"，这一句《还珠格格》中紫薇对尔康说出的台词就是典型例子。"破碎"和"拯救"是日常口语中不太会用到的词汇。

书面语还有一个特点是强调逻辑关系，一般会用各种连接虚词建构一个完整的句式，但日常口语因为有现场的语境，句子可以省略很多不必要的虚词，即便用破碎的、省略的、跳跃的句子，在场者依然能清楚准确理解其含义。例如一个小偷交代说："我实在是因为没有收入买食物，只能

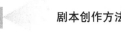

铤而走险去偷他们家的东西。"这句话还是过于书面,显得不太自然,我们把那些无用冗余的词汇去掉后,可以改成"没吃的,只能偷",这样就比较口语化。总之,追求文字的美感不是对白的首要任务,对白也不是为了展示"正确的语言"而存在的。

但对白不能等同于日常的对话,它需要发挥特定的戏剧功能,比如说明故事的背景信息、塑造人物性格、推进情节的发展等。如果对白不具备以上功能,那便属于无效的"水词",可以删除。而那些为了增强场景气氛和真实生活质感,而出现在背景声里各种零碎模糊的台词,如群众演员的杂声、街上叫卖的吆喝声之类的,我们并不把它认定为真正的对白。

同时电影中的对白,要比日常语言稍微戏剧化一点,更幽默、更睿智、更动人,能够替观众表达出他们无法直接说出的感受。好的对白听上去很日常,其实充满设计。在某些特定的场景,如高潮戏中人物的重要对白,需要提供给观众以直击人心的感动或者是发人深省的启迪。这些对白可以是经过精心设计,甚至是超越日常的,就好比酒后才敢吐的真言、表白的时候才敢说的肉麻话、依依惜别时的感伤之词。好的对白,是作者思想的输出,更是与观众心灵的交流。

《辛德勒的名单》的结尾,辛德勒在战争即将结束的时候与犹太工人话别。

辛德勒:今天是一个历史时刻。今天会被铭记。很多年后会有年轻人问起今天发生的一切。今天将被载入史册,而你就是其中的一部分。600年前,犹太人背负着传播黑死病的罪名,所谓的卡西米尔大帝告诉他们可以去克拉科夫。于是他们就来了。他们带着全部的家当进驻到这个城市。他们就这么定居下来,控制了这里。他们大兴商业、科学、教育和艺术。他们当初一无所有,两手空空却居然平地起高楼。六个世纪以来,这里有一个犹太人的克拉科夫。想想吧,就在今夜过后,那六个世纪就将成为传说。什么也没发生过。今天我们将改写历史。

刚刚宣布德国无条件投降。今天午夜,战争结束了。明天您将开始寻找家人中的幸存者。在大多数情况下,您将找不到他们。经过六年的屠杀,受害者在世界各地受到哀悼。我们还活着。你们中的许多人都来找我并感谢我。谢谢自己,感谢您无所畏惧的斯特恩,以及你们身边彼此关怀、并时刻共赴死亡威胁的人。我是纳粹党员,我是军火制造商,我是奴隶劳工从中获利的商人。我是一名罪犯。零点过后,你们将获得自由,而我将被追捕。我会一直陪着你们,直到午夜后五分钟,在那之后我希望你们能原谅我,我必须逃走。

(对德军守卫)我知道您已经收到我们上司的命令,他已得到上级的命令,以处置该营地的居民。现在是时候这样做了。他们来了;他们都在这里。这是您的机会。或者,您可以离开,然后以一个人的身份,而不是以凶手身份返回家庭。

(对犹太工人)为了纪念你们民族无数的受难者,我建议我们共同默哀三分钟。①

《辛德勒的名单》剧照

---

① 摘自电影《辛德勒的名单》的片段。

辛德勒的这段演讲并非简单的告别。他首先从历史的高度强调了这一天的特殊性,对于他本人、他工厂中的犹太人,以及在场的德国士兵来说,都是一个决定命运的时刻。然后,他回顾了克拉科夫这座城市和犹太人之间不可磨灭的历史关系,而且他没有将这些犹太人能够幸存至今的功劳归于自己,而是要他们感谢自己的顽强生命力。辛德勒自省自己的纳粹和军火商的身份,明白自己战后的命运未卜。最后,他试图唤醒在场的德国士兵尚未泯灭的人性,请求他们将枪口抬高一寸,不要执行上级最后的屠杀指令。在演讲的最后,辛德勒没有遗忘那些已经消逝的生命,他郑重地提议为在这场战争中罹难的所有犹太人默哀。

这种大段的讲演,一定要符合故事的情境和人物的设定,并且选择在故事结构中的关键位置来呈现。《巴顿将军》中经典的开场演讲,亦同此理。而一般场景的对话,要尽量把台词进行拆分,使其符合日常生活的语言习惯。只有重要的信息才需要这样"郑重"地表现,若是分量不够,长篇大论则会变成结构中的囊肿,只能切除。

对白要有动作性。这不是说人物讲台词的同时要做动作,而是指对白要实现推进剧情的功能,让观众清晰地看到人物的欲望。有动作性的台词要能清晰表达人物的意图。比如在爱情电影中的表白,甲对乙说:"我喜欢你。"这不仅是言语,也是一种行动,或者说是以言语为主要表现形式的戏剧行动。

对话在塑造人物方面起着十分关键的作用,即使人物是哑巴的设定,手语也是他们的对白。塑造一个人物需要找到他独有的说话方式,他的语言风格应该明显区别于剧中其他人物,只要人物一开口,观众就能迅速识别出来。人物的背景会影响他们的语言风格,如性别、年龄、所处国家或地区、家庭背景、受教育程度、职业环境等不同,说话的方式也会存在差异。例如,律师说话逻辑会比较严谨,大字不识的农民说话相对朴实,四五岁的孩子说话则童言无忌。

我们以《白鹿原》中回白鹿原当小学校长的鹿兆鹏去看望黑娃和田小娥,三人在窑洞里边吃面边聊天这一场戏为例。

鹿兆鹏：我读了这么多书,我就认为只有共产党才能救得了中国。共产党和其他党不一样。

黑　娃：都说自己不一样。

鹿兆鹏：就是不一样。共产党,我跟你说……

田小娥：(对鹿兆鹏)好好吃啊,锅里多着呢。

鹿兆鹏：我这样说你好懂。共产党是穷人的党,是你俩的党。共产党是让所有穷人都变富的党。

黑　娃：那富人就又变穷人了,还是有穷人不是。

鹿兆鹏：共产党会让所有的穷人都变富,就是共产主义,就是苏联。

黑　娃：啥是苏联?

鹿兆鹏：是一个国家。(指着桌上的小碗)这是咱中国,(再指着另一个大碗)这上边是苏联,跟咱挨着呢,地方比咱还大。

黑　娃：那就让苏联下来把咱一管不就行了。

鹿兆鹏：那不一样嘛!

黑　娃：咋不一样?

鹿兆鹏：再过二十年,你看我说的话对不对。

黑　娃：那苏联那边还有农民没有?

鹿兆鹏：没有农民,苏联人不都饿死了。

黑　娃：那世道就不得公平。

鹿兆鹏：咋不公平?

黑　娃：不管啥世道,农民都是最可怜的,出力最多,身份最贱的。

鹿兆鹏：你不懂。

田小娥：你不要和他说话,说不清,那是个杠头。

鹿兆鹏：俺从小就这样,早习惯了。

《白鹿原》海报

（编剧：陈忠实等）

黑　娃：(对着田小娥)剥个蒜。

黑　娃：嫂子，你面做得好，味道不一样。

田小娥：锅里还有呢。

黑　娃：人家本来过的是富人的日子，叫我给害成穷人了。

田小娥：(对着黑娃)你就没个正经话。

鹿兆鹏：苏联有一件事，你俩肯定喜欢。人家主张是婚姻自由，恋爱自由，就是废除包办买卖婚姻，不用父母做主了，谁喜欢谁，就能跟她结婚生娃。我看你俩敢在苏联，早进祠堂拜过好几回了。诶，你俩在一块儿，也差不多算是婚姻自由、恋爱自由了吧。哎呀，那你俩就是咱白鹿原自古以来，头一个冲破封建枷锁，实行婚姻自由的人呀。黑娃，你狗日的比我强呀！

黑　娃：你从哪学来的这些吓人的话？

鹿兆鹏：我是夸赞你呢。我的婚姻就不自由，就是个悲剧，时代的悲剧呀。

黑　娃：你把媳妇撇在屋子里头不回去，就是要恋爱自由呀？

鹿兆鹏：不一样么。

田小娥：那恋爱自由下的婚姻，落得下正房的名分，进得了祠堂？

鹿兆鹏：人家苏联就不要祠堂，人家就没有祠堂。

田小娥：那苏联还有啥意思么！

黑　娃：（对着田小娥）去，再弄一碗。

（对鹿兆鹏）你吃啊，面还有呢，吃好。①

　　这一场戏里三个人物的语言风格呈现出鲜明的区别。鹿兆鹏是受过新文化启蒙的知识青年，他对革命一知半解却充满政治热情。他试图通过抽象的新概念，如"苏联"和"婚姻自由"，来唤醒黑娃和田小娥的革命意识。然而，黑娃是个地地道道的农民，没有被鹿兆鹏的新颖理念说服。相反，他通过自己的生活经验清醒地认识到"不管啥世道，农民都是最可怜的，出力最多，身份最贱的"。而为爱私奔的田小娥则根本不关心政治，也不关心穷人的命运，她关心的是"那恋爱自由下的婚姻，落得下正房的名分，进得了祠堂？"当得到鹿兆鹏的否定答案后，立马兴趣索然地表示"那苏联还有啥意思么"。

　　决定人物语言风格的因素中，最重要的是人物性格。这要求编剧学会换位思考，揣摩人物说话的方式，包括他的遣词造句、习惯用语、语速、节奏等。要想抓住人物独特的腔调，重要的是全面深入地了解和洞察人物的内心，这样才能知道在每个场景中，他们会如何开口，如何回应。如果做不到这一点，所有人说话的语气都可能变得像编剧本人一样。我们要追求千人千面，而不是千人一面。即使是相同的情境，不同性格的人也会有不同的语言反应。

　　当然我们也要排除人物语言风格的脸谱化。例如，公司领导讲话时

---

①　摘自电影《白鹿原》的片段。

不一定趾高气扬;学校教导处主任也不总是像老古板一样训斥学生;杀手不一定就沉默寡言;警察也未必喜欢用审问的语气与人交谈。

总之,人物性格决定人物语言风格,而非反之。无论人物的语言风格是怎样的,最终人物性格主要取决于人物的行动。一个说话结结巴巴的人和一个口若悬河的人,都可能是怯弱的人,这取决于他们面对困境的动作反应,而不是他们说了什么。语言风格只是人物的一个外在特征,它帮助塑造人物的性格,但无法决定其性格。

好的对白,不应过于直白,而应该有潜台词。所谓潜台词,就是隐藏在对白之下的真实含义。举例,不会做饭的甲第一次下厨为乙做饭,甲问乙味道如何,乙回答:第一次能做成这样,已经挺不容易的。这个回答没有正面回应味道如何,但观众都能明白潜台词是味道不怎么样。我们以《梅兰芳》中邱如白做演讲这一场戏为例。

邱如白:我小时候爱听戏,就是有一件事我一直闹不明白。为什么这京戏里这扮相,都得把脸绷起来?哦,后来我弄明白了。那是得管着你脸上的表情。这旦角往脸上贴片子,为什么呀?是为了不让女人大笑,微笑可以。这戏里当官的都得端着腰带,这明摆着教你怎么摆架子。京戏里处处都是规矩。一句话,不许动!

冯子光:什么话呀!

邱如白:实话呀!

费二爷:邱先生刚才说了啊,站起来就驳。我不但不能驳您,我还得恭维您一句:太懂戏啦。就连不懂戏的人都知道,这京戏的扮相是为了庄重,唉。

邱如白:所以啊,京戏里头的人都是不自由的,他们让人拿笼子给套起来了。那他们都七情六欲怎么办?喜怒哀乐怎么办?都给藏起来!

《梅兰芳》海报

（编剧：严歌苓　陈国富　张家鲁）

费二爷：我还得恭维您一句。这京戏让您这司法局长这么一审，罪过真是太大了。这全中国就不应该听戏，听什么戏啊！可他们不听啊，一进戏园子是满坑满谷的人，轰都轰不走。有不听戏的没有？有。他不懂听什么戏啊。[1]

这一场戏里费二爷"恭维"了邱如白两次，还夸他"太懂戏啦"。费二爷虽然面带微笑、语气亲切，可他说的话显然不能按字面理解，观众很容易解读出他的潜台词，他是在正话反说，笑里藏刀地讽刺邱如白不懂戏。

对于有潜台词的对白，观众需要通过自己的思考才能理解对白真正的本义，而观众也乐意于这种主动的"发现"，而非被动地被编剧直白地"喂食"，正因为有了这种参与，观众才会更加投入到故事当中，因为他们

---

[1]　摘自电影《梅兰芳》的片段。

会觉得自己洞察了人物的秘密。

但并非所有对白，都必须拐着弯说话。对于一个天真的角色，他的台词就应该直抒胸臆，这既符合人物的性格，又可以和其他角色形成对比，当所有人都不直接表达自己的时候，那个用最简单的语言说出最直接真相的人，就显得特别有力量。我们以《梅兰芳》邱如白演讲会的下一场为例，演讲会结束后，梅兰芳追上邱如白，二人有了一段简短的对话。

> 梅兰芳：邱先生，您今天讲得挺有意思。有些道理很深。
> 邱如白：深吗？我怎么觉得都是最浅显的道理？
> 梅兰芳：我这有两张戏票，不知道您有没有工夫赏光。[①]

上一场邱如白的演讲受到梨园行人的嘲讽，但梅兰芳却十分认同他的观点，并勇敢地对邱如白表达敬意。按照常理，邱如白应该对这位难得的知己表示感谢，或者至少表现出善意。可是他的回应颇为失礼，梅兰芳说"道理很深"，他却表示"都是最浅显的道理"。他之所以会有这样不通人情的态度，一方面是对传统京剧的批判态度，另一方面又是对梨园行人的失望。再加上梅兰芳刚刚迟到了，所以将这股不快的情绪都发泄在梅兰芳身上。但这也凸显了这个留洋回来的新派人物身上的天真和骄傲。反过来，如果热脸贴到冷屁股，按照常理，梅兰芳应该生气，我说深你却说浅，这等于是在变相贬低我。可是他不但没有发脾气，还赠了邱如白两张戏票。这显示了梅兰芳这个人的宽厚与纯善，他发自内心地敬佩邱如白。

对白无须多，有力即可。《花火》中，北野武饰演的警察在经历了女儿的离去、妻子的绝症以及债主的逼迫后，决定带着妻子开始一场没有回头路的旅行。整部电影中，妻子一直保持着沉默，直到片尾在沙滩上她对丈夫说出了她在全片中唯一的两句台词："谢谢你，对不起。"这两句简单的

---

① 摘自电影《梅兰芳》的片段。

话,包含着非常复杂的情感,既有对丈夫深深的爱和感恩,也有因自己患病拖累丈夫而产生的内疚和歉意,还有对世界的遗憾和不舍。这两句话过后,镜头切换到沙滩上一个女孩放风筝的画面,然后大海空镜中出现两声枪响,一切都结束了。

沉默,有时是最好的对白。

2. 台词写作的误区

语言是具有时代特征的。写当代戏一般不会有这方面的问题,但一旦涉及历史年代,剧作中的语言就需要符合当时的背景和环境。例如,我们写一部唐朝时代的戏剧,让角色完全用现代口吻去说话,会很容易破坏观众对故事情境和人物的认同感。因此,在创作历史戏剧时,必须仔细研究时代背景和人物特征,采用符合当时时代语境的语言风格,这样才能让观众真正融入故事,感受历史的厚重感和人物的真实性。

那么,我们必须在剧作中完全还原古代人的语言吗? 当然不需要。首先,谁也没听过古人(这里指录音技术发明之前的古人)说话,即便通过语言学的研究可以"还原"古人的语音,那听上去也肯定与"外语"差不多。况且语言是在不断变换的,不同的年代和地域有着不同的语言,故事是为了服务当下观众,追求所谓语言的绝对真实性,既无必要也无可能。我们对古代人语言的想象更多是基于古代的书面语,因此古代戏的编剧往往采用一种写作策略,即半文半白:文言用语和现代用语夹杂出现在角色的台词中。

我们以《荆轲刺秦王》中韩国使者与秦相吕不韦的对话为例。

> 韩　使:罪臣代韩王,起告于陛下相国之前。若陛下相国,解新郑之围困,存韩国之血脉,韩王愿以陛下为义父,秦国为宗主,献城百座,地十双,马千匹,金十万斤,帛百万素。呜呼噫嘻,永远臣服!

《荆轲刺秦王》海报
（编剧：陈凯歌　王培公）

　　吕不韦：那好吧，你传我的话给韩王，灭韩并不难，可没有六国不成天下，四海之内皆兄弟，但秦是兄长，秦国以仁义敬赦天下，可如果弟兄们不安分，就不能怪秦国不客气。①

　　这段对话中大部分为文言，但也夹杂着现代用语，比如"那好吧"，以及最后一句"可如果弟兄们不安分，就不能怪秦国不客气"，就是典型的现代白话。这样写的好处是，既可以为观众营造一种古代的年代氛围和质感，同时又不会造成信息传达的障碍，从而拉近古人与今人观众的距离。

　　信息的交代需要有适当的动机。有时编剧会刻意在对话中交代某些观众不知道的信息，但其实在故事语境中剧中人应该都已知晓这些信息，完全无须也不应该在对话中讨论，因此这些信息实际上是"专门"告诉观

---

① 摘自电影《荆轲刺秦王》的片段。

众的。这会让这段对话显得很生硬。

一般情况下,我们不会把个人信息随便告诉给一个初次见面的陌生人。我们需要帮角色找到说出这些信息的理由。例如,在相亲的时候,我们可能会隐瞒自己真实的年龄,但当我们面对警察的问话,第一反应一定是实话实说,不仅年龄、身份证号、家庭住址,甚至是重要隐私也可能都会老实"交代"。当然在特殊情境下,我们也许会因为对方是萍水相逢的人、以后也不可能再见面的陌生人,而把他当成"树洞",将自己的秘密和盘托出。

即便如《教父》这样教科书级别的电影,也存在值得商榷的对白处理。影片开场的婚礼一段,新娘将装着礼金的白色信封收进袋子里,教父的手下波利直勾勾地盯着,自言自语:"两万、三万,全是现金,就在那个小丝袋里,唉,如果这是我的婚礼,该多好!"编剧的创作意图很明显,是为影片后段波利背叛柯里昂家族埋下伏笔,但在如此人多嘴杂的公开场合吐露自己贪婪的心声,显然有些刻意和不合情理。

有些编剧喜欢在角色的台词前面加上"我认为""我觉得"这样的前缀,其实大部分情况是没有必要的,只会让台词显得冗余。因为一个人说出来的话,就代表了他的观点。现实生活中,习惯这种说法方式的人往往比较自我,所以比较喜欢强调"我",并试图让对方产生一种"以下的观点比较重要"的感觉。若是塑造这样的人物,使用这种语言风格并无不可,但不适宜运用到所有角色。

正如上一小节所言,剧本中的对白也需要发挥自己特定的戏剧功能,或交代信息,或塑造人物性格,或推进剧情发展等。过于琐碎或无意义的对白要尽量精简和删除,有些好莱坞的制片人甚至会用"一指原则",即一段对话如果超过一根手指头的长度便需要做删减。

比如开场白,如果每一场戏都从人物进门开始写起,按照真实的生活逻辑就需要打招呼,从"你好""请坐""要不要换拖鞋""喝茶还是咖啡""最近忙不忙""这里是不是个太好找"之类的对话开始,得绕半天才能进入正题,等正题结束后又要一番"告别"。好的闲聊应该是有意义的闲聊,是最终可以和人物、情节和主题产生联系的闲聊。

电影寸时寸金,因此我们需要适当地"掐头去尾",尽快让对话进入正题,这样台词不会显得拖沓。每一场戏若按照完整的物理时间来呈现的话,会产生大量的信息,我们需要从中挑选与本场戏的要点有关的部分,而将其他与题旨无关的枝节除去。"掐头去尾"还有一个好处,就是为剧情留有余地。如果一场戏从头到尾都完整呈现,那么当后期剪辑时发现有逻辑问题,因这一场戏已被"封装",便无法补救。例如打电话的戏份,尽量不要从接通到挂断完整呈现。这样,当我们需要观众默认电话双方已经沟通过某个信息(但在镜头中并没有呈现)时,观众就可以自动脑补这个信息其实在打电话过程中被省略的那部分中已经完成了。

对话不自然,在剧作中是最容易被观众察觉的。因为我们每天都在说话,我们对于说话的经验非常丰富,一旦对话不太符合生活逻辑,观众很快就能意识到。因此,在剧作中对对白的写作要求非常高。我们常常按照书面语的习惯,让甲完整地说完一句台词,然后再让乙接话,反复交替。但在日常生活的聊天中,常常是甲还没有说完一句话,乙就插话打断他。例如,当甲要向乙道歉时,我们可以写成甲说"对不起",乙回答"没关系,我原谅你了"。但实际上,有时候我们并不需要把"对不起"这样的道歉用语说出来,甲才刚开口说"我……",乙就已经说"行了,事情都过去了"。

缺乏冲突性,也是对话写作常见的误区。对话的冲突性是戏剧矛盾冲突重要的外在表现形式之一。但切记,冲突并不意味着每一场戏的人物都要吵架或者辩论。举个简单的例子,我们写一个过场戏:甲说我们去看电影啊,乙说好啊好啊,甲接着说那我们去看《哆啦A梦》吧,乙说可以啊,我刚好也想看这部电影。两人意见一致,对话就会显得很平淡无味。我们换一种写法,情节的终点还是他们两个去看电影。

甲：我们去看电影吧。

乙：啊……又看电影啊，有没有别的选择啊？

甲：那算了，这两张《哆啦 A 梦》的票我送人了啊。

乙：《哆啦 A 梦》！ 你不早说！

以上四句对话，拆分成了两个蕴含冲突的节拍，以一正一反的方式推进发展，最终抵达预设的情节终点，与第一种写法殊途同归，但效果迥然不同。第一个节拍是邀请与拒绝，这就给观众留下悬念，以为他们不去看电影了；而第二个节拍是征求同意和反对，将不看电影转折为看电影。这里我们没有预设甲和乙两人的冲突，而只是通过"冲突"的技巧，让一件本来可能过于"顺利"的事情，稍显"坎坷"，从而增强对话的戏剧性和趣味性。

在对白写作中，一些编剧会详细描述人物的语气和表演，例如"甲（很悲伤地说）""乙（愤怒地大吼）""丙（疲惫地张嘴）"，但这种描述大多是不必要的。因为好的台词应该能够通过文字传达出人物说话的状态。此外，台词表演还涉及演员的表演，对于同一句台词，不同演员的表现也可能不同，因此不需要在文本上过多规定人物的状态，否则可能会影响演员的二次创作，也可能会失去创作上的意外之喜。只有在一些特殊情况下，需要在台词前面做表演提示，例如甲说"你真是个好人啊"，但本意是讽刺对方，这时就需要写成"甲（冷笑地）：你真是个好人啊"。否则，在阅读剧本时容易产生歧义，导致表演错误。

相对于观众，编剧占有绝对的信息优势，编剧要掌控故事信息释放的节奏，让观众跟随你的节奏前行。一段对话不要把所有的信息一口气就全部说完，可以拆分成一来一回几个节拍。

我们以《一九四二》中李培基为减免军粮求见蒋鼎文一场戏为例。

李培基：蒋司令率威武之师奔赴前线，河南三千万民众箪食壶浆，祝司令长官马到成功，旗开得胜！

蒋鼎文：请！

蒋鼎文喝了一口酒。

这是第一个节拍。李培基借"送行"作为进入正题的铺垫。

蒋鼎文：老李这套虚礼就免了吧，咱们开门见山，找我什么事？

李培基：今年河南大旱，又起蚂蚱。赤地千里，饿殍遍野。那三千万担军粮，本政府实难凑齐，请司令长官给予减免。

蒋鼎文：民众处于水火，主席说得有理。我同意。

李培基：感谢司令长官体恤民情！河南的子子孙孙，会永远记住蒋司令。

这是第二个节拍。蒋鼎文切入正题，李培基说出真正的来意，没想到蒋鼎文竟然表示"同意"。事情过于顺利，反倒显得反常，让观众意外。

蒋鼎文：但你得替我做两件事。

李培基：别说两件，二十件我也做。

蒋鼎文：一，你去说服日本人，叫他们不要进攻河南。二，你去说服委员长把我的军队撤到潼关以西。我一兵一卒，再不吃河南一粒粮食。

这是第三个节拍。蒋鼎文话锋一转，提出交换条件，李培基欣然同意，却没想到对方提出的是两个完全不可能完成的任务。

李培基：蒋司令，这个话不能这么说。灾年不比往年。几百万老百姓正在饿死。

蒋鼎文：李主席，万千的弟兄正在奔赴前线。谁知道一个月以后，能

　　带回来几个人。如果两个人要同时饿死的话，饿死一个灾

　　民地方还是中国的，如果当兵的都饿死了，我们就会亡国。

蒋鼎文向李培基敬了个礼：告辞！

李培基：蒋司令，这一码不对一码。[1]

　　这是第四个节拍。李培基最后向蒋鼎文争取的逻辑是生命是第一位的，而蒋鼎文拒绝的逻辑则是国家是第一位的。李培基的诉求以失败告终。

　　如果以上的剧情变成李培基一张口就说明来意，而蒋鼎文一句话就拒绝。那么这两个人物各自不同的性格、立场、态度和心理活动就无法如此生动地展现，变成了只是推进剧情、交代信息的工具人了，而这一场戏也就成了毫无味道的压缩饼干。

《一九四二》剧照

　　最后，并不是每一场戏都需要对白。只要符合故事情境，哪怕是重场戏也可全部由动作和表情来完成。对白是以声音为媒介的语言文字系统，本质上还是抽象的概念符号。动作和表情虽然不如对白那样可以传递清晰明确的抽象信息，但却包含着更具象、更直接、更丰富的情感与意在言外的深意。

　　在对白中出现流行用语是一个讨巧的手法，但一定要慎用。因为电

---

① 摘自电影《一九四二》的片段。

影的制作周期很长，而流行用语的有效使用周期很短，等电影制作完上映，那些流行用语早已过时，非但起不到加分的效果，反而成瑕疵了。

3. 旁白与视角

旁白和独白都是电影中以画外音的形式出现。需要特别说明的是，画外音并不是在场人物的声音从画面外传来，而是独立于场景之外、平行于电影画面的声音。

旁白和独白与对白的最大区别在于它们的讲述对象。旁白通常是讲给观众听的，独白则是给自己听的，而对白是给场景中的角色听的。对白需要具备现场感、即时性和口语化，而旁白和独白可以更书面化一些。旁白与现场保持一定距离，带有观察者的视角，更具抽象和深刻的特点。而独白则可以直接说出潜台词，直抒胸臆，不需要像对白那样"拐弯抹角"。对白是面向他人的，需要选择不同的说话方式来表达同一个意思。有些独白可能会让观众感到生硬不自然，这可能是因为编剧把说话当作演讲来写，或把独白当成对白来写。独白中的"独"强调了只适合自己说的意思。在电影《阿飞正传》中，旭仔有一段夫子自道的经典独白："有一种小鸟，它生下来就没有脚，一直不停地飞，飞累了就睡在风里，一辈子只能着陆一次，那次就是它死的时候。"内心独白虽不是中国叙事传统的一部分，但在西方叙事中却很常见，这可能与西方宗教忏悔的自省习惯有关。

许多人认为旁白多的电影的文学性更强一些，这是因为在小说中旁白和对白的比例恰好与电影相反，描写人物的心理活动正是文字优于影像之处，旁白的使用更为广泛，也更能展现小说的文学性。然而，无论是电影还是小说，旁白和对白的使用都需要合理、恰当，才能更好地为故事服务。

电影中的旁白很多时候就是电影的展开视角。编剧就像是上帝，从无到有创造了一个虚拟却又真实的世界。编剧的观察角度比观众高，也比剧中角色高。在故事的讲述过程中，观众只能了解编剧告知的那部分内容,有时候比剧中人物少,有时候比剧中人物多,这一切都取决于编剧从哪个视角来讲述故事。

电影可以采用第一人称的单一视角来展开故事,例如采用主人公的视角,观众跟随主人公的所见所想所为,去体验故事的旅程,像自传体电影《童年往事》《天堂电影》就是这类电影的代表。用这种视角讲故事的好处在于可以获得一些旁观者无法得到的信息,进入主人公内心的最深处。

电影也可以采用旁观者的第一人称视角去讲述主人公的故事。这种写法与主人公视角的差别,在于它与主人公保持一定的距离并带有评判立场,但无法走入主人公真正的内心。编剧可以借由这个旁观者,对主人公及在他身上所发生的故事表达观点和立场。值得提醒的是,这个旁观者一定要和主人公有某种特定的联结,他有向观众讲述这个故事的充足动机,并且他最终也被主人公的故事改变了。比如《我的父亲母亲》将男女主人公的儿子作为叙述者,来讲述他的父亲母亲的爱情故事,叙述者是男女主人公爱情的结晶,他有充足的身份和理由来讲述这段唯美的爱情故事。《肖申克的救赎》的讲述者是瑞德,他与主人公安迪是监狱里的患难之交。瑞德不仅是最了解其越狱计划的人,并且参与其中,最终在安迪的鼓舞下,他重燃对自由的渴望。旁观者视角可以让观众更好地理解故事中的情节和人物,从一个不同的角度去看待问题。同时,这种视角也要求编剧在创作中必须确保旁观者的角色与故事的主题紧密联系,而不至于削弱电影的情感共鸣力。

第一人称相对来说比较容易令观众入戏,因为那个"我"所讲述的故事听起来更加真实可信。观众会认为这个"我"亲身经历了这一切,仿佛这个故事真实存在一般,即使这个"我"实际上只是编剧虚构的一个角色。但编剧也可以利用"第一人称"的这种可信度,来讲述一个谎言。这种技巧在悬疑和惊悚片中很常见,编剧可以使用不同的手段,比如设立陷阱和谎言,来诱导观众的思考和猜测。当真相最终揭晓时,观众会感到非常震撼。这种手法可以增强电影的趣味性和观赏性,同时也让电影更富有挑战性和难度。

《阳光灿烂的日子》中马小军与刘忆苦在老莫餐厅起了争执,马小军用啤酒瓶捅了刘忆苦,画面突然变为静止状态,此时马小军作为影片的讲述者开始了一大段独白。

千万别相信这个,我从来就没有这样勇敢过,这样壮烈过。我不断发誓,要老老实实讲故事,可是说真话的愿望有多么强烈,受到的各种干扰就有多么大。我悲哀地发现,根本就无法还原真实,记忆总是被我的情感改头换面,并随之捉弄我,背叛我,把我搞得头脑混乱,真伪难辨。我现在怀疑和米兰第一次相识就是伪造的。其实我根本就没在马路上遇见过她。那天下午我和大蚂蚁受刘忆苦的委派,在门口等米兰,才是我们第一次认识。这也说明为什么我和大蚂蚁去玩什么瓦西里,而没有参加谈话,因为我和米兰根本就不熟,我和米兰从来就没熟过。我的天呐,米兰是照片上的那个女孩吗?还有于北蓓,怎么突然消失了呢?或许,或许她们俩,原本就是同一个人,我简直不敢再往下想。我以真诚的愿望开始讲述的故事,经过巨大坚忍不拔的努力却变成了谎言,难道就此放弃吗?不,决不能!你忍心让我这样做吗?我现在非常理解,那些坚持谎言的人的处境,要做个诚实的人,简直不可能。听,你听!有时候一种声音或者一种味道,可以把人带回真实的过去。现在我的头脑,如皎洁的月亮一般清醒。好吧,就此继续说我们的故事,先不管它是真是假。记得过生日那天,根本没发生过任何不快,我和刘忆苦都很高兴,还轮流和米兰碰杯。哦,对了,于北蓓也在,差点又忘了。大家还送了很多礼品,米兰对我也格外亲切,那锥子般的目光频频凝视着我。后来,我们都醉了。[①]

---

① 摘自电影《阳光灿烂的日子》的片段

《阳光灿烂的日子》海报
（编剧：姜文　王朔）

在这段第一人称独白中，马小军先是否定了电影情节的真实性，但告诉观众自己的叙事态度是真诚的，只是"记忆总是被我的情感改头换面"。马小军陷入了困惑，所有之前在电影中发生过的那些事情似乎都无可奈何地变成了谎言。最终马小军决定继续把故事讲完，无论"是真是假"。编剧推翻叙述者的自我权威，是一种危险的操作，这会瓦解观众对叙述者及其所讲述的故事的信任感。这里编剧采取"自杀"行为而自曝，正是为了告诉观众，"日子"是被加了"阳光灿烂"的滤镜，因为记忆是不可靠的，历史是被塑造的。所以，第一人称并不完全可信。

限制视角的故事讲述者，通常可以根据他的想法（实际上是编剧的想法）来构建整个故事。这个讲述者通常是剧中人物，是主角或与主角关系密切的人。但有些电影也会引入非剧中人的故事讲述者，这个客观的声音就像是一个说书人，他与观众一样是在故事之外的，他需要有一种能够把观众带入故事的能力，但同时他又不受故事人物的视角的限制，可以相对自由的视角去交代情节信息、人物信息、人物心理活动或点评故事本身。虽然叙述者不是故事中人,但他的叙述语言风格应该与故事本身的风格相符。黑色喜剧《大佛普拉斯》采用的是导演黄信尧本人极具幽默感的闽南语旁白,这个叙述声音不仅强化了电影独特的气质,也是电影整体不可或缺的一个声部。

对情节建构来说,拥有一个故事叙述者将带来很大的自由。因为所有的情节都存在于叙述者的记忆中,他可以根据自己的喜好选择不同的结构方式来组织情节。例如,故事讲述者可以将发生在不同时空、看似无关的情节,通过叙述进行串联。如果没有叙述者,这些情节会显得零散无序,但如果由故事讲述者提供结构框架,这些行动和事件便有了更大的整体性,情节之间巨大的时空和逻辑落差似乎也消失了。但无论是主人公视角,还是旁观者视角,它们都是有限的视角,他们只能描述自己知道的故事,他们的立场和观点也只是主观的看法。观众可能会对此抱怀疑的态度,所以编剧要想办法让观众相信他们的讲述,让观众真正融入到故事中。

电影也可以采用全知视角,这意味着观众比剧中人所知更多,不单知道剧中人所知的,还知道剧中人未知的。例如在爱情片中采取全知视角,就会产生这样的效果:观众知道 A 喜欢 B,也知道 B 喜欢 A,但 A 和 B 因为有限视角,并不知道对方喜欢自己,而此时有另外一个 C 开始挑拨 A 和 B 的关系,这样就有可能产生很多误会,而处于全知视角的观众就会隔着屏幕为之揪心。

不同的类型片,往往会采取不同的视角来讲述故事。

推理片通常采用全知视角,展示故事中的每个角色掌握的信息,观众和剧中的侦探获得的信息一样多,然后在同一个起跑线开始智力竞赛。如果侦探战胜了观众,那么这就是一部好的推理片;如果观众先于侦探发现了真相,那么这不怪侦探,只能怪创造侦探这个角色的编剧的专业水平还有待提高。

全知视角的优势，同时也是它的缺点。正因为无所不在，无所不能，反倒令观众缺少可依附的亲近感和认同感。相对于"什么都知道"，有时候"只知道一部分"更受欢迎，因为观众不会只满足于观察人物，而是更希望投身其中，所以需要一个值得信任的故事讲述人的陪伴。

在悬疑片或惊悚片中，采用限制视角是常见的手法。观众只能看到主人公知道的信息，编剧掌握隐藏的关键信息。正是通过控制视角来隐藏信息，观众才能产生探究真相的欲望。编剧可以选择何时揭示信息以及如何揭示信息，以操纵观众的感知和情绪。例如，编剧可以让主人公在某个关键时刻掌握重要信息，或让主人公做出某个错误的决定，从而引发观众的紧张和兴奋情绪。编剧需要在限制视角和揭示信息之间找到平衡点。在悬疑或惊悚片中，编剧在隐藏信息的同时，也要让观众感到有足够的自由度，以便他们可以自由思考和推测情节的发展，从而让整个故事更具吸引力。

故事的叙述视角并非一成不变，它可以随着叙事的需要而不断调整。例如在恐怖片中，一到紧张刺激的场景，我们往往喜欢转换成第一人称视角，将观众置于角色同样的危险处境。因为视角的局限性，会令观众和剧中人一样产生对未知危险的恐惧。故事也可以采用多个视角，通过不同的视角去展开对同一件事情的叙述。黑泽明导演的《罗生门》是电影史上最著名的多重视角叙事的经典。《社交网络》亦同属此类，编剧针对脸书（Facebook）的诉讼案，选取了被告（马克）、原告（温克莱沃斯兄弟）和证人（爱德华多）三个大相径庭的叙述视角，不断地从一个视角转到另一个视角，使得事实真相扑朔迷离。

无论是全知视角、限制人称视角，还是多视角复调叙事，本质上都是编剧的视角，只是编剧将自己的态度和立场隐藏在了摄影机背后。虽然立场会影响视角，但视角不一定完全等同于立场。最终，影片呈现出的主题会决定编剧的立场。

无论是小说还是电影，第二人称视角的叙事都十分罕见。在书信体小说中，"你"可能被当作一个述说对象；在书或电影中，叙事者可能会直接与观众或读者对话，使用"你"，但是"你"也无法成为那个讲述故事的角色，叙事者依然是那个"我"。

第六章
剧本写作常用
元素与技巧

剧作元素

1. 场景

我们将电影剧本中在同一空间和时间发生的戏剧场景定义为一场戏。"场"是电影剧本的基本单位。如果一部电影的场数较少,说明故事的时空变换较少;场数较多,则说明故事的时空变换频繁。一般来说,艺术电影的场数相对较少,而商业电影的场数则比较多。主流电影的场数通常介于 100~150 场之间。

每一场戏的情节都应该存在变化,无论大小。所谓"变化",是由人物的行动来推进,由人物的反应来呈现,并通过前后状态的不同来比较、来确认。变化伴随着矛盾冲突而发生,因此需要在场景中设置"一正一反"两股力量,一方要达成某个目标,而另一方则要阻止其达成,双方你来我往,进退交错。因为每一场戏的微小变化不断累积,人物最终完成真正的成长。因此,无论是以动作为主,还是以对话为主的场景,无论是高潮的重场戏,还是简单的过场戏,都应该尽量运用以上原则来设计。

剧本文字主要可分成画面描写、动作与对白。画面描写主要指空间描写和人物肖像描写。其中关于动作描写、人物肖像描写及对白写作,前文已有专门章节说明,在此不再赘述。空间描写一般指的是对重要的主场景的描写,在电影中第一次出现时,剧本需要对其进行视觉描绘,帮助读者建立对场景空间的整体认知。比如电影《孔雀》的第一场中对主人公家的描写如下。

一个小城市家属院的筒子楼、黄昏、外、夏。

筒子楼有宽敞向阳的公共走廊,铁栏杆护着。家家户户都在走廊搭着小厨房。从远处可以清楚地看见每家每户,人们在走廊里来来往往走动着。

夏天黄昏开饭的时分,光线还很明亮。筒子楼的住户们在自家门前的走廊上吃饭,围着小饭桌。天气闷热,不少人手拿蒲扇。①

《孔雀》海报
(编剧:李樯)

---

① 李樯.孔雀[M].北京:北京联合出版公司,2013:2.

这个空间是主人公的家。"家属院的筒子楼",透露了主人公的家庭背景与阶层。"家家户户都在走廊搭着小厨房",说明这里的住户是没有独立厨房的,居住环境条件很一般;"从远处可以清楚地看见每家每户",点出了在这里生活没有隐私。"夏天黄昏开饭的时分,光线还很明亮",天还没暗就吃晚饭,这是因为早点吃不用开灯,省电。"筒子楼的住户们在自家门前的走廊上吃饭,围着小饭桌",没厨房,把小饭桌摆在外面可能是因为室内空间狭小,当然也可能是因为天气热,家里没有风扇,外面凉快些,所以"不少人手拿蒲扇"。

编剧李樯这段看似简单的空间描述,非常巧妙地传达了人物的很多相关信息,尽管此时人物还未正式出场。一个场景的空间,并不仅仅是情节发生的地点,空间本身还包含着与人物相关的各种道具,这些道具会透露出人物的信息,让观众见微知著。例如,人物房间地上和床头边的一堆空酒瓶,可以让观众知道这个人物可能酗酒。在剧本中,对空间的描写最终也是为了服务人物和情节。

每一场戏,都是一个相对独立的故事单元,它也同样拥有结构上的起承转合。

我们以《教父》的第一场戏为例来分析。

室内、白天、唐·柯里昂的办公室

博纳塞拉:我相信美国,是美国让我变得富有。我用美国式的做派,把女儿抚养成人。我给她自由,但是我也教她,永远不要做有辱门风的事。她自己找了一个男朋友——不是意大利人。他和她一起去看电影,在外面待到很晚还不回家。我也没说什么。两个月前他开车带她出去兜风,同行还有另外一个男孩。他们灌她喝威士忌,然后⋯⋯他们就要占她的便宜。我女儿反抗了,保住了自己的名节。于是他们打了她,像对待动物一般。我到医院的时候,她鼻

梁折了。下巴也碎了，只能用铁丝绑着固定住。她甚至
没法哭，因为太疼了。但我哭了。我为什么哭？她是我
生命中的阳光。她是多么美的一个姑娘，现在她再也美
丽不起来了。对不起。我去找过警察，像个正经的美国
公民那样。法庭审判的那两个男孩。法官判了他们三年
徒刑，缓期执行。缓期执行！宣判当天他们就被释放了。
我站在法庭里活像个傻子，而那两个混蛋居然冲我笑。
我对我老婆说"为了讨个公道，我们必须得去找柯里昂
阁下。"

这是这场戏的"起"，博纳塞拉向教父柯里昂说明他女儿的遭遇及他
的诉求。

柯里昂：为什么你要去找警察？为什么不先来找我？

博纳塞拉：您要我做什么？我全都照做，但求您帮帮我。

柯里昂：你想怎么办？

博纳塞拉：我希望他们死。

柯里昂：那个我办不到。

博纳塞拉：您要什么我都给您。

柯里昂：我们相识多年了，但这是你第一次来我这里，要听听我的建
　　　　议或向我求助。我都不记得上次你请我去你家里坐坐喝杯
　　　　咖啡是什么时候了？哪怕我妻子还是你独生女的教母。就
　　　　这么说吧，你从未想和我做朋友，你怕欠我人情。

博纳塞拉：我那是不想招惹麻烦。

柯里昂：我都懂。你觉得美国就是天堂。你用你自己的买卖也过得
　　　　不错，有警察保护着你，还有法庭；所以你也不需要一个像
　　　　我这样的朋友。但是现在你来找我，然后对我说："柯里昂

阁下,给我主持公道。"但是你不是出于尊敬而求我,你并不愿让我成为你的朋友,你甚至都不愿称我为教父。相反你在我女儿大喜的日子到我家来找我,叫我去为你杀人⋯⋯冲着钱。

博纳塞拉：我只是求您主持公道。

柯里昂：这不是公道;你女儿还活着。

博纳塞拉：那就让那俩小子受尽折磨,就像我女儿受的罪那样。我应该付您多少钱?

柯里昂：博纳塞拉,博纳塞拉,我到底做了什么让你对我如此不尊重?如果你以朋友身份来找我,那现在那俩毁了你女儿的浑小子早就痛不欲生了。如果像你这样实诚的人无意中有了敌人的话,那么他也会是我的敌人。那样他们就会怕你。

这是这场戏的第二幕。柯里昂和博纳塞拉的"拉锯战",博纳塞拉不断请求柯里昂为他主持公道,柯里昂却一直质疑博纳塞拉的态度。

博纳塞拉：您能做我的朋友吗? 教父。

柯里昂：很好。搞不好有一天或许这天永远不会来,我会求你帮点忙。但是在那一天到来之前,收下这份公道,就当是在我女儿大喜之日给你的礼物。

博纳塞拉：谢谢,教父。

柯里昂：别客气。

博纳塞拉退出房间,黑根把房门关上。

这是这场戏的转折,博纳塞拉终于向柯里昂低头,尊称他为"教父"。柯里昂心满意足地接受他的臣服,答应帮他的忙。

173

柯里昂：把这事交给克莱门扎去做。我要可靠的人处理这件事，那种
　　　　不会擦枪走火的人。毕竟我们也不是杀人犯，不要像这个殡
　　　　葬老板说的那样置人于死地。

（柯里昂嗅了嗅胸前纽扣孔上别着的玫瑰花）①

《教父》剧照

　　最后是这场戏的结尾，柯里昂提出了具体的解决方案，用"嗅花"的
动作表现自己处理完这个事情的反应。这一场戏有个清晰的故事曲
线：从拒绝到答应。如果一场戏的终点是"答应"，那么开场就应该是
"拒绝"。再以前文中所提到的《一九四二》中李培基为减免军粮求见蒋
鼎文一场为例，因为它的终点是"拒绝"，所以开场的写法就是"答应"，
亦同此理。

　　场包含了时间、空间、人物、情节这四个基本元素，更改其中一个元
素，整场戏随之也会有很大的改变。在故事大结构框架下的某一场戏，
"情节"这个元素是相对确定的，而时间、空间，甚至人物都可以成为变量。

　　比如一场戏中人物甲出场来完成这个情节，还是用人物乙来完成，可

---

① 摘自影片《教父》的片段。

能效果大不相同。

电视剧《一把青》中江伟成的太太秦芊仪将靳旭辉牺牲的消息告知给同为空军眷属的靳太太周玮训。

（秦芊仪一脸悲伤地走到周玮训面前）

周玮训：伟……伟成不在了，还有我。不怕……我会一直陪着你喔。

　　　　我……我陪你喔。

（周玮训上前抱住秦芊仪）

秦芊仪：伟成跳伞，他在医院。

（周玮训松开秦芊仪）

秦芊仪：是老靳。

（周玮训脸部扭曲，

秦芊仪将写有老靳的铭牌拿了出来）

《一把青》海报

（编剧．黄世鸣　白先勇）

周玮训：我不要。为什么不是伟成！为什么不是伟成！为什么不是
伟成！不要啊，不要啊，我不要啦！

（秦芊仪上前紧紧抱住周玮训）①

　　这场戏编剧处理得非常精彩。第一个节拍是秦芊仪在开始部分的默
哀，让周玮训误以为牺牲的是秦芊仪的丈夫江伟成，于是她连忙上前安
慰；没想到却被秦芊仪告知牺牲的其实是她的丈夫老靳，周玮训一时反应
不过来，这是第二个节拍；第三个节拍是秦芊仪手中的铭牌击垮了周玮训，
周玮训陷入崩溃，并且质问为什么遇难的不是秦芊仪的丈夫，而是自己的丈
夫。秦芊仪和周玮训同为空军眷属，也是最好的姐妹，但在遭遇永失挚爱的
至暗时刻，本能的反应战胜了理性，周玮训向秦芊仪发出了"恶毒"的质问
"为什么不是伟成"。而秦芊仪做出的反应是紧紧地拥抱周玮训，她完全明
白周玮训此时的痛，因为作为空军眷属，她们每一天都要面临可能到来的
噩耗，今天是周玮训，而明天可能就是她自己。编剧对于这一场戏的处理
无疑是非常成功的。设想如果随便换一个士兵来通报靳旭辉牺牲的消
息，同样也可以完成本场戏信息交代的叙事任务，可效果将会大打折扣。

　　同样的，一场戏的时间也会影响其效果。以电影中最常见的表白戏
为例，一般会安排在黄昏或夜晚。除了这个时段比较容易营造暧昧浪漫
的氛围外，根据大脑科学研究的说法，白天大脑的理性部分占上风，而晚
上大脑主导情绪的部分占主导，情感相对容易波动，表白者比较有胜算。
但这并不意味着编剧不能在白天安排表白戏。如果我们把一场表白戏改
在大清早醒来的时间点，会发生什么呢？甲和乙彼此互有好感，但乙一直
没有勇气表白。有一天，甲正睡得迷迷糊糊，被乙叫醒。乙嘟嘟囔囔地向
甲表白，甲困得要死，就随口应和着，乙非常高兴，甲又翻身睡去。等甲清
醒了，乙已经视甲为恋人。甲先是诧异，后才惊觉本来以为自己只是做了

---

① 摘自电视剧《一把青》的片段。

个美梦,没想到这个梦居然是真的。正是这个"睡不醒"的时间点,让两个不那么勇敢的人最终向彼此打开了心扉。

再比如换一场戏的空间。李安在《十年一觉电影梦:李安传》中谈《卧虎藏龙》中关于李慕白和玉娇龙竹林大战的空间选择:"因为竹林的光影晃动,变化多端,不但提供了前景、背景、眼花缭乱的视觉动感效果,同时又能产生一种浪漫、婆娑的诗意。"①竹林这个空间除了视觉呈现上的优势,更重要的是中国的竹文化历史悠久,古人常用竹来借形寄意,彰显品格和智慧,它所蕴含的人文意味是其他植物无法比拟的。我们很难想象,若是这场戏发生在别的空间,会是怎样的效果。

很多编剧常常把场景看作是人物对话和动作发生的物理空间,而忽略了空间本身在叙事中的作用。这种惯性思维使得编剧们往往选择一些大众熟知的场景来呈现,如咖啡厅、客厅、酒吧、卧室等,这样的写法容易让观众感到单调乏味,使得场景沦为简单的布景板。然而,剧作的空间不仅仅是故事发生的场所,有时候它本身就是故事的核心。例如《楚门的世界》中的摄影棚,它是楚门存在的真相之外的世界;《少年派的奇幻漂流》中的大海,是少年派内心的探索和成长空间;《共同警备区》中的军事安全地带,是朝鲜和韩国之间冷战和分裂的象征。这些空间不仅是故事发生的背景,而且是故事本身的一部分,与人物一样,是叙事的主要参与者。

2. 细节

对一部电影的编剧水平高低的评判,很大程度上取决于细节。太阳底下没有新鲜事,很多时候编剧与编剧之间的水平差别并不在于故事情节的原创性,而在于对细节的处理。

缺少细节的电影,也就缺少生命力。一场戏质量的高低,除了完成既

---

① 张靓蓓.十年一觉电影梦:李安传[M].北京:人民文学出版社,2007:210.

定的戏剧功能,还有一个重要标准,就是看是否具有令人印象深刻的细节。细节区别于情节,在于它看上去微不足道,甚至容易被忽略,但有时它会像沙漠中的金子一样发出耀眼的光芒,给人物带来巨大的冲击,成为改变情节的钥匙。

在现实生活中,存在着无数的细节碎片。一些文学作品通过丰富的细节来提升生活的质感,从而填补文字表达缺乏的直观性。然而,影像的本质就是直观的,所见即所得,无须用闲笔去补足。细节不在多,而在于是否有效。如果一个细节不能引起编剧自身的共鸣,那么对观众来说也是无效的。

细节应该特征鲜明,可以起到关键性作用,并能够告诉观众一些新的信息。比如,细节可以帮助塑造人物性格。人物喜欢吃什么东西,喝什么酒,穿什么样的衣服,这些细节都可以说明他是一个什么样的人。如何通过一个细节表现一个外国人是"中国通"? 也许可以让他熟练地嗑瓜子;如何用一个细节表现一个老人溺爱晚辈? 孙子吃葡萄,老人要用牙签给葡萄剔籽。这些细节和好的对话一样都具有潜台词。对话需要言外之意,细节也需要让观众联想到某些意义。

对话中同样需要包含细节。老夫老妻吵架时,总是喜欢翻陈年旧账。例如,一个人会说:"上次我生日,你居然请我吃沙县小吃!"另一个人则会回应:"每次去公司接你时,你总是和你的老板一起坐电梯下来,你和他到底什么关系?"这些细节比简单地互相指责"你不爱我了"更能体现夫妻之间的矛盾。

再打个比方,假设你今天上班迟到了,你可以跟老板撒谎,说是因为早上突然肚子疼,但这种借口很难令人信服。如果你告诉老板,是因为忘记吃治疗慢性肠炎的奥美拉唑导致疼痛再次发作,然后拿起桌上的卫生纸,对老板说:"不好意思,我得再去一次厕所",这样你就有三个细节可以支撑谎言:奥美拉唑、慢性肠炎和卫生纸。这些细节能够增强说服力,也许可以让老板相信谎言是真的。因此,一个有说服力的谎言需要有具体和确切的细节作为证据,而故事本质上也是一个谎言。

故事不是论文,不能用抽象的语言直接表达观点,而应该调动观众的感官去促使他们自行理解观点。观众容易对抽象的信息提出质疑,而具体的细节可以让观众身临其境地参与,通过细节,他们获得"解题"的乐趣,确认自己得到的答案的真实性,便不再进行理性的审查。编剧不需要向观众解释,只需呈现即可。

3. 道具和意象

除了经典台词外,能给观众留下深刻印象的往往是电影中出现的重要意象。例如,《大白鲨》中那只大白鲨仅仅出现了十几分钟,大部分时间观众只能看到它的背鳍,却让观众全程处于紧张状态,因为它象征着我们内心对未知的恐惧。

有些电影就是围绕一个具有高度象征意义的道具来展开剧情的。《黑炮事件》中的那一枚丢失了的象棋,就是触发整个故事情节发生的开关。主人公为寻找丢失的棋子发了一封电报,却引发了后面的轩然大波,并逐渐升级成为所谓的"黑炮事件"。再比如,《指环王》中的所有人物、剧情和主题都围绕"魔戒"展开,因为拥有它就意味着拥有一切,但同时也具备了毁灭一切的力量。

电影为什么需要象征物?因为故事中想要表达的抽象意念和情感是不可见的,最简单的方式就是用对白呈现。对白的优势是高效、清晰、准确,劣势是太过直接,只是把抽象的文字转换成声音而已。如果我们使用象征手法,将抽象的东西转化为具象化的东西,就可以达到事半功倍的效果。例如,写一个曾被歹徒绑架过的人物,我们可以用他与别人的对话来表达他对那段不堪往事仍心有余悸的感受,我们也可以使用一个象征物来达到同样的目的,甚至更加生动有效,比如人物只要听到某首流行歌曲就会浑身发抖,因为那首歌是他被绑架时歹徒在车上放的歌曲。

有时候,象征需要在故事中通过一个具体的元素反复出现。在电影
《一九四二》中,编剧利用"刀"这一道具来表现侵华日军的残忍本性。当
栓柱遇到替日军做饭的老马时,老马向日本人解释栓柱不是军人,是平
民,是喂牲口赶马车的。日军联队长想留栓柱给部队喂马,栓柱拒绝,因
为他还要寻找丢失的孩子。日军联队长又对他手中的风车感兴趣,要拿
一个馒头跟他换。栓柱再次拒绝,"万一孩子找不到,就剩这一个念想
了"。老马试图劝他先答应,保命要紧,但他推开馒头,想要拿回风车,结
果馒头掉在了地上,这激怒了日军联队长,联队长用刺刀挑起地上的馒
头,强迫栓柱吃下去,栓柱大怒,破口大骂,被联队长一刀从嘴里刺穿。目
睹这一切的老马吓坏了,一旁的日本厨子把他叫到面前,用刀子又起一片
蘸了芥末的生鱼片,挑到老马的嘴前,让他吃。老马不敢拒绝,战战兢兢
地张开嘴吞下。日本厨子问他好吃吗? 老马满眼是泪地说:辣! 在这一
段落中,编剧实际上用了两把刀,一把是日军联队长的刺刀,一把是日本
厨子手里切生鱼片的刀。前一把是杀人的凶器,后一把是制作美食的厨
具,但对老马和观众而言,这两把刀本质上是一样的,是可以肆意夺人性
命的恐怖之物。电影《梅兰芳》通过一把伞的辗转传递,来展现梅兰芳和
孟小冬二人情感关系的建立过程。两人初识,孟小冬为梅兰芳撑伞,而梅
兰芳将孟小冬遗落的这把伞带回了家,再到梅兰芳还伞,两人互表心意。
但梅孟二人终是离别,"伞就是散"。①

象征道具可以有实用价值,但同时又要超越实用价值,具有情感或理
念的审美价值。它们具有高密度能量的浓缩和扩展能力,能够引导观众
以小见大,感受到其背后隐藏的含义。观众对象征物的感知通常是在不
知不觉中产生的。但是,象征物不应该过于明显,因为过于直白会导致缺
乏韵味,比如许多电影都用"照片"作为情感象征物,这过于普遍和直白;
但也不应该过于微妙和晦涩,因为这会要求观众从故事情境中抽离出来,

① 陈凯歌. 梅飞色舞[M].南京:凤凰出版社,2009:65.

投入更多的注意力去思考象征的含义。

　　象征道具需要创新和巧思。当一个意象在不同的电影中被多次使用时,它的冲击力就会减弱。比如,风筝经常被用来象征自由与羁绊,如果仍要在电影中使用"风筝"这个意象,我们还能挖掘出新的含义吗?

剧本写作技巧

1. 常用技巧：侧写、伏笔、对比、留白

侧写是一种塑造人物的常用技巧，通过描述他人的动作和反应来刻画人物。这好比画一个正方形，不是通过画四条边去勾勒这个正方形的形状，而是将正方形的四周涂上颜色，从而凸显整个正方形的形状。

关于恐怖，我们可以描写令人惊悚、血腥或暴力的视觉场景来达成。但最恐怖的并非恐怖本身，而来源于对恐怖的想象。想象一下，当你踏入一座空城，你并未看到任何恐怖的东西，只有空无一人的街道、空无一人的房子，能听到的唯一声音只有自己的脚步声和呼吸声。这也许才是最恐怖的。坐过过山车的人都知道，最令人恐惧的并不是垂直九十度的大俯冲，而是到达顶峰之前的那一段缓慢爬升。对恐怖的想象进行描绘，是激发观众参与互动的有效侧写方式。

《教父》中，教父柯里昂派自己的手下去说服好莱坞电影老板，给他的义子强尼一个演电影的机会，但被拒绝了。第二天，好莱坞电影老板醒来，惊恐地发现自己的爱马的头被砍下，鲜血淋淋地放在他的被窝里。整个片段虽然没有出现柯里昂本人，但通过旁人的行动和反应，展现了他强硬的手腕和残暴的形象，令人胆寒。

伏笔,指的是在故事的某个位置预设一个铺垫,然后在故事的后半部分揭示其真正的戏剧功能。通常,伏笔会被放置在故事的前半部分,而其呼应点则在后部分,两者之间需要足够长的间隔,以免观众在还未忘记之前就看穿伏笔。伏笔应该看似闲笔,但当呼应点出现时,观众会意识到正是这些闲笔为情节的发展和转折提供了必要的合理性和必然性,从而备感惊喜。

在电影《汉江怪物》的开场中,朴南珠参加了一场射箭比赛,因心理素质不佳而错失了争夺金牌的机会,观众可能会认为这只是一个普通运动员的人物设定。但随着剧情推进,唯一能击败怪物的方式是远距离精准攻击。最终,朴南珠运用自己的专业射箭技巧,将一个火球射进怪物的口中,让它葬身于火海。观众这时才意识到朴南珠身份设定的真实用意,这是一个巧妙的伏笔,给观众带来了巨大的惊喜。

伏笔通常需要在剧情中存在两种以上可解读的戏剧功能。编剧通过"误导"观众,让观众以为伏笔的戏剧功能是 A,等到呼应点出现时才发现真正的戏剧功能是 B,既在意料之外又在情理之中。所谓误导,实际上就是在剧作中制造一种假象,把观众的注意力引导到编剧想让他们关注的地方,从而远离真相。

例如在《肖申克的救赎》中,安迪囚室墙上挂着一张女明星的海报。编剧通过一场集体看电影的戏,让观众误以为安迪喜欢这位女明星,所以才点名要此人的海报。而后瑞德又提及过一次安迪更换了海报,并向观众解释这是安迪为了消磨时间培养的兴趣,如同雕刻石头一样的爱好。观众此时一定认为这是男性囚犯寻求慰藉的正常需求。而且海报的出现与安迪越狱发生的时间间隔相当长,让人无法在两者之间产生关联性的联想。直到真相大揭秘之时,观众才恍然大悟,原来海报是一个非常重要的伏笔,它看似剧作中的闲笔,实际上却是推进剧情的关键道具。这是一个巧妙的伏笔,编剧通过误导观众的方式,让观众对海报的作用产生了误解,最终让观众在呼应点出现时惊喜地发现真相。

《教父》的第一场戏,让观众认为向教父柯里昂求助的博纳塞拉只是一个用来表现教父性格的工具性角色。但是,当故事发展到柯里昂的儿子山尼被仇家乱枪射杀之后,博纳塞拉再次出现,此时编剧才透露他的职业是殡葬师,柯里昂请求他帮助修复儿子的遗容:"我要你尽你一切的力量和技巧,好好为他化妆,我不要他母亲看到他这个样子。"此时,观众想起电影开场柯里昂答应帮助博纳塞拉的那句台词:"搞不好有一天或许这天永远不会来,我会求你帮点忙。"观众看到柯里昂不仅是一个黑帮教父,还是一个心怀爱子的父亲和怜爱妻子的丈夫。这个开场设计不仅让主人公出场,还与后面的情节有直接的因果关系,成了一个多功能场景。

伏笔与呼应,其实是剧作中某个元素的重复。重复使故事产生了一种完整感,这是设计故事结构的有效方法。虽然是重复,但在其中也存在着不同之处,故事通过重复来强调变化。重复可以是一个道具,比如《末代皇帝》中的蟋蟀。刚刚登基的溥仪只是一个 3 岁的小孩,面对太和殿前叩拜的文武群臣时,他的注意力完全被一位大臣怀中鸣叫的蟋蟀所吸引。而在电影的结尾,依然是太和殿,依然是溥仪,但物是人非。此时的溥仪已经从末代皇帝变成了中华人民共和国的一名普通公民,他从皇位后面找到了童年时的蟋蟀罐,送给了一个来故宫参观的小朋友。神奇的是,那个被尘封多年的蟋蟀罐里竟然爬出了一只活蟋蟀。两个时空通过魔幻的历史透镜,在此以超现实主义的手法奇妙地交汇了。

重复也可以是一个动作细节。在《霸王别姬》中,段小楼有两场"拍砖"的戏。一场在电影的开头,戏班子在街上卖艺遭到地痞流氓捣乱,少年段小楼为挽救场面,表演了"拍砖"的戏码,初显霸王本色;第二场是在"文化大革命"中被审查,段小楼被逼"拍砖",但砖没拍断,自己却头破血流,此时的他早已没了霸王的气势。两场"拍砖"写尽了一个人一生的沧桑变化。

对比,是指在同一情境下对不同的剧作元素进行并列展示和比较,凸显所要强调的焦点。比如,表现一个人很勇敢,可以通过正面写他与对手的抗争，而写另一人在面对同样情境所表现出的怯弱反应，则是用对比来凸显他的勇敢。

《再见，孩子们》中有一场两个男孩先后上钢琴课的戏。先是朱利安弹琴，一旁的教师心不在焉地修着指甲，并对他提出批评，然而等另一个男孩波奈特坐下来开始弹琴，教师起初还是在修指甲，后来被他的琴声所吸引，表情出现了微妙的变化，对波奈特投去十分欣赏的眼神。两个男孩的琴艺高低是以第三者的不同反应来呈现的，哪怕是对音乐一窍不通的观众，也可通过这种鲜明的对比获得准确的信息。

戏有时不用写满，水满则溢，言尽意失。留白，是再现可感的不可见，重点在于可感，也就是说被省略的部分是故事的重要组成部分之一，与故事可见部分关系密切，它的缺失会引起观众的关注，刺激其参与到故事的想象加工中来。例如古龙小说中的人物只有拔刀和收刀，对决瞬间完成，过程省略，留给读者想象空间。在《大菩萨岭》中机龙之助与宇津木文之丞比武这一场戏中，亦是运用留白之法。编剧并没有通过传统的激烈打斗，来让双方决胜负，而是用"以静写动"的方式，来表现决斗的惨烈。两人对峙甚久，但彼此都一招不发。宇津木文之丞一直在等待最佳出手的时机，即裁判宣布平局，机龙之助松了口气的那一刹那，宇津木文之丞突然向机龙之助出击，没想到机龙之助的反应速度如此惊人，在肉眼不可见的瞬间已将其击毙。所谓刀法，实为心法。

2. 剧作中的蒙太奇手法

剪辑工作通常不属于编剧的工作权责范围，但这不意味着编剧可以不懂剪辑。如果编剧有机会参与后期制作，就会在剪辑台上发现，有些在剧本中觉得很重要的场次，从剪辑角度来说是毫无必要的；而编剧觉得可以省略的有些场次，从影像角度却恰恰是必须的。所以编剧不仅仅只是文字的工作，同时也应该在脑海中进行影像创作。

以《教父》为例，迈克在教堂参加姐姐孩子的洗礼，与此同时他派出的手下正在四处清除柯里昂家族的敌人，这两个段落不断地交叉推进，构建了整部电影的高潮段落。如果编剧缺少蒙太奇思维，把这两个事件设计为先后发生的顺序，电影的高潮将变得平平无奇，世界电影史也将少了一个经典的平行蒙太奇段落。

有些电影会使用一组蒙太奇镜头组合段落来概括性地叙述人物的某一段时光，这种段落既有对具体场景的直接描绘，但同时镜头与镜头之间非连续性的时间跳跃又含有概括的意味，并且还常常伴随着旁白补充信息。在剧本写作时如果能合理运用这种蒙太奇手法，可以大幅提高信息传达的效率。

闪回也是电影中一种常见的蒙太奇手法。它是指在故事发展过程中，出于某种叙事需要，打断原有的叙事线，插入另一个事件，插入事件叙事完毕后，故事又回到原有的叙事线上。闪回通过影像再现已经发生过的事情，可以替代人物用对白讲述过去的事件。然而，闪回不宜出现在电影开场，因为此时观众尚未完全投入到故事情境中，无法凸显闪回段落与人物此时状态的不同时间和空间，容易造成观众理解上的障碍和混乱。

随着电影艺术的发展，观众的影像思维能力也在不断地进化。默片时代那些淡入淡出、叠化、黑屏等场景切换方式，除非追求特殊美学风格，如今的电影中已甚少使用。现在的观众早已能够接受电影场景的瞬间转换。例如，《瞬息全宇宙》中的女主角可以在几秒钟内在多个平行宇宙时空中来回穿梭，观众并不会感到任何观影障碍。

蒙太奇手法可以帮助电影形成一种独特的节奏，而在剧本中，这种节奏是指影像的节奏，而非文字的节奏。因此，如果在阅读剧本时，无法将文字转化成影像，而一味指责剧本节奏感不好的人，可能并没有真正读懂剧本。

蒙太奇手法是编剧必须掌握的基本创作手法，但请切记，它只是一种影像表现手法。再厉害、再花哨的蒙太奇手法，也无法掩盖故事本质的问题。故事本身永远是最重要的。

剧作中的道德与情感

1. 理智与情感

　　好的艺术应该具有感染力,而感染力的产生依赖于情感能量的支撑。当作品的感染力足够大时,即使是最冷漠的观众也无法对故事完全免疫,毕竟我们都是情感动物。情感是连接作者、故事人物和观众的纽带。在电影开始前,我们彼此并不认识,但通过故事中的情感,我们建立了紧密的联系。人物的情感变成了观众的情感,人物在银幕上哭泣或欢笑,观众在座位上也随之感到悲伤或喜悦。观众在观影过程中感同身受,化身为角色,情感得到了表达、释放和发泄,通过故事获得了平常难以获得的情感体验和满足。例如,我们看一部优秀的爱情电影时,总会不自觉地把自己当成故事中的他或她,爱上故事中的另一个主人公。当电影结束,走出影院时,我们仿佛亲身经历了一场漫长的恋爱。

　　有些编剧担心总是写关于亲情、友情、爱情的故事会过于俗套。剧作中的人物关系其实也是情感关系,父母兄弟姐妹对应亲情,同学同事对应着友情,也可能是爱情,人世间的情感分类不外乎这几种,而观众最能投入和共情的,也是这些他们曾经切身体验过的情感。所以故事情节可以很离奇,但情感应该日常化,例如,《瞬息全宇宙》的故事是基于多元宇宙概念的科幻设定,但故事的实质终究还是在讨论女主角伊芙琳与父亲、女儿、丈夫之间关于亲情与爱情的情感问题。

我们的日常生活大多是琐碎和平淡的,能够体验到极致情感的机会非常少。艺术创作正是提供这种宝贵体验的途径,能让人在电影院里又哭又笑的电影才是好电影。所以编剧的工作看似在构造一个故事,但实际上是在创造一个情感体验的过程。强烈的情感体验甚至会影响到观众的生理反应,例如惊险的场面会让我们呼吸急促,喜欢的异性角色会让我们内心小鹿乱撞,人物受到不公正待遇会引起我们的愤怒,而恐怖的场景则会让我们惊声尖叫。我们在电影场景中产生的反应与我们在真实生活中的反应几乎是一样的。虽然故事是虚构的,但观众在情感上会自动将其视为真实情境。

电影这种艺术形式,与论文不同,它主要通过情感来传达主题。故事的情节和人物是论证主题的论据,但真正能打动观众的是故事中所传递的情感。如果情感匮乏,即使故事情节再精彩,也难以打动观众的心。理性基于客观事实,情感则源自主观体验。理性务实,而情感务虚。在现实生活中,我们大部分时间的为人处世都是基于理性而非情感。以理性逻辑进行创作,故事容易概念化。理性压抑着情感,而故事可以帮助我们把心灵深处的情感从理性压制中解放出来。

故事的最终目标并不是要解决现实问题,理性也无法完全认识世界的真实面貌。情感是一种非理性的强大力量,例如爱和信仰的说服力可以超越理性。观众去电影院是为了在无须付出昂贵代价且安全的前提下,体验平时无法获取的高强度情感,而不是为了进行智性思辨。电影的故事讲述者就像一名催眠师,不仅要突破观众的理性防线,还要突破他们的感性防线,如此才能直抵观众内心,唤起他们的情感反应。

总而言之,选择理性可以权衡利弊,找到问题的最优解,但情感在故事中是可以超越理性的。不然为什么爱情故事中总是有人为了真爱而放弃自己的生命,罗密欧与朱丽叶这么做理性吗?观众之所以对许多主旋律电影的主人公缺乏认同感，正是因为这些人物完全屈从于理性原则，而牺牲了情感，令人觉得假大空，不近人情。如果能够把他们坚守理性原则的行动转化为是由情感所驱动，那么认同问题也就能得到解决。《三国演义》中智慧无双的诸葛亮指挥过无数次的经典战役，但给大家留下深刻印象的却是"挥泪斩马谡"。相反，若是一个反面人物非理性的"不道德行为"是由一种强有力的情感所驱动，对观众来说，这样的人物形象同样具有审美价值。电影《小丑》中的主角亚瑟是一个疯狂的杀手。虽然他的行为极端暴力、残忍，但是我们可以看到他的内心深处有着无尽的痛苦。他曾被人欺凌和排挤，精神问题困扰着他，令他无法融入社会。在他的内心中，渴望得到关注和爱，但是周围的人却一直忽视他，让他感到无助和孤独。他的暴力行为虽然不被社会所容忍，但是观众可以理解他背后的情感驱动。所以，无论是正面角色，还是负面角色，只要他的情感最终能够超越现实理性逻辑，便可能是一个好的人物形象，因为他实现了一种审美的价值，这种价值无涉道德，只关乎情感。

　　编剧一定要能够与笔下的人物共情，如果连编剧自己都无法体验人物的各种情感，又怎能期许观众会沉浸其中？知识是可以积累的，逻辑是可以训练的，但情感必须亲身体会才能获取的，没有别的方法可替代。日本作家渡边淳一说："一部小说由作家从过去获得的真情实感以及以此为基础形成的想象和虚构而构成。"①剧本亦同此理。在《导演的控制》一书中，曹保平导演有过这样一段关于编剧的描述："……其实你们哭的地方我都哭过，你们笑的地方我也都笑过，我都是拿针在试自己，这儿试试、那儿试试，试到哪儿最疼，我再写这个东西。"②所以编剧要去寻找那些可以引起观众情感反应的素材，以此进行创作，并在创作中通过直接的情感体验确认创作的成效。

①　渡边纯一.小说的诞生[M].青岛：青岛出版社，2020：15.
②　曹保平.导演的控制：从剧本《不法之徒》到电影《烈日灼心》[M].北京：中国青年出版社，2015：148～149.

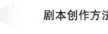

故事不仅需要在整体上有充沛的情感,每一段落和场景也应该各自包含不同的情感元素。随着剧情的推进,情感也会随之变化。许多故事的驱动力正是人物情感,许多人物的困境也都出在"情感难题"上。例如,《唐山大地震》中的李元妮在电影开场陷入了选择救儿子还是女儿的情感困境。毕竟两个孩子手心手背都是肉,这是何等艰难的抉择。

情感在剧作中不只是点,更是面,它是流动的,充沛在整个故事当中,是可被感知的。情感的格局可大可小,有关乎悲喜的个人情感,也有关乎国家民族忧患的大情感。在剧作中,表达情感主要有两种方式:动作和语言。但有时也可以通过电影中的一首歌来表达情感,旋律响起时便可以唤起观众的某种情感。

2. 剧本的道德伦理观

观众对一本正经的道德说教总是感到厌烦,真正好的电影主题也不应该是板着脸的道德教化。艺术的本质是探索人性,表达人性,它需要挣脱现实,面对社会规范提出一些越界的欲望和诉求。而道德对人性常常是规范和约束的。许多道德说教电影的主人公往往是道德上完美无缺的好人,这会令观众觉得乏味。即便电影的初衷是为了弘扬道德,也需要通过一个好故事来对观众进行潜移默化的影响,而不能直接喊口号。毕竟艺术最重要的任务是提供审美,美与善恶并非对立分明,而可以是错位的关系。恶人可以很美,比如东方不败,好人可以很丑,比如卡西莫多。再比如,好人可以做坏事,《爱》中亲手用枕头闷死挚爱的丈夫;坏人也可以做好事,在《新龙门客栈》里,杀人越货的客栈老板娘金镶玉与江湖义士一起对抗东厂宦官。

美与丑、善与恶都是现实生活中真实存在的,而且是并存于其中的,创作者不能只展示其中的一面。以恶为对照来描写善,比单纯描写善更突出、鲜明、有力。没有黑,哪里来的白呢?

有些人会对电影中的暴力呈现进行苛责,甚至把电影中的暴力与现实世界的犯罪进行关联。但是,暴力是社会生活中客观存在的一部分,作为反映现实生活的艺术形式,电影中呈现暴力是很自然的事情。此外,暴力场景并不一定具有负面价值。否则,那些战争、动作、武侠题材的电影里的大量暴力场面,难道都应该被禁止吗?如果删除了这些场面,这些电影还能被称作为战争片、动作片或武侠片吗?所以,问题并不在于暴力本身,而在于如何呈现暴力。实际上,大部分电影对暴力的态度都是十分明确的:只有站在正义的一边,才能获得认同。这与现实世界的暴力犯罪是完全不同的。

早期的电影注重黑白分明的善恶观,而现代电影受到现代文学的影响,道德界限相对模糊,许多电影中的主人公往往扮演着正邪两面的角色,处在法律和道德的边缘。当道德和法律发生冲突时,观众通常更倾向于道德。如果人物的违法行为是出于某种道德要求,观众甚至会接受并认同这种违法行为。比如电影《我不是药神》中的主人公程勇,他从印度代购低价药品,帮助患有慢性粒细胞白血病的病人延续生命。从法律层面来看,程勇确实犯了走私和销售假药罪,但从道德角度来看,他是高尚的,观众对他的认同不会因为他违反法律而改变。还有武侠片中的侠客和黑帮片中的教父等角色,从法律的角度来看,他们可能是"坏人",但他们的"坏"情有可原,甚至是对现实不公的反抗,所以在观众的眼中,他们并非真正的坏人。

如果是道德与情感之间发生冲突呢?比如主人公为了真爱,是否应该离开与他完全没有任何情感的伴侣和孩子?如果离开必然不道德,但如果选择违心留下,无论对自己,还是对真爱或者对伴侣同样也是情感上的不负责任。这个问题处理不好,观众很容易会失去对主人公的认同。情感的幸福导致道德上的痛苦,而坚守道德则可能会导致情感的缺失,这是一个非常难以平衡和取舍的人生终极难题。《廊桥遗梦》和《小城之春》的主人公都选择了坚守道德,尽管这让他们在情感上留下了遗憾,但这种处理方式让观众可以在一个道德安全的框架下审美"不伦之恋"。

道德评判是否应该基于社会主流意见？社会主流意见一定是正确的吗？在电影《被告山杠爷》中，村支书山杠爷用大家长制的威权方式管理村庄，他的暴力手段严重侵犯了那些不遵守村规的村民的个人权利，最终触犯了法律。然而，大多数村民认为他的所作所为都是出于公心，仍然十分支持他，这是当时整个村庄的主流意见。但是这个主流意见是正确的吗？电影结尾，山杠爷被戴上手铐并坐上警车，村民们依依不舍地前来送行的场景令人心酸。如果这个故事发生在当下，山杠爷的行为会得到多少村民的认同？会有多少村民为山杠爷接受法律制裁而感到不公和遗憾？道德评判的标准和社会主流意见是有时代局限性的。在古代中国，女子被要求遵从三从四德，如今看来这是对女性的严重歧视和束缚。在古代小说中，英雄可以随意杀人，砍下几个人头，但按照当下的道德标准，这叫滥杀无辜。当时对英雄有一条不可逾越的道德金线，即不近女色。人物一旦破戒，就很难称之为英雄。若按今日的标准，英雄不爱美人，岂不假正经？

　　在现实生活中，我们总是厌恶坏人，唯恐避之不及。但是在电影中，坏人却总是吸引着观众的注意力，这是因为坏人可以揭示每个人内心深处的黑暗面。只有洞察人性中的黑暗面，我们才能真正理解真、善、美的珍贵。这对观众的心灵来说是一种警醒，也是一种净化。

　　最后，请记住：编剧并不是主角，剧本中的每个人物都有不同的价值观和道德标准，编剧不能用自己的道德标准要求人物。即使编剧本性纯善，也可以在故事中小偷小摸、欺行霸市、杀人放火，只要符合人物设定即可。在剧本写作中，编剧要学会换位思考，即把自己想象成角色来写，而不是把角色当成自己来写。

3. "两难"是一道关于人生的辩论题

　　就故事的大结构而言，"两难"对主人公来说就是要在新旧两种生活中进行选择。选择旧生活代表安全,但同时也意味着无法摆脱困境;选择新生活代表危险,但却有可能获得新的生机。对主人公而言,两者都有利有弊,难以取舍。在故事高潮之前,主人公通常会选择继续过旧生活,放弃自我来换取安全。直到高潮情节,主人公才会冒着巨大风险选择新生活,并为此付出代价,最终收获新生。

对主人公来说之所以是"两难",是因为无论做出哪一个选择,得其一必失其一,需要付出不同的代价。比如,同伴陷入险境,救同伴可能会冒着生命危险,不救则会承受道德上的负担。再比如,主人公需要在赢得自己的爱情和追求事业之间做出选择,放弃其中一个。

两难抉择若只是在善恶之间做抉择,哪怕代价再大,观众也会认为择善是理所当然的事情。若两难选择是在善与善之间做选择呢? 两个人同时落水,只能救一个,你选择救谁呢? 两难并非正确与错误的简单对立,更多的是正确与正确之间的冲突和选择。

《指环王》的主人公弗罗多面临着两难抉择:如果他将魔戒护送到末日山脉的烈焰中销毁,他就会失去奴役世界的力量;如果他选择将魔戒占为己有,他就会失去曾经珍视的一切美好。我们需要让观众清楚地认识到主人公所面临的两难抉择是什么,以及天平的两端放置的是什么砝码。如果代价不足,选择就不会艰难,那么"两难"的困境也就无法建立。"两难"的双方砝码需要"等价"。比如爱情、生命、信仰、道德、尊严、金钱、家庭等都可以作为"等价物"放在天平两端,让主人公难以抉择。为了爱情,你会牺牲你的生命吗? 为了信仰,你会违背道德吗? 金钱可以让你放弃尊严吗? 在电影《色,戒》中,王佳芝为什么在暗杀易先生的关键时刻会如此纠结? 对于她来说,是什么样的砝码放在了天平的另一端,比"爱国"还重呢?

如果主人公所面临的困境只有一种解决路径可以选择,并且必须选择,那么他就不会产生内心冲突,只需要执行便可。但是,如果有两个选择,或者有不选择的自由,那么他就会产生内心冲突。他会思考,如果不选择,能否暂时保障自己的安全?如果选择,那么该选择哪一条路?在现实中,我们总是本能地选择对自己最有利的选项。但在故事中,主人公往往最终会选择那条看上去最艰辛的道路,因为这是他经过激烈内心冲突后选择的信念。信念本身就是意义和价值,无论结果成败。

两难选择实际上是故事结构中主题的展现。在高潮部分,主人公面临的两难选择便是主题的正题和反题。在现实生活中,大部分人可能会选择介于正题和反题之间的中间道路,但在故事中,主人公一定会选择正题。正题不是真理,也不是万无一失的选择,但它一定是最有意义的选择。

第七章
剧本的定位

第一节

悲剧与喜剧

1. 悲剧：性格决定命运

悲剧最早诞生于古希腊。古希腊人认为悲剧是看不见的命运之手造成的，人无法掌控自己的人生，最典型的作品如《俄狄浦斯王》。命运是具有哲学意味的终极命题，也是文学作品永恒的母题。关于是否真的有所谓命运的存在，谁也没有答案，所以我们才一而再，再而三地在故事中讨论。

大多数悲剧的主人公明知自己的命运走向，却无力挣脱，最终一步步走向毁灭的结局。与命运抗争，明知不可为而为之，可视为悲剧英雄。在爱情悲剧中，往往主人公从故事一开始就知道彼此不可能，总有一天会失去，却又拼命地想紧紧抓住，好比明知是鸩酒，也要心甘情愿地喝下。《绿洲》的主人公是一个因车祸犯有过失杀人罪而被判刑的人，他爱上了一个重度脑瘫女孩，而这个女孩正是车祸受害者的女儿。两人的爱情无法被身边人和社会所理解，注定是一场爱情悲剧。《色，戒》中的爱国青年王佳芝爱上了汉奸易先生，在这个悲剧中，她是正义一方的背叛者，但却是情感的英雄。

屈从命运、随波逐流者为庸人或弱者，但面对强大的时代命运，有些人即便无力抗争，仍可保持内心的操守、为人的底线，以及向善的美德，

《霸王别姬》中的程蝶衣在影片后半部分的禁锢时代中，仍竭力保持自己的生活方式、内心的真挚与自由，我们不妨认为他也是一位悲剧英雄。《被嫌弃的松子的一生》中的松子如片名所示，过着不断被嫌弃、伤痕累累的一生，却一直怀抱着对生活的希望和对爱的信仰，直到生命最后一刻，令观众无比动容。

无视命运、投机命运或为所欲为者是人生的赌徒，很难成为悲剧的主人公。因为悲剧对主人公是有要求的，他们应该是"高贵"的，有信仰的。他们不一定是道德意义上的好人，但需要有自己的原则和坚持。所以反面角色，或者所谓的坏人也可以成为悲剧的主人公，特别是坏人想要变好，或者试图改变自己的那一刻，他就变得"高贵"，有时是比正面角色更具动人的。例如，《绿洲》中的洪忠都就是一个典型的例子。

悲剧的另一个常见成因源于人物的性格。莎士比亚名剧《奥赛罗》讲述的是将军奥赛罗轻信伊阿古的谗言，萌生嫉妒之心，最终杀死自己妻子的悲剧。轻信和嫉妒正是奥赛罗无法克服的性格缺陷，因此导致悲剧的发生。故而，我们常说性格决定命运。爱笑的女生运气不会差，这当然是句玩笑话，但也自有其道理。爱笑是因为生活态度乐观，有这种性格的人，必然会更积极地去面对命运的挑战，自然也会获得更多的机遇。

悲剧的最终发生一定伴随着一个重要时刻：主人公为时已晚的自我觉醒。当主人公意识到悲剧结局的到来和不可逆转时，他才发现自己真正的问题所在。此时再想踩刹车已经为时已晚。悲剧的视角尤为重要，观众总是早于主人公来到这个重大时刻，清晰地看见主人公的命运和可预知的结局，却无力唤醒主人公，只能眼睁睁地看着主人公走向不归路。悲剧的结局也有可能是人物的主动选择。在《嫌疑人X的献身》中，花冈靖子杀死了前夫，而深爱她的邻居石神设计了一个几乎天衣无缝的计划，来帮助她逃避法律的制裁。然而，对手汤川学的侦破调查让事实真相逐渐浮出水面，石神的计划最终以失败告终，并为此付出惨重的代价。石神主动选择了牺牲自己的方式，来成全所爱之人的幸福。这种注定会以失败告终的行为充满了强烈的悲剧色彩,令人唏嘘不已。

从生物学角度看,人性格的某一部分来自基因,这是先天决定的,无法被人所左右。因此,从这个角度来看,性格本身就是命运的一部分。先天和后天两种成因归为一类,这就是悲剧的必然性。在故事中,我们常常看到某些悲剧是由偶然事件引起的,比如人物一时冲动误杀了亲人,或者人物发生交通事故导致伤残。然而,在这些看似偶然的事件背后,往往隐藏着某种必然性。一时冲动的误杀,可能源于对方是常年家暴自己的丈夫,这是一个家庭悲剧,是丈夫的肆无忌惮和妻子长期隐忍性格的对抗。而车祸可能是由于丈夫在战场上阵亡,留下独自抚养三个孩子的单亲妈妈为了抗争不公的命运,拼命工作疲劳驾驶所致。可见,悲剧的本质在其不仅仅只是一场意外。

写悲剧故事时,可以注意运用两种常见技巧。第一种是在悲剧发生之前,呈现一些具有正面价值的美好事物,比如主人公的亲情、友情、爱情、事业等。描述这些美好的事物,可以更好地突出悲剧的残酷和无情,让观众感受到生命的脆弱和珍贵。第二种技巧是通过描写周围人物对主人公遭遇的反应来衬托出悲剧的效果。比如,当主人公遭遇悲惨的命运时,有些人可能会感到同情和悲痛,而有些人则可能会对主人公表示冷漠或嘲笑。

2. 喜剧:无实质伤害的困境

喜剧的"喜",指的是观众的"喜",而非剧中人的"喜",而且观众的"喜"很大程度来自剧中人的痛苦。痛苦是因为剧中人处于某种困境,但这种困境不会给人物带来实质性的伤害,而仅仅是一时的麻烦,否则观众的情感会从"幸灾乐祸"转为"同情",观众也就不会感到"喜",而会转为"悲"。"滑稽诉之于纯粹的智能,笑和情感水火不容。无论你描绘的缺点怎样轻微,如果你激起了我的同情、恐怖或者怜悯,我就不能笑这个缺点。"①柏格森认为观众的不动感情是滑稽能否成立的根本条件。

《功夫》中,周星驰扮演的阿星和他的朋友胖子想要加入斧头帮。然而,他们需要证明自己的能力,必须先杀人。于是,两人决定前往猪笼城寨偷袭包租婆。阿星首先射出一把匕首,却不幸被房梁反弹,刺入了他的左肩。之后,他示意让胖子扔匕首,但结果胖子扔歪了,把匕首插进了阿星的右肩。接着,胖子准备再次扔匕首,但在向后甩匕首的时候,却直接把匕首插入阿星的右肩,刀把被甩出去了。胖子转身发现阿星身上多了一把匕首,怀疑是自己刚刚扔出去的那把,于是他拔出匕首确认,但阿星试图阻止他,结果胖子又把匕首插回了阿星的肩膀。此时,阿星艰难地站起来想要离开,但被包租婆发现了。胖子举起旁边的铁笼子想要吓唬包租婆,结果把笼子里的蛇全倒到了阿星身上。阿星十分害怕,但胖子安慰他说蛇最喜欢听音乐,只要吹口哨,就不会咬人。但结果阿星一吹口哨,两只蛇却狠狠地咬了他。

《功夫》海报

(编剧:曾瑾昌　陈文强　周星驰　霍昕)

---

① 柏格森.笑:论滑稽的意义[M].北京:中国戏剧出版社,1980:85.

在这个片段中阿星本来是要去杀人，结果却和胖子出现各种乌龙事件，搞得自己满身是伤。但无论是挨了三四刀，还是被蛇咬，电影都没有表现血淋淋的场景，阿星看上去并没有受到真正的伤害，于是观众不必替他担心，而只会感到有些幸灾乐祸。

喜剧人物为了解决困境，往往会采取违背常理、看上去不具备可行性的行动。

《人在囧途》中，王宝强扮演的挤奶工牛耿第一次坐飞机，随身携带的一大桶牛奶无法通过安检。他有些不舍，也不愿意重新托运安检，于是一口气将整桶牛奶全部喝完。按照普通人的正常反应，最明智的做法是放弃这瓶牛奶或者重新托运，但牛耿的反应显然超乎寻常。毕竟那不是一瓶饮料，而是一整桶的牛奶。这种略带夸张、非理性的人物动作设计凸显了人物过分较真的性格问题，令观众产生心理层面的优越感，但同时观众也会感受到角色的可爱，毕竟这种行为无伤大雅。

短片《满足欲望》中的丈夫为了维持家庭的稳定和生活的平衡，居然向太太承认了莫须有情人的存在，并十分荒唐地虚构了关于这个并不存在的女人的一切，令人啼笑皆非。《驴得水》亦是如此，电影中的乡村小学老师面临教育部特派员的视察，为了掩盖吃空饷的事实，竟然让一个小铁匠冒充英文老师来应对上级的检查。

喜剧人物面对困境总是报以乐观的心态，在追求目标的过程中总是带有积极的心态，总是以十分严肃认真的态度对待自己所采取的行动。《甲方乙方》中书店老板体验巴顿将军驰骋战场的一天，以下是他与"好梦一日游"员工在作战室的对话。

书店老板：布莱德利。

钱　康：有！

书店老板：你的部队现在在哪里啊？

钱　康：我的部队现在已经到达了玄武门。

《甲方乙方》海报

（编剧：冯小刚　王刚）

书店老板：梁军长。

梁　子：有！

书店老板：你的部队，现在在哪里？

梁　子：我的部队已经攻占了夫子庙。

书店老板：太慢了，你们必须在今天下午午时以前攻占这个……这个
　　　　　新街口。蒙蒂的部队现在在哪里呀？

梁　子：他们昨天就已经攻占了……

钱　康：孝陵卫。

梁　子：孝陵卫，现在正在鸡鸣寺一带布防。

书店老板：姚司令，你的部队在哪里啊？

姚远：我的装甲师还在雨花台，我遭到了党卫军的反攻，我的部队损
　　　失惨重，还剩下五辆坦克了。我的参谋长也战死了。

书店老板：梁军长，从现在开始你接替姚司令指挥。姚司令，你会受到国葬待遇，我会照顾好南希和她的三个孩子。拉出去！[①]

"巴顿将军"部署美军与德军作战计划时，因为找不到德国地图，他们便用南京地图作替代，于是整个对话变成了半中半洋的奇妙混搭。最令人忍俊不禁的是，在场的每一个人都没有因为这个荒唐的错误而敷衍，而是以十分严肃认真的态度去应对，形成了具有一种强烈反差的喜剧效果。

喜剧其实和其他故事类型一样，最重要的是人物性格。我们往往通过一个人物的动作和语言来判断他是否具有喜感，而人物的动作和语言其实都是性格的延伸。因此，一个好的喜剧人物的成功塑造，归根结底是对于他喜剧性格的塑造。

喜剧人物的性格缺陷，例如贪婪、吝啬、懒惰、胆小、自大等。这些缺陷其实也是我们现实中每个人身上可能存在的。喜剧通过语言和动作将这些性格缺陷进行夸张和变形，并且不会造成实质性伤害，于是观众可以以一种安全的方式去审视自身可能存在的同样的问题。例如，《甲方乙方》中那个藏不住秘密的厨子就是一个典型的喜剧人物，他的性格缺陷是嘴巴不严，不能保守秘密。他想要体验一下嘴严的滋味，于是"好梦一日游公司"的人对他进行煞有介事的"严刑逼供"，观众知道一切都只是在演戏，所以并不会为他担心。而厨子十分胆小，把假戏当真了，根本无须动手，他就将秘密全盘托出了。

当我们把喜剧人物的性格缺陷这个维度放大，它就会在心理和行动上产生一种偏执。《喜剧之王》中的尹天仇是一个群众演员，在片场扮演中枪倒地的尸体，演到一半，他却挣扎地爬起来在镜头前晃荡，他的理由是"因为我设计的角色性格是比较调皮的，所以我内心的潜台词是我还不想死"。这种荒唐的行为逻辑，来自他性格中对表演艺术走火入魔般的痴

①　摘自电影《甲方乙方》的片段。

迷,而他自己并没有意识到这种行为会影响电影的拍摄进度,因为在他心里表演是高于一切的,这是喜剧人物的一个重要特征:因为偏执,所以违背常识和脱离现实。所以当尹天仇第二次获得表演机会的时候,他再次表现出了他的偏执。片场出现一只蟑螂令女明星花容失色,剧组工作人员追打蟑螂,蟑螂爬到了这次依然扮演尸体的尹天仇身上,众人对着尹天仇一顿踩,他一声不吭,一动不动。尹天仇的理由是"刚才导演没有喊停,而我是一具尸体,所以我不可以动"。同样,因为对表演的执着,而不惜自己的身体受到伤害,这同样是违背常识和脱离现实的。当然,这种"伤害"是非实质的,是没有后遗症的,是可以立刻恢复的。如果他被打了一顿而被鉴定为重伤入院治疗,观众自然笑不出来。

《乔乔的异想世界》是一部以一个生活在纳粹德国时期小男孩的视角展开的反战电影。其中有一段盖世太保到主人公的家里进行搜查的戏。

(乔乔开门。

一群戴着黑帽穿着黑色风衣的盖世太保站在门口)

盖世太保头子:希特勒万岁!自我介绍一下,我是福尔肯海姆国家秘密警察队的赫尔曼迪尔兹上尉。和我一起的有穆勒先生、容克先生、克鲁姆先生和弗罗施先生。我们可以进来吗?

(乔乔愣住了)

盖世太保头子:非常感谢。

(盖世太保们走进屋子,一边和乔乔打招呼)

盖世太保头子:希特勒万岁。

乔　乔:希特勒万岁。

盖世太保甲:希特勒万岁。

乔　乔:希特勒万岁。

盖世太保乙:希特勒万岁。

乔　乔:希特勒万岁。

盖世太保丙：希特勒万岁。

乔　乔：希特勒万岁。

盖世太保丁：希特勒万岁。

乔　乔：希特勒万岁。

（盖世太保们开始在屋子里进行搜查，乔乔站在一旁很紧张。

此时乔乔的朋友党卫军克伦琴多夫队长走了进来）

克伦琴多夫：嘿，乔乔。嘿，各位，很高兴见到你们。我的自行车爆胎
　　了，只能一路扛过来。

盖世太保头子：克伦琴多夫队长。希特勒万岁。

克伦琴多夫：希特勒万岁。

盖世太保甲：希特勒万岁。

克伦琴多夫：希特勒万岁。

盖世太保乙：希特勒万岁。

克伦琴多夫：希特勒万岁。

盖世太保丙：希特勒万岁。

克伦琴多夫：希特勒万岁。

盖世太保丁：希特勒万岁。

克伦琴多夫：希特勒万岁。

克伦琴多夫（喘了一口气，指着卫兵问）：你们认识弗雷德·芬克
　　尔吗？

盖世太保头子：希特勒万岁。

弗雷德·芬克尔：希特勒万岁。

盖世太保甲：希特勒万岁。

弗雷德·芬克尔：希特勒万岁。

盖世太保乙：希特勒万岁。

弗雷德·芬克尔：希特勒万岁。

盖世太保丙：希特勒万岁。

弗雷德·芬克尔：希特勒万岁。

盖世太保丁：希特勒万岁。

弗雷德·芬克尔：希特勒万岁。

克伦琴多夫：好了，我错过了什么吗？

盖世太保头子：没有，没有。我们只是和这个男孩，还有你打招呼"希特勒万岁"，还有弗雷德·芬克尔。[1]

《乔乔的异想世界》剧照

---

[1] 摘自电影《乔乔的异想世界》的片段。

这场戏描述角色之间打招呼，用了整整三十多个"希特勒万岁"。这种十分机械且荒诞的手法表现了当时德国纳粹体制的高压和僵化，同时也调侃了德国人的刻板和偏执的行事风格。正如柏格森所言："凡与精神有关而结果却把我们的注意力吸引到人的身体上去的事情都是滑稽的。"①在这场戏中，人被异化成了只会做机械动作的机器，而滑稽感就产生自那些"镶嵌在活的东西上面的机械的东西"②。

丹麦短片《满足欲望》讲述了一个中年男人为了改变一成不变的生活而欺骗妻子给自己放了一个小小的假期。但是当他回来后，却被妻子误会在外面有了外遇。无论如何解释，妻子笃信丈夫有一个情人，丈夫无法证明一个本来就不存在的人的不存在，于是他只能虚构一个情人来维持家庭生活的平衡。这个故事的喜剧核心同样源于妻子的偏执。她的逻辑是只要丈夫承认出轨，那至少两人之间还是坦诚的。她可以在不破坏家庭的前提下，接受与情人共存的模式。这个人物的偏执也许不合常理，但却有合理的情感依据，那就是她对丈夫的深爱。

喜剧人物的成长虽然不像正剧英雄的弧线那么大，但只要他意识到自己的性格缺陷，并试图进行改正，愿意为他人做出自我牺牲，他便实现了人物的成长，例如《泰囧》中的徐朗。而喜剧中的配角因为性格的一面被放大，相对来说比较容易类型化和概念化，《泰囧》中的王宝和高博则是此类。若是情景喜剧则不然，每个角色上一集犯了什么错误，下一集依然会在上面栽跟头，上一季是什么状态，下一季依然没有太大变化，观众就是喜欢他们可爱的性格缺陷，喜欢看他们一次次地犯错误，却依然保持乐观的精神。一旦他们成长了，观众也就失去继续往下追剧的欲望，故事也就该终结了。

喜剧人物的搭配需要有化学作用。例如，常见的搭配模式是"没头脑"与"不高兴"。通常情况下，"不高兴"扮演主角，"没头脑"则是对手、助

① 柏格森.笑：论滑稽的意义[M].北京：中国戏剧出版社，1980：31.
② 柏格森.笑：论滑稽的意义[M].北京：中国戏剧出版社，1980：23.

手或导师的角色。"没头脑"总是搞不清状况,而"不高兴"擅长澄清状况,但却没有解决问题的能力。因此,"不高兴"需要不断地压制"没头脑",而"没头脑"总是像弹簧一样反弹。例如《泰囧》中的徐朗和王宝、《功夫》中的阿星和胖子都是这种搭配模式。这种搭配模式能够产生有效的戏剧张力。在剧情中,"没头脑"不断地制造问题,"不高兴"则不断尝试解决问题,但最终结果总是失败。尽管"没头脑"看起来很傻,但总是能在最关键的时刻用语言或行动启发"不高兴",帮助"不高兴"成长。这种搭配模式成功的关键在于两个人物之间的化学反应。

喜剧的视角问题:角色对自身处境所知越多,喜剧效果就越弱。喜剧人物总是"不自知"的,"只有在我们身上的某一方面逃脱我们的意识的控制的时候,我们才会变得可笑"。即便生活中存在各种问题,喜剧人物仍然会"自得其乐",搞不清状况,或者比其他人慢半拍搞清楚状况。比如我们常常在电影中看到一个角色在说另一个不在场角色的坏话,但他并不知道此时那个人正站在他身后,或者其实站在眼前听他讲话的那个人就是正主。

而从观众的视角而言,喜剧人物的努力注定是失败的(这里的失败不是指最终的结局,而是指故事进程中的具体情境)。这种视角的信息差,会令观众产生优越感,而又因为喜剧人物不会受到真正的伤害,所以观众可以放心地幸灾乐祸。

另外,因为观众已经接受喜剧与现实距离较远的设定,所以在喜剧中,喜剧情节对"巧合"更加宽容。一般来说,"巧合"被用来为人物制造困境。例如,一个小偷费尽千辛万苦地翻越围墙,成功摆脱了身后警察的追击,没想到墙的另一头竟然是派出所的院子。

人生本就是悲剧和喜剧的大合集,极致的悲剧和极致的喜剧都会显得不那么真实,只有悲中带喜,或是喜中带悲,才是高级的悲剧和喜剧。

剧作的类型与样式

1. 类型片写作

写剧本应该对故事本身的类型有清晰的定位，因为剧本是为最终生产的影像作品服务。比如说，如果你要写一部推理片，就需要先明确你要写的是哪一种类型的推理片。如果你写的是本格派推理剧本，那么你的剧本应该更侧重于诡计的设计，而不是人物塑造。但如果你写的是社会派推理剧本或者硬汉派推理剧本，那么人物复杂的性格、丰富的心理活动及成长变化就会更加重要，而诡计则排在次要的位置。

类型是一个已被验证过的有效的叙事框架。创作类型故事需要对不同类型的主题、情节、结构、角色塑造的不同要求熟练掌握，同时还需要在类型框架下进行局部创新，让故事既符合观众的心理期待，同时又给予观众新鲜感。追求完全意义上的绝对原创，既不科学也无必要，每一个编剧都是站在前人的肩膀上进行创作，要学会尊重类型规律。

比如我们写一个奇幻电影，主人公拥有某种超能力，那么同时也需要为他设定一个限制。因为有了限制，主人公才会遭遇困境，故事才会产生戏剧张力。如果主人公无所不能，可轻而易举地克服所有困境，达成目标，那么故事就会变得索然无味。所以我们必须先为这个故事制定一个明确的游戏规则,让观众清晰地看到主人公的软肋在哪里。比如《人生遥控器》的主人公获得了一个可以快进人生的神奇遥控器,这个遥控器可以帮他跳过所有他想逃避的人生环节,但有游戏规则限制:遥控器会自动智能地执行主人公的记忆偏好,无论主人公是否愿意快进。

如果是科幻类的电影,剧本最重要的是世界观的设定。在整个故事中,世界的运行规则是什么?大到星球与星球之间的关系,小到人物应该穿什么样的鞋。规则越清晰,细节越多,这个世界就显得越真实。《流浪地球》改编自刘慈欣的小说,虽然有原著为依托,电影编剧依然为这个故事中的未来世界编造了一段大约 100 年的编年史,他们认为"有了这些东西才可以构成这个世界,才能让你相信"。[①]

无论是奇幻,还是科幻,都是故事假定性很强的类型片。观众一般都具有类型片的观影经验,接受故事设定并不困难,难的是让故事的整体都变得真实可信,让观众可以全情投入。虽然这些类型片看上去与现实世界距离遥远,但这反而要求故事中的人物和细节要根植于现实生活,令观众觉得人物的所思所想、所言所行都是符合现实情理逻辑的。无论是外星人,还是会飞的僵尸,其实与邻居家的讨厌小孩或你暗恋的同桌,并无区别。

爱情的发生既是人性的本能,同时又受社会伦理道德规范的约束。这两者之间存在着天然的矛盾冲突。这也是为什么爱情是永恒的故事类型。所以写一个爱情电影,首先,需要明确这个故事的核心冲突是什么,即这段爱情关系中的主要障碍是什么。这个障碍可能是阶层差异、年龄差异、性格差异、疾病、异地、第三者、七年之痒等。故事围绕这个障碍展开情节,主人公最终会意识到若无法与对方在一起,就无法成为真正的自己,于是奋力克服一切障碍以期能获得爱情的圆满。

其次,我们需要编织主要人物之间的关系。在传统的爱情片中,通常

---

① 朔方.《流浪地球》电影制作手记[M].北京:人民交通出版社股份有限公司,2019:25.

会有第三方作为主要的对手,此时爱情双方的关系更像是盟友;但如果是单一主人公寻找爱情的故事,那么被追求者就是追求者在故事中最大的障碍。一般来说,追求者需要成长和变化,只有他克服自身的缺陷或内心冲突,才能获得被追求者的爱情,被追求者则不一定需要成长;而如果以双主人公的视角平行驱动故事,那么爱情双方互为对手,两人彼此互有好感,但也有对方无法忍受的性格瑕疵,双方都需要成长,最终才能从对抗走向统一。并不是所有的爱情片最后都会有情人终成眷属。比如甲爱上了乙,但乙对甲并没有感觉,但甲不放弃,历经波折终于让乙爱上了他(她),但此时甲却发现自己已经不再爱乙了,可能他真正爱的是另外一个人。时间改变了爱情,也验证了爱情。虽然爱情片有许多模式与方法可借鉴,但最终决定故事成败的不是编剧关于爱情知识的储备,而是编剧自身的情感体验和感性认知,因为爱情片最重要的是以"情"取胜。

再比如说,传记片一般会截取主人公的一些重要人生片段进行组合,来展示他的生命历程。传记片一般不会遵循三幕剧式的叙事结构来进行情节安排。观众也不会以此结构要求这种类型的电影。传记片对人物塑造的要求要远远高于对情节设计的要求,因为情节本身受限于主人公真实的经历,能够艺术加工的弹性有限。因此,对于编剧来说,需要对主人公进行深度研究和挖掘,找到他最核心的欲望和内心冲突所在。这是支撑整部传记电影的生命线。

棋圣吴清源出生于 1914 年,逝世于 2014 年。他经历了传奇般跌宕起伏的百年人生。电影《吴清源》的情节主体主要选取他从 20 世纪 30 年代进入日本棋坛到晚年从棋坛引退这一区间的人生经历进行表现。电影紧紧抓住"信仰"和"围棋"这两个吴清源生命中最重要的支柱进行深度挖掘。

总之,类型片的剧本必须满足观众对特定类型片的观影期待和情感体验的需求。恐怖片没有恐怖场景,推理片没有完美的诡计,悬疑片没有重重谜团,这都是编剧对观众的犯罪。如今电影市场中的类型片越来越多样,许多电影是多种类型元素的混搭,比如恐怖喜剧、僵尸爱情片、科幻推理等,这就要求编剧在类型片创作中既要对类型本身有充分的了解和研究,更要大胆地进行突破与创新。

那么艺术电影和商业类型片的剧作又有何差别?对于商业类型片的剧作而言,故事最为重要;而对于艺术电影而言,更注重的是美学风格和艺术思考。商业片通过跌宕起伏的情节设计和炫目的视听手段直接激发观众的情绪和心理反应,艺术电影则更注重引发观众的深度思考。因此商业片的剧作一般要求主题明确、结构清晰、情节曲折、人物性格鲜明,而艺术电影则要求主题有深度且多义、弱情节或反情节、人物性格复杂多层次。

剧本的本质都是故事,无论是电影、电视剧、话剧,甚至是游戏脚本,我们需要厘清它们各自的差异。以现在的网络在线游戏为例,游戏的开发者负责开发这个故事世界的设定,并将一部分创作权利让渡给观众。观众即玩家,他们扮演角色,成为故事的一部分,同时也成为书写故事的作者之一。作者、观众、角色三者在网络游戏中相互叠加,创造了新的故事体验。故事就像生物一样,在时代环境的变化中不断演化成新形态,但无论技术如何进步,载体如何改变,故事的本质从未改变,它始终是关于人物遭遇困境并试图改变困境这一历程的故事。

不同性别、年龄、地域、教育程度的观众,对影视作品的偏好必然会有所差异。但依照不同标准划分的观众群体的边界并非泾渭分明,它们之间往往因为某个共同点而产生交集。而且观众也是在不断动态变化的,他们的审美、喜好、趣味、认知都在随着社会的发展和生活的变化而随之改变,并不存在某种类型对某个观众群绝对有效,或者与某个观众群绝缘的情况。所以编剧不应过分执着于对这种观众群差异的研究,真正意义上的好故事总是可以跨越这些藩篱,收获最大公约数的观众。创作需要有观众意识,有类型意识,但不应完全被市场所左右。

2. 高概念电影

高概念电影是指作品往往依赖于一个简单、明确的概念就能吸引观众的注意力。这个概念一般要具有独特性，有可视觉化的元素，容易让观众理解，并可以让观众产生强烈共鸣。虽然高概念电影通常指的是商业电影，但许多艺术电影具有强烈的概念性和独特的原创性，并运用别具一格的艺术风格去表现，也同样符合高概念电影的定义。

高概念电影的"高概念"有时等同于戏核，有时则是指整部戏剧前提的背景设定，一般都能简明扼要地归纳为一句话。比如之前关于戏核的章节提到的，《七武士》的戏核是"七个武士受农民雇用保护面临山贼侵犯的村庄"，《肖申克的救赎》的戏核是"一个银行家计划了十几年的一场越狱"，《盗梦空间》的戏核是"潜入别人的梦境作案"；再比如《侏罗纪公园》的背景设定是"假如恐龙复活了"，《本杰明·巴顿奇事》的概念设定是"假如人可以逆时光生长"。

高概念实际上就是故事的创意，它是整个故事能否成功的重要基础之一，故事中的人物、情节、主题由此衍生。如果创意陈旧，必然会拖累人物的塑造、情节的编排、主题的挖掘。一个强大的创意可以直接影响票房，不论有无明星参演，影评口碑如何，只需海报上的"一句话"，就足以吸引观众走进影院。所以，如果想把自己的故事卖掉，进入可拍摄的环节，就必须花时间研究如何构思出一个吸引人的可行创意，否则你的故事最终可能会永远停留在电脑文档里。

高概念电影往往可以令观众产生一些特定画面的想象。例如《侏罗纪公园》的概念会令观众想象各种早已灭绝的恐龙奔跑于现代空间的画面。这些场景一般都会作为电影最出彩的段落出现在预告片中。这些场景是高概念电影最核心的卖点，但编剧也担负着为了呈现这些场景而构建一部完整剧本的任务。值得提醒的是，画面再有吸引力，也只是场景而已,它并不能提供塑造生动人物、曲折情节与深刻主题的基础。这一切终归还是需要考验编剧的执行力,电影最终的成败来源于构成故事的每一个元素的有机综合。

高概念电影如何生成?你可以尝试选取最喜欢的类型片,分别列出这些电影最重要的背景设计、人物设定和情节桥段,然后将这些剧作元素重新排列组合。比如,反转《侏罗纪公园》的概念设定,将其变为"如果人类回到侏罗纪时代与恐龙共同生活";或者将《盗梦空间》的戏核变成"试图从梦境生活中挣脱回到现实世界";还可以将《七武士》改成"武士受雇于山贼对抗饥民的进攻"。这种方法可以帮助你激发想象力,找到一个新的高概念电影的创意点。

3. 剧本小说大不同

剧本和小说都是以讲故事为主的文学形式,但它们之间有很大的区别。剧本的篇幅通常与中短篇小说相近,而长篇小说则可能有数十万,甚至上百万字的篇幅,其内容的广度远超剧本。无论是戏剧还是电影,其时长通常在一个半小时到三个小时之间。因此,编剧必须有"寸时寸金"的写作意识。在剧本写作中,故事素材的选择、人物的典型性、事件的关键性,以及时间和空间的合理有序安排,都是至关重要的。

小说可以跨越上下五千年,但剧本的主要情节更适合发生在几个月、一个星期,甚至一天之内。情节的集中要求剧本有更精准和巧妙的结构安排。编剧需要不断磨炼的写作技巧包括如何从故事的原始素材中选择、拆分、重组和缝合,来适应电影时长的限制。

一般来说,剧本的情节进展会比小说来得快。小说的情节可以缓步推进,情节之中可以夹杂着大量的景物描写、人物的心理活动描写,以及作者的议论。但剧本的主体只能是人物的行动,情节不能中途无故停滞,必须不断推进。剧本的故事背景、人物信息,以及面临怎样的困境,需要在开场就迅速又清晰地向观众说明,而小说却无此义务。王安忆的长篇小说《长恨歌》的前四章《弄堂》《流言》《闺阁》《鸽子》,完全在描绘上海的弄堂风情,无涉主人公王琦瑶和主要情节,却被文学评论家们认为是这部小说最精彩的部分。但若是电影剧本的前四十分钟都在写一个空间环境,主人公根本没有出场,情节也没有展开,估计观众早跑光了。更极端的例子,比如《追忆似水年华》的第一卷,普鲁斯特花了好几页纸来写一块他童年记忆中的玛德琳蛋糕。如果剧本中的好多个场景只围绕一个玛德琳蛋糕来写,这同样是无法想象的。人物细微的心理活动描写是小说的优势。小说《色,戒》中王佳芝在珠宝店放走易先生的描述是这样的:"他的侧影迎着台灯,目光下视,睫毛像米色的蛾翅,歇落在瘦瘦的面颊上,在她看来是一种温柔怜惜的神气。这个人是真爱我的,她突然想,心下轰然一声,若有所失。太晚了。店主把单据递给他,他往身上一揣。'快走'她低声说。"[①]小说可以把"这个人是真爱我的"这样的心理活动直接描述出来,从而让观众明确王佳芝说出"快走"这两个字的动机。而在李安的电影中则只能依赖几组正反镜头中两位演员的表情和眼神来传达人物的心理活动。

小说拥有多元的方法和手段去塑造人物和交代情节。小说可以有大段的空间环境描写和细致的人物肖像描写,而剧本对此只需用高度概括和精炼的文字,点到为止即可。因为文字就是小说的最终成品,而剧本还需二度的影像创作,过于精细的描写,非但不会加分,反而可能变成无法实现的空想,或者创作上的束缚。小说不但可以利用人物语言,还可运用作者语言,随时随地对信息进行说明或对情节和人物发表议论。剧本相对受限,主要以人物的台词或者旁白来交代。比如,小说可以直接写"站在门口的这个人是小明楼下的邻居"来介绍"邻居"这个人物的信息;在剧本中则可能需要展示邻居来敲小明家门的动作,以及自我介绍是小明的

---

① 张爱玲.色,戒[M].北京:北京十月文艺出版社,2007:287.

邻居的台词,甚至还要为"敲门"这个动作设计一个动机,即小明家漏水影响了楼下的屋子,才会让整个信息交代显得自然。总而言之,小说可以自由地描写人物的思想和情感,剧本则要通过人物的对话和动作去呈现。

小说相对于剧本而言,可读性会更强。小说的唯一就是文字,而对剧本而言,文字只是为了转换成影像的草稿。

我们以法国作家玛格丽特·尤瑟纳尔的《东方奇观》一书中的一小段文字为例。

他的弟子林背着一个装满了画稿的口袋,弓腰曲背,毕恭毕敬,好像他背上负着的就是整个苍穹,因为在他看来,这只口袋里装满了白雪皑皑的山峰,春水滔滔的江河和月光皎皎的夏夜。①

作者把苍穹、山峰、江河和夏夜这些意象,用巧妙的比喻手法与画稿联结在一起,并转化成重量承载在了人物的背上。整段文字充满了诗性和美感,极具可读性。

同样,我们再以电影《盗梦空间》剧本中的柯布引导阿里亚德妮进入梦境一场为例。

剧本文字节选如下。

(她对着街道集中精神。街道开始向中间折叠,直到两边的楼房倒立着对立在一起,两边都重力分开却如常运行。

阿里亚德妮朝上(或朝下)看着城市另一边的行人。

柯布审视着她的兴奋)

阿里亚德妮:不错吧。

柯布(平静地):嗯,厉害。②

---

① 玛格丽特·尤瑟纳尔.东方奇观[M].桂林:漓江出版社,1986:1.
② 克里斯托弗·诺兰.盗梦空间[M].兰州:甘肃人民艺术出版社,2010:71.

《盗梦空间》剧照

　　这段文字描述给人的感受十分平淡无奇。但当它被拍摄成影像，那扑面而来犹如苍穹倒挂的城市奇观，却带给观众极大的视觉震撼。

　　剧本对戏剧性的要求，远高于小说。人物之间的冲突和矛盾、曲折的情节线、明确的危机和高潮，这都是剧本不可或缺的叙事元素。类型化的通俗小说当然也有戏剧冲突，但在纯文学领域，小说完全可以不依赖动作性的外部冲突，只需要人物的内部冲突即可，甚至有些小说就是反情节、反冲突的。所以我们在选择小说进行剧本改编时，往往喜欢情节性强、戏剧冲突激烈、人物性格鲜明的小说，因为它本身包含了充足的戏剧元素、便于呈现的语言和动作以及易于转化为剧本的故事结构。也许这些原著在文学领域评价不高，却可能在被影像化的二度创作后成为一部经典电影作品。而文学价值很高的经典小说，却比通俗文学更难改编成好电影。因为从小说到剧本，并非简单的改写，它们本质上是两种不同的"语言"，需要高超的"翻译"。面对伟大的小说，也许我们最好的身份是读者，而非观众，不改编才是最大的尊重。

　　一部长篇小说可以说尽一个时代，而一个剧本则只能表现一个时代的侧面。剧本与小说相比，它所涵盖的内容广度可能会有所不及，但在思想深度和艺术深度上却毫不逊色。小说的主题可能是多元的，宽广的，很难用一两句话去概括。剧本的主题则会清晰很多，因为主题是依附在相对比较明确、完整的故事结构和人物行动线上的。

剧本的"时态"与小说不同,无论是在讲述过去还是未来的故事,都应该是以"现在进行时态"来呈现,是此刻,是当下,是正在进行中。剧本与小说还有一个重要区别,即文字表达的影像化。除了视觉和听觉,其他手段一概无效。这是电影剧本创作的游戏规则,由电影的影像本体所决定。除了强调对画面和声音的描述之外,电影还有其特有的叙事手段,比如蒙太奇的运用,通过剪辑完成时空的转换和过渡,或者不同时空的交叉与并置。这些电影特有的叙事手法现在也常常反过来影响当代小说的创作手法。

4. 关于文学改编

许多电影是由文学作品改编而成的,经典案例不胜枚举。电影与文学原著应该是怎样的关系?"原著党"坚守"原著优先"的原则,只要电影对原著有任何"不忠",便大加挞伐。然而文学与电影本来就是两种完全不同的载体。文学的手段是文字,而电影的手段是视听影像。李安说:"我觉得电影和小说是不同的媒体,改编时从里子到面子都得换掉,以片子好看为主。它如果是本烂小说,何必要忠于原著?如果是本好小说,其文字里行间之妙,岂能以声影代之。反之,最好的电影必是笔墨难以形容。那么忠不忠于原著,也都无所谓了。"[①]

因此,文学原著只是电影的基础,电影需要根据自己的载体特性进行新的创作。事实上,许多经典文学作品往往很难改编成好电影,电影史上的诸多失败案例已经证明了这一点。

电影的片长一般在一个半小时到两个小时之间,文学作品则可达数百万言,可以从容地处理时间,一部长篇史诗小说的故事可能跨越了数个

---

① 张靓蓓.十年一觉电影梦:李安传[M].北京:人民文学出版社,2007:172.

世纪。文学故事的发展常常可以"左顾右盼",电影的情节则相对集中,因为它有"戏剧性"的要求。

以《流浪地球》的改编为例,电影的核心情节其实只是截取了原著小说两万字中关于"地球经过木星"的一两百字。电影创作者认为"不管是《流浪地球》还是刘慈欣的其他作品,都存在题材过于宏大,作者视角过于超脱人类个体,甚至超脱人类的问题。而就小说来说,只有这么写才能满足作者从宇宙的角度去观看人类的需求,但这不利于观众观看电影。电影观众最终要看的银幕上的人其实是他自己。所以我们必须聚焦于某一段连续的时间、连续的事情,才能使观众有投入感。"[①]

解释复杂逻辑和传递抽象信息,是文字的专长。影像则胜在直观。文学原著能够提供给改编电影的,一般而言只有人物形象、情节,以及部分对白。电影不必对原著顶礼膜拜,只需将其当作素材进行甄别和筛选,选择所需,剔除无效成分,然后重新构建适合自己剧本的结构、节奏、细节和风格。

如果原著是以描写语言和人物对白为主体的小说,编剧的改编工作会相对比较容易。而原著是以叙述性语言占主体的小说,编剧的改编工作量则会比较大。有时候小说里具有概述性的一句话,到了电影中就可能被转换成一整场戏。我们以《不成问题的问题》为例,以下是电影文学剧本的第四十一场戏。

……

(就这时候,外面的院子里响起了"砰砰"几声枪响,接着是一阵吵嚷声,主厅里瞬间陷入了死一般的沉寂。

这时候,寿生慌慌张张地跑进来,喊道:宪兵来抓人啦!

众人这才反应过来,陷入了慌乱,有人往后山跑,有人往楼上跑,秦妙斋吓得钻到了桌子下面,佟逸芳躲在了沈月媚的身后,丁务源还

---

① 朔方.《流浪地球》电影制作手记[M].北京:人民交通出版社股份有限公司,2019:32~33.

算淡定,酒意倒是被吓掉了一半。

宪兵队很快控制了整个农场,丁务源陪着沈月媚走在前头,去跟他们的长官交涉)

丁务源:长官,我是农场的负责人。这是我们东家太太。

宪兵队头子:你可知道私藏嫌犯是什么罪?

沈月媚:少来这套! 知道我们老爷是谁吗?

丁务源(安抚沈月媚):三太太莫要动气。

宪兵队头子:我不管这农场是谁开的,只知道今天不抓到那个嫌犯,谁都不可以离开农场半步。

(这时候,宪兵从主厅二楼押了一个人下来,是秦妙斋的朋友。

长官一挥手,预备将他带走)

沈月媚:你确定是这个人?

宪兵队头子:是的,就是他没错。

沈月媚:你们可看仔细了,再回来说弄错了,我可不答应!

(宪兵队头子还想开口)

丁务源(赶紧)说:长官,时候不早了,您辛苦了。

(丁务源说罢从兜里摸出那块值钱的怀表来塞到宪兵头子手里,对方犹豫了一下,收下了这块表。

宪兵队头子这才和手下押着人离开了。

农场里一片狼藉。

参加画展的年轻人显然都受到惊吓,很快陆续散去了。

秦妙斋已经不见了人影)

沈月媚(对佟逸芳):咱们走吧。

(佟逸芳惊恐地点头,经过这一阵慌乱,她头发也乱了,妆也花了。她着急忙慌地跨过门槛,和沈月媚一同走了)①

---

① 梅峰.不成问题的问题:从老舍小说到梅峰电影[M].北京:北京联合出版公司,2017:61.

《不成问题的问题》海报

（编剧：梅峰　黄石）

这一场戏在原著小说中是这样描述的：除夕，大家正在打牌，宪兵从楼上抓走两位妙斋的朋友。①

选择文学经典进行电影改编，其实是借它的故事来观照当下的生活，所以无论这一文学经典是什么时候创作的，故事的时代背景距离我们当下有多遥远，我们都需要找到它与当下的联结点。有些故事中的价值观，是我们今天所稀缺的，值得重新找回；有些故事中所存在的问题，当下依然存在，需要我们郑重面对。《红楼梦》虽然写的是古代贵族的家庭生活，但其内核精神是追求至情至爱，以及主人公贾宝玉对女性由衷地尊重和礼赞，都颇具现代意识。虽然当下的时代环境与小说已完全不同，但观众仍与小说中的精神世界相通。如果文学作品是关于未来的故事，也需要能够帮助当下观众思考未来的选择。如果我们做出错误的决定，未来会

①　梅峰.不成问题的问题：从老舍小说到梅峰电影[M].北京：北京联合出版公司,2017：125.

变成什么样？无论是过去的故事还是未来的故事，本质上都关乎当代的问题。这是选择何种文学经典进行改编的重要标准。

真实事件的改编是另一种类型的电影改编。大部分现实生活中的事件或新闻很难被改编成电影，那些得以改编的真实事件一般都具备故事结构。新闻报道一般只报道事件的结果，深度报道才会梳理事件的来龙去脉，但这还不足以构成剧作意义上的结构，比如事件没有转折、高潮等。因此，编剧需要对真实事件进行再加工，使之成为真正意义上的故事。

总而言之，原著或者真实事件素材都只是编剧创作的基础，是它们为编剧服务，而不是编剧服务于它们。编剧要做的是利用它们，讲述属于自己的故事。

5. 短片和长片的剧作区别

长片的剧作和短片的剧作有何不同呢？

首先，长片的剧本体量大约相当于中短篇小说，而短片一般在半个小时以内，剧本体量更接近于篇幅较短的短篇小说或者微小说。因此两者在结构上会有比较明显的差异。长片会有充裕的篇幅去安排跌宕起伏的情节发展，以及人物的复杂变化。短片的篇幅有限，要求故事尽快进入核心矛盾，直达故事高潮，人物的变化更像是一次特殊经历之后的顿悟变身，而不是历经岁月的蜕变。

其次，长片可以详尽描述人物的前世今生，全过程式地呈现人物的不同维度和面向；短片则更像是人物的一个短暂的生活截面，这个截面就像是树的年轮，我们可以从中获得未展示的信息，观众可以从细枝末节中想象人物的过往和生活，但他们更关注的是当下的戏剧情境之于人物意味着什么。短片在有限的时空里迫使人物遭遇一个极致的困境，同时令其做出抉择。短片的困境要比长片更具体和集中。短片《另一只》讲的是一个穿着破旧人字拖的穷孩子捡到了一只崭新的皮鞋，他拼命奔跑，试图把那只鞋扔还给已经登上火车的失主,但没有成功。见此情景,鞋的主人小男孩果断把穿在脚下的另一只鞋脱了下来扔给了穷孩子。整个短片的情节很简单,只包含了"捡鞋""还鞋"和"送鞋"三个很小的情节动作,但观众却能从两位少年身上发现人性之光。短片是在瞬间迸发光芒,而长片则是渐进渗透式的。

片子的篇幅越长,对于人物的塑造就越从容。人物形象越饱满,观众对人物的了解也就越深入,这样对故事的认同度就可能越高。而短片对于戏剧情境的设计要求有时候甚至超过对人物塑造的要求。长片可以充分展现人物关系的变化,而短片更多的是展示人物与戏剧环境的冲突。因为短片的时长有限,所以要把焦点紧紧放在主人公身上,展现一个清晰明确的特质即可,而次要人物只需要完成他们在戏剧中的功能。

长片对主人公认同感的要求比较高,因为没有认同感,观众很难坚持两个小时一直跟随主人公走完故事旅程。但短片因为时长较短,人物的重要性让位于情节,如果情节概念非常独特,人物是否有认同感也就没有那么重要了。短片《黑洞》讲的是一个上班族无意中得到了一张可以穿墙破壁的神奇纸张,于是他产生了邪念,并最终被自己的贪欲所反噬。这个人物是典型的反面角色,观众很难认同他,但这并非关键,因为这个短片的重点在于它所要表达的寓意,而非人物。

短片与长片相比,故事展现的时间和空间都会比较集中,但时长的限制对短片的创作提出了更高的要求。比如短片的创意要足够独特,能够长话短说,以小见大。短片一般情节单一,但与长片一样要有完整的结构,麻雀虽小,五脏俱全。短片的开场往往没有时间娓娓道来地介绍故事背景和人物信息,而会直接切入一个进行中的事件,情节迅速推向高潮,因为情节缺少跌宕起伏的变化,所以结尾的出奇制胜显得尤为重要,要令观众瞬间得到心灵的冲击。短片《盲钻》也讲述了一个关于贪念的故事。物业水管工在豪宅维修管道时看到了一枚钻戒,顿时起了贪念,正好被家中的清洁工阿姨撞见,清洁工为了保护自己假扮成盲人,令水管工放下杀心,躲过一劫。短片的结尾是清洁工在地铁上与水管工相遇,依偎在水管工身边怀孕的女人手上正戴着那枚戒指,两人相视无语。影片中,清洁工在女主人不在家的时候,把自己扮成了贵妇的模样,想象着不属于自己的另一种人生;而水管工也是一个底层打工人,他觊觎钻戒是为了弥补自己对妻子的亏欠。当两人四目相接,最终认出对方的时刻,他们看清了彼此卸下面具的真实模样,看清了生活残酷之真相。当然也有些短片没有明确的结尾,而是让主人公面临一个新的困境,然后故事便戛然而止。

第八章
编剧的养成

编剧的创作意识

1. 编剧与导演的关系

导演与编剧是什么关系？编剧把故事变成文字，而导演把文字变成影像。电影的最终成品是影像而非文字，所以我们一般认为导演是为电影艺术品质最终负责的那个人，而编剧则是电影生产的第一作者。剧本，剧本，一剧之本，此非虚言。导演及其他部门工作人员的创作都应基于剧本，一旦脱离了剧本，整个制作就会迷失方向。对于大部分电影的制作而言，导演的话语权要大于编剧，编剧的工作更多是服务于导演的创作。导演作为电影艺术品质的最终负责人，大多从剧本创作初期便以导演或编剧之一的身份开始介入。若是编导合一，创作者既是编剧，又是导演，便可以彻底落实自我创作意志，但同时也会受制于自身的创作局限性。黑泽明导演一般会从电影筹备初期就参与到剧本创作当中，并且采取多名编剧同写一场戏的方式，然后从中择优整合，最终得到他心目中最好的呈现方式，是为"复眼的影像"。

电影是复杂的艺术综合呈现，普通观众很难准确评判一部电影的摄影、灯光、声音制作、美术设计，甚至演员表演等各部门创作质量的高低。因为对这些工种水平的评判需要一定的专业知识，对观众而言唯一可以评判的就是故事讲得好不好。于是就出现这样一种常见现象,当一部电影很受欢迎的时候,观众就会夸导演好,而一旦电影不好,观众的第一反应是批评编剧,因为电影不好,说明故事不好,如果是一个好故事,电影怎么会不好呢? 而编剧是创作故事的人,自然会成为背负骂名的那个人。这是编剧这个职业的无奈,但反过来想,观众之所以骂编剧而不是其他工种,恰恰是因为剧本对于电影来说具有无可取代的重要性。

剧本的好坏决定了一部电影的成败。一个好剧本可能拍出烂片,但一个烂剧本是不可能拍出好电影的。日本导演今村昌平说:"电影拍得好坏,六分靠剧本,三分靠演员,一分靠导演。"[①]

编剧写的剧本叫文学剧本,服务的是读者和演员,而导演需要做导演工作台本,即在文学剧本的基础上,将每一场戏细化成分镜头剧本,用来指导拍摄。分镜头剧本需要对每个镜头的拍摄角度、景别、运动作出说明,同时也要对演员的动作调度进行规定。

剧本的风格指的是剧作元素持续性地保持明晰、独特、具有一致性的呈现。导演风格亦同此理,剧本有剧本的风格,而影像有影像的风格,电影的风格最终还是一个综合的呈现。

2. 剧本与市场的关系

电影剧本若不能被拍摄,它也就失去了意义,因为剧本的最终目标是在影院上映,与观众见面。既然剧本的归宿是拍摄与上映,而拍摄意味着资金投入,上映意味着宣传、发行、票房,剧本便不再只是单纯的文字工作,而与市场有关。所以编剧不能完全不了解市场。假如一名新手编剧,正在写一部科幻电影,而与此同时一家很大的电影公司也正在操盘一部与这个故事戏核十分相像的科幻电影,并且有大明星加盟,如果编剧完全

---

① 今村昌平.草疯长[M].北京:新星出版社,2016:143.

不关注业界动态,不了解此类信息,等闷头写完自己的剧本,才发现与别人"撞车"了,而且他们早已进入投拍阶段,此时编剧再去为自己的故事寻找投资就会异常的困难,一两年的辛苦创作也都变成了无用功。

作为一名编剧,如果有志于进入主流市场,那么就需要先研究市场的喜好和规律,并主动地适应市场需求。只有如此,编剧才能更好地被市场看到。当作品在市场上获得成功后,编剧便拥有了一定的话语权,编剧便有机会去打破一些市场的陈规,创作突破规则的作品,编剧的创作会反过来影响市场。

编剧本能地会追求原创度高的故事,因为这是对自己艺术创造力的探索,然而市场却并不喜欢这种全新的故事。"全新"说明它没有在市场上被验证过,那么就存在失败的很大可能性。比起独特新颖,市场更喜欢那些符合某种特定模式,并反复被观众认可的故事类型。所以能够清晰地将你的故事在市场中归类,是踏入市场大门的重要一步。市场不要老套,也不要全新,它要的是旧中有新,新中有旧,风险可控是第一位的。

写剧本只需要纸笔或者电脑,但电影剧组需要少则几十人,多则数千人的工作人员,更不用说投入数百万到几亿不等的庞大资金,这使得电影剧本天然具有商业属性。从最初的创意到最后的剧本成品,学会从投资方、市场的角度来审视自己的剧本,可以让你规避很多不必要的创作弯路。切记写剧本不是编剧一个人的事,剧本如果不能让团队中的其他人获得利益或声誉,那他们为什么要选择并支持这个剧本被拍摄出来?电影最终需要由集体通力合作完成,他们的看法决定了剧本的未来,所以换位思考很重要。这个剧本,可以给参与这部电影的每一位同仁带来什么呢?

职业编剧要根据制片方的工作进度安排来完成剧本,所以需要有合理的创作时间表。如果这个项目已经定下演员了,那么编剧要根据演员本身的特质来调整和修改剧本。若是在电影拍摄过程中遇到任何的变动,编剧还要根据实际情况对剧本进行相应的调整。最极端的情况是,即便拍摄完成电影,但因为导演创作思路改变、拍摄素材质量问题或审查要求,编剧还要针对现在新的状况在已有的拍摄素材的基础上重新构建故事。

作为直接面对电影市场的宣发部门和影院工作者,若是剧本中有某些非常突出的精彩桥段,他们便会有极大的信心帮你把电影卖掉。特别是面对如今高质量的剧集和手指头划一划就停不下来的短视频,电影如何争夺观众的眼球?光是有趣的对白和情节肯定还不够,编剧在剧本创作中还需着力构思一些专属于影院大银幕的场面桥段。

某一类型的故事在市场上获得成功,便会有无数个相似的故事随之跟风诞生。类型是框架,故事才是核心,类型可以复制,情感无法复制。排除大明星、大导演的市场影响力,作为编剧,我们需要了解什么样的电影故事总是能吸引观众走进影院。常见的有以下三种:第一种是反复被市场验证的经典故事模型;第二种是对类型片的再创新,比如混搭的类型片;第三种是对具有社会热度或社会议题的真实事件的改编。

电影的制作周期很长,短则一年,长则三五年。写一个剧本其实是给几年后的观众看的,未来的社会潮流和观众心理一定会与当下有差异。所以编剧对社会的发展态势要有一定的预判。但没有人能完全预测未来的观众喜欢看什么,这就给编剧的创作留下了很多的可能性。

编剧如何定位剧本的观众群?许多人迷信现在的互联网大数据,但大数据的分析和预测并不是绝对准确的,甚至有不小的偏差。有一大部分观影人群在网络上是沉默的,但这群人在整个观众群的占比却非常大,而大数据能抓取和分析的只是那些喜欢在网络上发声的群体。并且大数据只能基于过往结果来总结和分析,观众其实无法准确告诉市场他们未来想看到的是什么样的故事。如果所有的编剧都依据大数据来创作的话,最后市场只会得到一堆差不多的故事。所以作为编剧,不能盲目屈从制作方和剧本评估机构的大数据分析结论,把它作为了解市场与观众的参考之一即可。编剧应该保持自己的判断,相信自己的直觉,因为编剧也是观众中的一员,只有发自内心地喜欢自己所写的故事,观众才有可能同样喜欢。无论故事是何种类型,只要它是生动的、真诚的、充满情感的,一定会打动大部分的观众。

3. 剧本与当下社会

科技的发展让整个社会生活形态发生了巨大的变化,在给我们的生活带来诸多便利的同时,也给编剧创作带来了不少新的"麻烦"。在一个互联网触手可及、人手一部手机、监控摄像头无处不在的世界,编剧不能再按以往的老办法、老桥段来写戏,否则将面临观众无情的夺命三连问:他为什么不给她打电话?这个问题为什么不能先上网查一下?调一下监控不就什么都清楚了吗?

技术的发展改变了信息传递的时间和空间,许多原本可以存在的人物行动、语言、情节的进程都似乎可以被取消,一切只剩下发一个微信即可。很多时候我们看到,编剧为了让情节发生,想办法把主人公的手机弄丢,让网络中断,监控坏掉,这样才有办法把故事讲下去。这与刀剑武侠片和拳脚功夫片进入热兵器时代一样,需要先把对手手中的枪踢掉,才能保证主人公平平安安走到结尾,否则一颗子弹就让故事即刻终结。毁掉《罗拉快跑》的是一句影评:罗拉为什么不打车?毁掉剧本的可能是一个能上网的手机。

当经济融合和文化交流越来越频繁,世界正走向同质化。我们的生活似乎被困在"现代化的规范"当中,这些规范让我们的生活看起来更加有序和规律,但同时也让我们失去了真正的自由和独立思考的能力。我们自以为的独特,其实只是对一种框架的复制。因此对于艺术创作而言,创作的难度似乎在增加。比如,社会主流人群的生活已经高度同质化,所以许多编剧把视角转向边缘人群,试图挖掘出真正的独特性。但同时我们也应该看到,因为交流和融合带来的另一面,就是跨文化的艺术空间在变化,很多新的艺术样式也在增加。编剧可以在自己的故事当中融合不同文化的元素,为故事注入新的灵感。

另一个值得关注的问题是:如今大家的生活都被分为现实空间和数字空间。现实人格是人物生活的基础,数字人格是人物在数字空间中的投射和表现,它们各自有着不同的作用和影响。这两个空间对人格的养成和性格的割裂产生了巨大影响,已是不争的事实,这是否意味着编剧对人物的塑造方式也要随之调整? 现实人格和数字人格,哪一个才是人物的本质? 编剧应该根据具体情况,综合考虑现实人格和数字人格的影响,灵活运用这些因素来塑造人物形象,使人物更加立体和生动。

如今网络平台的繁荣激发了个体表达自我的欲望,而每个人都拥有向大众讲故事的便捷渠道,讲故事成了与他人发生联结的一种重要方式。在越是碎片化的时代,人们越是需要通过故事去体验完整的人生,确认自己生活的意义和实现自我身份的认同。

写作训练

1. 剧本是格式限定的写作

剧本是一种限定写作。侯孝贤导演认为："其实创作一定要限制,创作没有限制,等于完全没有边界,没有出发点。你一定要清楚限制,知道你的限制在哪里,它们就成了你的有利条件。你可以发挥想象力,在限制内的范围去表达。"[①]电影是视听艺术,剧本主要包括叙述语言和描写语言,而其中占主体的是描写语言,即可以转化为画面和声音的文字。比如"他饿得抓心挠肺",这是小说的写法,但如果在剧本中就要转换成画面,比如"他走向早饭摊子,径直用手从冒泡的油锅里抓出了一根油条,不管不顾地嚼了起来",把人物极致的"饿"的这种状态,转化成人物一个可见的戏剧性动作:"热锅取油条",以便观众直观地感受。同理,剧本也需要把人物的内心活动转换成画面,而不能用文字直接交代,因为这是观众看不见和听不见的。

无论事情是发生在过去、现在还是未来,在剧本中所有的场景都是"现在进行时态",是人物正在做某件事情。小说可以总结性地写"甲每天

---

① 白睿文.煮海时光:侯孝贤的光影记忆[M].桂林:广西师范大学出版社,2015:312.

都会路过这家便利店",剧本中则必须写"甲走到这家便利店门口",如果要强调"每天",则可以重复展示此场景。当然也可以通过台词来解决这个问题,比如便利店老板和店员说:这个人每天都站在我们店门口,也不买东西,真奇怪。这样只需要展示一次这个场景就够了。

电影场景以一段连续的时间和空间为单位,一旦时间或空间中的任一发生变化,在剧本中就需要另起一场。即使是只有五秒钟的过场戏,也要单独细分一场,剧本用简单的一行文字概括即可,如"一辆红色的跑车行驶在蜿蜒的山路上"。

编剧应克制自己通过文字掌控一切的冲动。编剧写得越细致,反倒可能会让表现对象变得不确定,相比于影像,文字的具象能力是十分有限的。当编剧刻意强调这张桌子高度一米,那长和宽呢?文字无法也没必要穷尽所有的细节。每一个电影创作部门的工作既要依据剧本,但也不可能完完全全复制剧本,他们会在自己的权责范围内进行二度创作。

剧本中对角色台词的情绪、语气细节,不宜用括号附加太过细致的提示,这样会给演员造成不必要约束。演员在理解剧本的基础上,对人物进行二度创作,有时会带来意外的惊喜。关于人物动作的描写亦是同理,简洁准确即可。比如"甲从口袋里掏出一盒香烟,打开烟盒从里面取出一根香烟,把香烟放在嘴里,然后用打火机把香烟点着,深深地吸了一口",这种写法把吸烟的全过程动作进行了分解,看似详细但完全没必要,可直接简化成"他掏出香烟点上"。

取片名,对于编剧来说往往是件很痛苦的事情。有时整个剧本已经完成,片名还在"难产"中。片名就像电影最重要的一张名片,它决定了别人对电影的第一印象。取片名无固定的规范。好的片名可以鲜明体现故事主题,凝练整个故事的主要元素和主要意象,并且唤起观众的观影欲望。如果实在想不到好的片名,可以先取一个暂定名,否则整个剧本仿佛缺乏统领、士气不足的军队。请相信在接下来的剧本写作和修改过程中,"真命片名"会与你不期而遇。

给人物取名字与给电影取片名一样,是令编剧头疼的事情。人物是编剧一个字、一个字塑造出来的,编剧花了很长的时间陪伴他们在故事中成长,他们就像是编剧的孩子,所以给他们取名字,和给真实的小孩取名字并无二致。编剧总是希望通过名字关联人物的性格和命运。但一个电影有名有姓的角色可能有十几位,对于慎重又纠结的编剧而言,这就是一个浩大的工程。如果实在想不到好名字,姑且可以先翻出中学同学名单借用一番,他们每一个人的名字也是父母翻遍了字典,精心取出来的,他们的名字具有真实生活的质感。

从文字风格来说,小说要求文字充满质感,对语言词汇的运用有独特的技巧,而电影剧本的主要目标是让读者能够通过剧本文字在脑海中"过电影"。剧本文字是为了描绘影像,清晰明确即可,文学性是排在第二位的。与其他文学作品相比,电影剧本的可读性不强。因为剧本最终是为拍摄而生的,不断跳转的场景、各种拍摄的提示、各种需要在脑中转换的零碎画面,这对于普通读者而言,不太会是愉快的阅读感受。

在剧本的每一场戏中,一般会先概括整个场景的空间信息和人物方位关系,然后再写角色的动作和对白。这就好比先给一个全景镜头,然后是中景、近景,最后是细节的特写。这种写法的好处是比较容易对整个场景的信息一目了然。当然电影上了剪辑台之后,可根据实际需要调整镜头的前后顺序,从特写开始也无妨。

剧本按照写作的不同阶段,一般可分为故事梗概、故事大纲、分场大纲、文学剧本这几个部分。故事梗概用最简洁的文字集中勾勒故事的核心创意、主人公的主要欲望、主要困境及最吸引人的场面。故事大纲则需对故事背景、主人公的基本信息,以及情节主线的来龙去脉做出完整的叙述。故事大纲可以帮助我们在写作过程中,宏观地把握整个故事,提前发现和避免结构问题,为下一步写作打下坚实基础。值得提醒的是,故事大纲中无须用文字把故事的主题和人物的成长变化直接写出,因为这对还未体验和感受这部电影的读者来说是无效和没有说服力的。对于好的故事大纲,读者能从文字中自行感受到这些信息。分场大纲是将故事大纲进一步细化到场景,基本格式与文学剧本相似,差别在于分场大纲只需写出主要场景的大致内容,如每一场的来龙去脉、关键性台词与动作,可省略过场戏和一些细节。文学剧本是剧本写作的最后一道工序。文学剧本的写作要完整呈现每一场戏的内容,包括画面、动作和人物的每一句台词,使它成为可被拍摄执行的依据。

2. 编剧的创作习惯

灵感之所以被称为灵感,是因为罕见且不可控。所以写剧本不能押宝在等待灵感显现,而要靠自身的写作冲动和欲望来驱使。冲动来自内容对编剧的刺激,所以编剧所写的是不是自己特别想写的内容,尤为重要。当然有些编剧的冲动来源于外在的压力,比如美国作家马里·奥普佐为了偿还两万美元的赌债,写了一本叫《黑手党》的小说,后来这本小说被改编成了一部电影,即《教父》。

保持写作的冲动,最好的方式是将其变为习惯,并最终成为一种生活方式:不是为了生活而写作,而是为了写作而生活。很多职业编剧保持着每天写作,甚至是定时定点写作的习惯。有人喜欢在光线充足的白天写作,有人则喜欢昏黄灯光笼罩下的深夜,有人喜欢在人声喧嚣的咖啡馆,有人则喜欢在静谧的深山老林。总之,一天不写都很难受,因为这已经内化为他们生活中不可或缺的一部分。

写作的时候应该忘掉现实世界,完全沉浸在故事当中。编剧要卸下人格面具,打开自己的内心大门,将思想和情感投射到人物身上。编剧化身成了不同的人物,每个人物都具有独特的个性,并在彼此之间产生冲突。编剧仿若神一般,不断切换视角,引领着他们往前走。此刻身为编剧会发现,自己比想象的更有力量,因为编剧正在创造一个独有的世界,并把这个世界带给观众,让他们感受其中的意义。

　　写作无法单靠经验和技巧来解决所有问题,方法会被不断颠覆和创新,这是艺术创作的基本规律。剧本写作遇到瓶颈在所难免。如果冥思苦想都无法找到解决之道,那么不妨先跳过难题,尝试继续往下写。直到跳出之前的思维框架,更换一个角度来看问题,也许这时就能找到更好的解决方法。剧本写作是十分艰辛的过程,它会占据大量的时间和精力,需要编剧全身心地沉浸在故事当中。在超市购物、在家里洗碗、在看电视新闻、在和朋友聊天,甚至睡觉做梦的时候,编剧都在无时无刻不思索与故事有关的一切,这一切都是编剧的剧本创作。所以,写剧本并不只是坐在电脑前敲打键盘的那段时光。

　　不同的编剧喜欢运用不同的写作工具。例如有些人用卡片或者便利贴写下不同的场景内容,这样可以使故事的整体结构直观地呈现在眼前,写作的时候便不会在宏观层面迷失方向,同时也方便随时对剧本的内容进行修改、删减、替换。20 世纪 80 年代的香港新艺城公司在制作电影的时候便采用卡片的方式,用不同的颜色标明"动作"和"喜剧"桥段,如果他们发现哪一段落的"动作"或者"喜剧"少了或多了,便及时进行调整,以此来保证电影剧作的平衡感和可看性。如果故事是多情节线、平行交叉叙事或复杂的时序结构,那么这样的图表工具就显得十分必要。我们很难想象诺兰的《盗梦空间》和《信条》在创作剧本时没有结构图表的辅助,而能够完全保证逻辑准确。

　　另一种写作工具是任务清单。编剧可以把各种要在剧本中实现的想法记录在清单上,无论是修改一句台词,还是更换某一个场景的空间设置,或者是调换场与场之间的前后顺序。完成一项就可以划掉一项,当任务清单清空之时也就是编剧抵达剧本终稿之日。

　　所有被拍摄成电影的剧本,都要经历无数次的修改。修改已经成了剧本写作最重要的一个环节。一名新手编剧总是会对自己刚完成的剧本呵护备至,不允许任何人批评。但大多数情况下,这个剧本只是初稿而已,它离达到真正可拍摄的水准还有漫长的路途要走。海明威有一句名言：任何初稿都是狗屎。这大概也是他自己写作的心得体会，话糙理不糙。剧本是个有机体，牵一发而动全身。每一次修改对于编剧而言，都像是要推倒自己辛辛苦苦建好的房子，从头再来。这无疑是十分痛苦的，但又是编剧必须咬牙接受的。海明威又教导我们：写作的唯一方法是修改。戏剧家布莱希特则说：只要还剩一口气，就可以从头再来。

我们以剧本的开头部分为例，开头部分是故事的出发点，也一定是编剧最花心思反复打磨的部分。但即便如此，编剧依然可以试着把剧本开头的几场戏砍掉，再看看故事是否毫无损失，依然成立，并且比未修改之前更加简练和精彩。这是因为我们总是喜欢在电影开场部分，把所有设计好的故事背景、人物信息、前因后果全都堆砌出来，以避免观众看不明白。这是故事讲述者本能的一种自我保护，试图通过这种方式给自己的故事上一个保险。但是，故事的轮廓是由故事实体与那些未被呈现的隐形故事共同塑造的，去掉可有可无的部分，方显故事本来独特的形状。

剧本写好之后，编剧可以寻求亲朋好友和专业人士的建议。阅读剧本与阅读小说不同，有一定的专业门槛，亲朋好友可能很难提出有效的建议，但他们往往能发现专业人士忽略的重要问题，因为他们身上具备普通观众最敏锐的直觉。

在写作剧本的过程中，编剧总是有一股冲动，与他人分享自己精妙绝伦的构思，并试图从他们那里获得赞美、批评或建议。他们也许可以为你提供一些建设性的意见或帮助你规避创作风险。但同时你也可能因为他们的反馈而影响自己的判断，甚至导致自我怀疑，违背创作初衷，不断修改，乃至最终放弃这个剧本。所以在写作过程中是否要寻求他人的帮助，取决于你对被求助者的信任程度，以及对方专业水平的高低。当然也有编剧担心自己的剧本被抄袭，对自己的创意守口如瓶，这应另当别论。

3. 写作的能力训练

知识大体可分成理论性知识和实践性知识两大类。理论性知识帮助提升认知,实践性知识是为了在现实中应用。学习剧作理论和批评,有助于掌握一些创作的基本方法,加深对剧作本质的认知,但理论无法囊括一切创作。因为故事本身是个有机体,而理论会运用各种概念去"肢解"故事,以达到帮助学习者理解的目的,但创作不能依照概念去组装故事,因为创作本身是直觉先行的。知识需要自己消化才算真正掌握,消化最好的方式是输出,理论知识的输出可以体现在"说"和"写",即通过向他人表达、讲述或文字书写,来确认自己对知识的掌握程度。

实践性知识的"输出"则是实操训练。知易行难。学游泳不下水,光在岸上抡胳膊;学做饭,不开锅光看菜谱,永远都不可能学会。写剧本亦同此理。光靠阅读和看片,不可能把自己变成一名合格的编剧。学习写剧本,最简单有效的方法只有一个:写。

运动员、音乐家、医生都需要长期的专业技能训练才能达到相应的职业水准,编剧当然也一样。编剧创作一个故事能让观众愿意花五十块钱买票,花五十块钱来回打车,然后还要花掉他生命中宝贵的两个小时坐在电影院从头至尾看完,实在不是件容易的事,没有一定的职业水准是很难做到的。写作是一门严肃的手艺,如果没有长时间地磨炼技艺,很难入其门得其道。

写剧本虽与写小说不同,但本质上仍然是文字工作。文字是剧本的外观,文字能力是读者判断编剧能力高低的重要参考标准之一。剧本构思精彩、人物生动、情节奇特、主题深刻,但文字能力水平无法将想法转化成有感染力的剧本,一切便也只是枉然。

写,是一种不可取代的训练。不要害怕训练,抗拒训练。训练必然是艰苦的,因为它是一个不断受挫的过程,试错能够让编剧得到负向反馈,反馈帮助编剧改进，从而得到正向反馈，循环往复，不断精进。经验在长时间的训练中积累，不知"一万小时定律"是否科学，但必然是没有捷径的。训练获得技艺，掌握技艺才有艺术自由的可能性。即便天才同样需要经过长期的技巧训练和经验积累，才能将其天赋发挥到极致。所以不用担心自己写得不好，只要开始写，就是一个好的开始。

与学画画时临摹名作一样，剧本写作训练可以从模仿开始。有些编剧对原创有执念，喜欢自己从头开始摸索，这样的结果往往事倍功半，会浪费许多不必要的时间与精力成本。我们可以汲取高手宝贵的经验，研究他们的故事为什么可以打动观众，并以此方法为参照进行演练，通过模仿高手的创作方法与技巧，避免创作弯路与陷阱，然后再超越模仿，找到属于自己的风格，最终完成自己的作品。但每个编剧面对的故事是不一样的，再厉害的高手也无法手把手教我们怎么写。艺术创作没有标准答案，最终能够让我们实现艺术自我的，只有自己。

写剧本需要知识积累与观察体验。

知识积累主要来自阅读，好编剧一定也是好读者。培养良好的阅读习惯，丰富自己的阅读经验，拥抱那些帮助我们理解这个世界的文字。《冰与火之歌》的作者乔治·马丁说过：读书的人，在他死之前，活过一千次人生，不读书的人，只活了一次。每一个故事都有不同的时空背景与社会形态，需要不同的专业知识，例如写警匪片和推理片，就需要编剧涉猎刑侦、法律、医学、心理学等领域的专业硬核知识。编剧积累知识、在阅读上投入的成本并不比任何一个专业小。所以，好编剧往往也都是杂家。

文学之外，有两门学科与剧本写作紧密关联。第一门是社会学。人不是孤立存在的个体，而是从属于社会的某个群体，剧本中人物的行动也是在社会结构的影响之下进行的。社会学研究包罗万象，强调运用各种不同的视角来观察社会。编剧往往会对生活中一些看似反常的社会事件或社会现象产生好奇心，从而展开田野调查进行探究，并最终以这个研究为素材，写出一个视角独特的故事。第二门是心理学。无论时代如何更迭,社会形态如何明显地变化,人性本身并不会轻易地改变。剧本终究还是在写人,写人的行为及背后的心理活动。比如精神分析学说的创始人弗洛伊德的理论,让我们相信人是过去的产物,这直接影响了很多编剧的创作,"人物前史"在很多电影里成为标配,成了解释人物最重要的剧作工具。心理学可以帮我们理解与建构人物的心灵世界,赋予虚构人物真实的灵魂。

有些阅读是为了增加见闻,有些阅读则是服务于具体的写作计划。陈忠实写作《白鹿原》的时候,在蓝田县城抄录了大量"明知无用"的材料,但这些材料帮助他"进入一种业已成为过去的乡村的氛围""感应到一种真实真切的社会秩序的质地""幼年亲历过的乡村生活的肤浅印象不仅复活了,而且丰富了"。[①]

观察和体验是编剧了解生活的另一种重要方式。编剧的观察是站在故事的角度去看这个世界,人们身上穿的衣服、十字路口过马路的盲人、地铁邻座乘客的聊天,这些都有可能变成电影中的道具、人物和对白。我们可以通过观察他者来想象自我,也可以通过观察自我来书写他者,自己的切身体会是创作中最宝贵的经验财富。体验不是指编剧需要环游世界,历尽人生百态,而是指能从生活中的每一个经历中发现值得被呈现的东西,大到情节人物,小到道具细节,或者情调气氛。

如果剧本中的人物是完全虚构的,并没有特定原型,编剧依然可以以真实人物为依托,为虚构角色注入一种真实的心理气质和个性。比如编剧写的是一个特别喜欢唱歌的退休老头,那么就可以从身边同样喜欢唱歌的朋友身上寻找一些素材,哪怕她是一位年轻的姑娘,观察一下她是如何喜欢唱歌的,喜欢到什么程度,喜欢唱歌如何影响她的生活等。这些都可以被挪用到故事中虚构的退休老头身上。如果你的人物有特定原型,而你又不想将来因为电影的上映给原型造成困扰,那么你可以在不影响

---

① 陈忠实.寻找属于自己的句子[M].上海:上海文艺出版社,2009:14.

人物特质的情况下，对原型的不同维度进行改变，例如将女性变成男性，将光头变成长发，把生活城市从南方变成北方等。这种调整还有一个更大的好处，就是编剧不会受制于原型的一切，可以重新审视这个虚构的角色，使其成为与原型人物平等的另一个真实的人。

人工智能技术飞速发展，现在只要输入所需的人物、情节、类型、风格，电脑程序就能自动生成一个符合样式的电影剧本。因此有人会担心人工智能将取代编剧。但我们依然坚信，故事这门古老的艺术是不可取代的。人工智能基于复杂的运算，它的终极追求是准确，而人之所以为人，是因为内心永远存在科学不可替代的情感与信仰。人工智能也许可以生成故事，但无法生成灵魂，它的排列组合也许会有奇思妙想，但永远无法发出人性之光。

参考片目

1.《福尔摩斯二世》(1924)

2.《淘金记》1925

3.《摩登时代》(1936)

4.《史密斯先生到华盛顿》(1939)

5.《罗生门》(1950)

6.《罗马假日》(1953)

7.《七武士》(1954)

8.《红气球》(1956)

9.《十二怒汉》(1957)

10.《控方证人》(1957)

11.《卡比利亚之夜》(1957)

12.《洞》(1960)

13.《大菩萨岭》(1966)

14.《虎豹小霸王》(1969)

15.《教父》(1972)

16.《大白鲨》(1975)

17.《甘地传》(1982)

18.《终结者》(1984)

19.《童年往事》(1985)

20.《英雄本色》(1986)

21.《黑炮事件》(1986)

22.《再见，孩子们》(1987)

23.《末代皇帝》(1987)

24.《阿飞正传》(1990)

25.《推手》(1991)

26.《新龙门客栈》(1992)

27.《秋菊打官司》(1992)

28.《侏罗纪公园》(1993)

29.《霸王别姬》(1993)

30.《辛德勒的名单》(1993)

31.《土拨鼠之日》(1993)

32.《被告山杠爷》(1994)

33.《阿甘正传》(1994)

34.《肖申克的救赎》(1994)

35.《活着》(1994)

36.《阳光灿烂的日子》(1994)

37.《暴雨将至》(1994)

38.《这个杀手不太冷》(1994)

39.《饮食男女》(1994)

40.《暴雨将至》(1994)

41.《廊桥遗梦》(1995)

42.《美丽人生》(1997)

43.《花火》(1997)

44.《甲方乙方》(1997)

45.《楚门的世界》(1998)

46.《小武》(1998)

47.《莎翁情史》(1998)

48.《八月照相馆》(1998)

49.《海上钢琴师》(1998)

50.《罗拉快跑》(1998)

51.《拯救大兵瑞恩》(1998)

52.《荆轲刺秦王》(1998)

53.《菊次郎的夏天》(1999)

54.《喜剧之王》(1999)

55.《诺丁山》(1999)

56.《薄荷糖》(1999)

57.《天才雷普利》(1999)

58.《美国丽人》(1999)

59.《一一》(2000)

60.《碟中谍2》(2000)

61.《大逃杀》(2000)

62.《站台》(2000)

63.《卧虎藏龙》(2000)

64.《满足欲望》(2001)

65.《黑鹰坠落》(2001)

66.《十七岁的单车》(2001)

67.《我是山姆》(2001)

68.《无间道》(2002)

69.《寻枪》(2002)

70.《八美图》(2002)

71.《时时刻刻》(2002)

72.《绿洲》(2002)

73.《杀人回忆》(2003)

74.《假如爱有天意》(2003)

75.《再见列宁》(2003)

76.《真爱至上》(2003)

77.《空房间》(2004)

78.《后天》(2004)

79.《卢旺达饭店》(2004)

80.《功夫》(2004)

81.《可可西里》(2004)

82.《帝国的毁灭》(2004)

83.《孔雀》(2005)

84.《我们俩》(2005)

85.《断背山》(2005)

86.《有顶天酒店》(2006)

87.《通天塔》(2006)

88.《博士的爱情方程式》(2006)

89.《吴清源》(2006)

90.《汉江怪物》(2006)

91.《落叶归根》(2007)

92.《集结号》(2007)

93.《色戒》(2007)

94.《入殓师》(2008)

95.《叶问》(2008)

96.《本杰明巴顿奇事》(2008)

97.《蝙蝠侠:黑暗骑士》(2008)

98.《信号》(2008)

99.《贫民窟的百万富翁》(2008)

100.《黑洞》(2008)

101.《功夫熊猫》(2008)

102.《梅兰芳》(2008)

103.《嫌疑人 X 的献身》(2008)

104.《金氏漂流记》(2009)

105.《十月围城》(2009)

106.《2012》(2009)

107.《风声》(2009)

108.《听说》(2009)

109.《大地惊雷》(2010)

110.《人在囧途》(2010)

111.《国王的演讲》(2010)

112.《社交网络》(2010)

113.《让子弹飞》(2010)

114.《爱情与灵药》(2010)

115.《盗梦空间》(2010)

116.《那些年,我们一起追的女孩》(2011)

117.《熔炉》(2011)

118.《泰囧》(2012)

119.《爱》(2012)

120.《白鹿原》(2012)

121.《一九四二》(2012)

122.《少年派的奇幻漂流》(2012)

123.《寻访千利休》(2013)

124.《白日梦想家》(2013)

125.《爆裂鼓手》(2014)

126.《星际穿越》(2014)

127.《亲爱的》(2014)

128.《盲钻》(2014)

129.《另一只》(2014)

130.《一把青》(2015)

131.《火星救援》(2015)

132.《刺客聂隐娘》(2015)

133.《误杀瞒天记》(2015)

134.《不成问题的问题》(2016)

135.《驴得水》(2016)

136.《釜山行》(2016)

137.《摔跤吧!爸爸》(2016)

138.《一袋弹子》(2017)

139.《最后一件外套》(2017)

140.《大佛普拉斯》(2017)

141.《我不是药神》(2018)

142.《何以为家》(2018)

143.《绿皮书》(2018)

144.《小偷家族》(2018)

145.《碟中谍6》(2018)

146.《哪吒之魔童降世》(2019)

147.《1917》(2019)

148.《乔乔的异想世界》(2019)

149.《小丑》(2019)

150.《阳光普照》(2019)

151.《我和我的祖国》(2019)

152.《流浪地球》(2019)

153.《瞬息全宇宙》(2022)